미스 함무라비

미스 함무라비

문유석 지음

문학동네

차례

1부

임바른 판사는 분주한 박차오름 판사를 물끄러미 바라보고 있었다. 아침 일찍부터 출근해서 사건 메모지를 뒤적이랴 거울 보며 머리 정리하랴 정신없는 그녀는 가슴 설레는 티가 역력하다. 임 판사도 겨우 3년차일 뿐이지만 우배석다운 태도로 박 판사의 온갖 자질구레한 질문에 답하고 있었다. 법정에 들어갈 때는 어떤 순서로 들어가느냐 재판중에 화장실이 급할 때는 어떻게 하면 좋으냐 등등. 그때 판사실 문이 열리며 재판장인 한세상 부장판사가 법복 차림으로 들어왔다. 법복 차림을 하니 근엄한 풍모였다.

"박 판사는 첫 재판이지요? 나는 초임 판사의 첫 재판 날은 법복을 직접 입혀주곤 했는데, 요즘은 여성 법관이 많아 조심스럽고 해서 말로 대신하고 있어요."

한 부장은 박 판사가 책상 위에 걸쳐놓은 졸업식 가운같이 검고 긴 법복을 바라보며 말했다.

"그 옷은 주권자인 국민이 사법부에 위임한 임무를 상징하는 겁니다. 명심하세요."

"부장님, 고맙습니다! 그런데 역시 이왕이면 부장님이 직접 입혀주시면 더 좋겠어요!"

한 부장은 냉큼 두 팔을 죽 뻗은 박 판사를 어이없다는 듯 잠시 쳐다보다가, 조심스레 법복을 들어 박 판사의 팔에 걸쳐주었다.

옷은 마법을 부리기도 한다. 아직 학생티를 벗지 못한 이십대 후반의 젊음은 검은 옷자락 뒤에 숨고, 얼굴 가득하던 풍부한 표정도 어느새 자취를 감추었다. 한 부장은 이제 박차오름이 아닌 박 판사로 보이는 그녀를 향해 입을 열었다. 자, 그럼, 들어갑시다.

재판이 시작되었다. 박 판사의 긴장이 임 판사에게까지 전해졌다. 숨도 못 쉬는 듯했다. 재판부가 바뀐 후의 첫 재판이라 분주했다. 계속 진행해야 할 사건도 많았지만 그동안 제출된 증거를 토대로 어서 판단해주기를 바라는 사건도 적지 않았다. 장사하랴 사업하랴 시간이 돈이라 재판이 늦어지면 손해가 막심한 사람들이다. 한 부장은 변론을 종결하고 판결 선고기일을 지정하기 시작했다.

"자, 그럼 결심結審하고, 선고기일은……"

원피고의 변론을 마친다는 의미의 '결심'이 재판장 입에서 나올 때마다 본격적으로 바빠질 배석판사들의 가슴은 철렁한다.

임 판사는 법정을 둘러보았다. 방청석 맨 뒷줄에 앉은 고등학생들이 소리를 죽여 수군거리고 있다. 재판을 방청하러 온 학생들이다. 보나마나 왜 판사가 망치(법봉)를 땅땅 내리치지 않느냐며 놀라고 있을 거다. 우리나라 법정에는 법봉이 없다고 얘기하면 다들 놀라곤 한다. 법원 경위가 학생들에게 다가가 조용히 하라고 주의를 준다. 임 판사 재판부를 담당하는 법원 경위는 젊은 여성이다. 크지 않은 체구지만 우습게 봤다가는 큰일난다. 태권도 삼단, 합기도 삼단에 또 뭐가 몇 단이랬더라……

재판이 마무리될 무렵, 한 부장이 사건 번호를 부르자 머리가 희끗희끗한 변호사가 일어나 앞으로 나왔다. 바짝 긴장해 있던 박 판사는 변호사를 보자 반가운 기색을 하며 머리를 살짝 숙여 인사를 했다. 힐끗 이 모습을 본 한 부장은 못마땅한 기색으로 들고 있던 사건 메모지철을 법대 바닥에 탁탁 치며 마른기침을 했다. 임 판사는 아차 싶었다.

'초임 판사가 흔히 하는 실수 1호에 대해 주의를 주는 걸 깜빡했군.'

재판을 마친 후, 한 부장이 내뱉었다.

"박 판사, 그 옷을 입은 의미를 전혀 모르고 있구만."

그러곤 휙 부장판사실 문을 닫고 들어가버렸다. 박 판사는 어쩔 줄 몰라 하며 임 판사를 쳐다보았다.

"부장님 말씀이 무슨 뜻이죠? 제가 뭘 잘못했나요?"

"박 판사님, 아까 아파트재건축조합 사건 시공사 측 변호사에게 인사하셨죠? 아는 분인가요?"

"네, 연수원 때 교수님이셨어요. 정말 훌륭한 분이세요."

"박 판사님, 방청석에 시공사 측과 죽자 사자 싸우고 있는 아파트 조합원들이 스무 명 가까이 있었어요. 바뀐 재판부 판사가 상대방 변호사에게 법정에서 개인적으로 알은척하는 걸 보면 어떤 생각이 들겠어요?"

박 판사는 고개를 푹 수그렸다.

"그러네요, 이 옷을 입은 이상 교수님과 제자가 아니라 소송대리인과 재판부인데……"

평소의 그녀와 달리 너무 의기소침해진 것 같아서 임 판사가 덧붙였다.

"처음에 흔히 하는 실수니까 앞으로 조심하면 돼요."

임 판사는 속으로 생각했다. 첫 출근 날의 대활극에 비하면 이 정도야 뭐……

열흘 전 첫 출근 날, 임 판사는 지하철 2호선에 앉아 자꾸 두근대는 가슴을 달래고 있었다. 새로 소속된 재판부 때문이다. 더 정확히 말하면 소문난 벙커(같이 일하기 까다롭고 어려운 재판장을 뜻하는 법조계 은어)인 부장님 때문이 아니라 초임 발령을 받아 부임하는 좌배(좌배석판사) 때문이다. 결코 흔하지 않은 이름, 설마 그때 그 아이가 맞을까? 중학교 3학년 여름방학 그때?

정독도서관에서 내내 책을 읽던 여름방학, 그 햇살 눈부시던 날의 감각이 밀려온다. 낡은 책 냄새, 창가로 불어오는 바람, 삐걱대는 걸상 소리, 그리고 피아노 소리. 라벨의 〈죽은 왕녀를 위한 파반〉이다.

인근 학교 학생들을 위한 독서교실이었다. 서로 안면을 트
자는 의미로 도서관이 마련한 환영회 장기자랑 시간, 이웃 여
중 1학년인 한 소녀가 여학생들에게 끌려나가 피아노 앞에
앉았다. 사람 얼굴이 얼마나 창백해질 수 있는지 그때 비로소
알았다. 긴 정적이 흐르다 조심스레 건반이 움직이기 시작했
다. 그 선율 때문이었을까. 기억에 남아 있는 소녀의 모습은
마치 궁정의 왕녀 같았다. 찰랑거리는 긴 머리.

라벨을 화제로 소녀와 조금씩 얘기를 나눌 수 있었다. 쉽지
는 않았다. 소녀는 말 한마디하기 전에 몇 번씩 망설였다. 상
대방의 눈을 좀처럼 마주보지도 못했다. 얘기하다가도 누군
가 우연히 어깨를 치고 지나가기라도 하면 화들짝 놀라 죄송
해요, 하며 꾸벅 머리를 숙이곤 했다.

방학이 끝나가고 매미 소리가 한참 시끄러워질 때쯤에야
조금씩 속 얘기도 들을 수 있었다. 피아노 레슨을 받는 게 죽
도록 싫다는 거다.

"왜? 피아노 좋아하잖아."

한참의 정적.

자꾸 입을 닫아버리는 소녀 앞에서 그는 상급생의 권위를

동원하여 채근한 끝에 겨우 몇 마디 얘기를 들을 수 있었다.

"선생님이…… 레슨하실 때 자꾸…… 뒤에서 저를 안아요."

"왜?"

"모르겠어요……"

"어떻게?"

"볼을 제 목 옆에 붙이고, 두 팔을 제 겨드랑이 사이로 집어넣어서 오른손은 이렇게 하는 거야, 왼손은 이렇게 하는 거야 하시면서……"

"피아노 레슨을 하려면 원래 그렇게 해야 하는 거 아냐?"

"그런 거랑 달라요."

"어떻게 알아?"

소녀는 갑자기 고개를 번쩍 들어 그의 눈을 쳐다봤다.

"그냥, 알아요. 알 수 있어요."

처음 본 그 단호한 눈동자는 곧 사라졌다. 고개 숙인 소녀에게 그렇게 싫으면 레슨 그만두지 그러냐고 물었다. 소녀는 고개를 저었다.

"아빠가 힘들게 모셔온 유명한 선생님이에요. 무조건 선생님 말씀 잘 듣고 따라야 좋은 학교에 갈 수 있다고 하셨어요.

아빠가 실망하실 거예요."

소녀는 잠시 망설이다가 말을 덧붙였다.

"아빠는 실망하시면…… 많이 무서워지셔요."

방학은 짧았고 소녀는 다시 만날 수 없었다.

법대에 가고, 고시 공부를 하며 아주 가끔씩 그날 느꼈던 무력함을 생각하곤 했다.

지하철 안에서 중학생 시절을 회상할 평화는 잠시뿐, 환승역에서 사람의 파도가 들이치고, 이제 객차 안은 사람도 쪽파처럼 한 단씩 묶을 수 있다는 것을 보여주기 시작했다. 숨 쉴 공기가 옅어지고 있었다. 앞에 서 있는 아저씨의 불룩한 배에 얼굴을 묻을까봐 고개를 옆으로 돌리고 있는 임 판사의 귀에 낭랑한 외침이 들려왔다.

"아저씨! 지금 뭐 하시는 거예요!"

단정한 바지 정장에 쇼트커트를 한 젊은 여성이다. 그 옆에는 울 듯한 표정의 미니스커트 입은 여성이 서 있고, 중년 신사가 바싹 붙어 있다가 후다닥 물러선다. '엉만튀'군. '슴만튀' 같지는 않고. 임 판사는 성폭력 전담부 판사들이 흔히 쓰는 용어를 떠올렸다. '엉덩이 만지고 튀기' '가슴 만지고 튀기'. 얼

른 '지하철 안전지킴이' 앱을 열고 성추행 신고 버튼을 눌렀
다.

　비싸 보이는 가죽 가방을 들고 있는 신사는 언성을 높였다.

　"아니, 아가씨, 뭔 소리야! 내가 뭘 어쨌다고 그래!"

　쇼트커트를 한 여성은 단호하다.

　"제가 봤어요. 가방으로 가리면서 왼손으로 아까부터 이
학생 엉덩이 만졌잖아요! 학생, 맞죠?"

　여학생이 몸을 떨면서 고개를 끄덕인다.

　"아침부터 재수없게 무슨 소리야. 미친 거 아냐?"

다음 정차할 역은 법원, 검찰청, 교대역입니다.

　문이 열리자 쏟아져나가는 사람들. 그 틈에 신사가 문 쪽으
로 황급히 빠져나간다. 쇼트커트가 바람같이 일어나 신사를
붙잡았다. 신사는 가방을 그녀의 얼굴을 향해 휘둘렀다. 임
판사는 자기도 모르게 벌떡 일어나 신사의 팔을 붙잡았다. 몸
을 수그려 피하려 했지만 가방 끄트머리에 얼굴을 얻어맞은
그녀는 대뜸 신사의 사타구니에 니킥을 날렸다. 헉, 비명과
함께 주저앉는 신사의 멱살을 붙잡고 거침없이 문밖으로 끌

고 나가는 그녀의 기세에 신사의 팔을 붙잡고 있던 임 판사도 질질 끌려나갔다.

신고를 받은 지하철 경찰대가 미리 역 승강장에서 기다리고 있었다. 하지만 신사는 곧 기세를 되찾았다.

"이거 왜 이래? 나 학생들 가르치는 사람이야. 훈장이라고. 모함하지 마."

경관은 신사가 내민 명함을 흘깃 보았다.

"네, 교수님이시군요. 세진대 고오환 교수님."

신사가 열변을 토했다.

"공부하는 학생이 술집 여자같이 짧은 치마 입고 지하철에 타서는 엉뚱한 사람을 모함하고 말이야. 이렇게 사람이 많고 복잡하니 밀리다보면 실수로 닿을 수도 있는 거잖아. 실수인지 고의인지 니가 어떻게 알아!"

쇼트커트가 단호한 눈동자로 말했다.

"알아요. 당하는 사람은 그냥 알 수 있다고요. 학생, 그렇죠?"

순간 임 판사는 감전된 듯 놀라 그녀를 쳐다보았다. 여학생은 울먹이며 말했다.

"처음엔 실수로 손이 닿은 것처럼 하더니 자꾸 치마 속으로 손가락을 구부려 만졌잖아요. 제 귀에 입을 대고 이상한 신음 소리도 내고……"

"아, 아니 그건 내가 위궤양이 있어서 가끔 끙끙 앓는 소릴 내긴 하지만……"

세불리勢不利. 수컷은 최후의 자존심을 지키려 자폭 공격을 하기도 한다.

"그래, 내가 살짝 만졌다 쳐. 그래 봤자 죽일 거야 살릴 거야. 끽해야 벌금 낼 거 아냐. 얼마야, 얼마냐고!"

뜻밖에도 쇼트커트가 교수의 발악에 침착하게 답했다.

"초범이라면 벌금 백만 원에서 300만 원 사이지만, 거기다 성폭력 치료도 받고, 20년간 성범죄자 신상정보등록 대상이 되어 해마다 경찰서에 가서 전신 컬러 사진을 찍어야 할 거예요. 학교에서 해임될 수도 있고."

임 판사가 자기도 모르게 덧붙였다.

"동종 전과가 여러 번 있다면 실형도 가능……"

교수는 다리에 힘이 풀려 그 자리에 주저앉았다.

그녀는 이번엔 여학생에게 언성을 높였다.

"학생도 가만히 당하고만 있으면 어떡해요! 저 같은 목격자가 없더라도 피해자인 학생이 직접 추행범을 분명히 지목

하고 신고하면 처벌할 수 있어요. 즉각 신고할 수 있는 앱도 있고요. 권리 위에 잠자는 시민이 되지 말라고요!"

그러곤 임 판사를 돌아보았다.

"그런데 혹시 여기 법원에 근무하는 분이세요? 저도 여기 오늘 첫 출근인데."

그녀의 눈동자가 그의 얼굴을 뜯어본다.

"제가 예전에 알았던 사람이랑 닮으셨어요. 혹시 성함이?"

홀리기라도 한 듯 임 판사는 반사적으로 대답했다.

"……바른이요. 임바른."

그녀는 활짝 웃었다. 세상이 다 따라 웃을 만큼 밝게.

"어머! 역시 맞네요. 그때 그 옆 학교 오빠. 저 모르세요? 저 오름이예요, 오름이. 박! 차! 오! 름! 우와, 신기하다. 사무 분담표 보고 설마설마했는데…… 잘 부탁드립니다, 임바른 판사님!"

힘차게 악수를 청하는 박차오름 판사의 손을 쳐다보며 임 판사는 낯선 평행우주로 순간이동한 느낌이 들었다. 궁정의 슬픈 왕녀는 어디로 간 걸까. 도대체 무슨 일이 생긴 거니.

교수를 지하철 경찰대에 넘기고 서둘러 서울중앙지방법원 청
사로 향하니 오전 아홉시. 스펙터클한 첫 출근길이 겨우 마감
되었다. 어딘가 불길한 제44부 판사실.

  부장님께 인사하랴 책상 정리하랴 정신없이 오전 시간이
지났다. 점심식사 후 한숨 돌리는 임 판사 귀에 카톡 알림음
이 들려온다. 친구 놈이다.

  SNS 스타 데뷔 축하!

어리둥절하여 링크를 눌러본다.

'대박! 여판사 니킥 작렬!'이라는 제목의 동영상에 교수 사타구니에 니킥을 날리는 박차오름 판사, 교수를 붙잡고 있다가 같이 질질 끌려나가는 임바른 판사, 이후 말싸움까지 고스란히 영상에 담겨 있다. 댓글이 가관이다.

전화기가 울린다. 한세상 부장의 호출이다. 문을 열자마자 쏟아지는 호통.

"어떻게 출근 첫날부터 사고를 쳐! 판사가 점잖지 못하게 몸싸움에 말싸움에. 이게 정상이야? 부장을 첫날부터 법원장실에 호출되게 만들어?"

임 판사가 말려본다.

"부장님, 박 판사는 여학생을 구하려고……"

"끼어들지 마! 신고나 해주면 되지 왜 나서서 일을 시끄럽게 해! 여대생이면 지가 알아서 하겠지 무슨 여중생이야? 하긴 그런 짧은 치마나 입고 다니니까 그런 일 당하지. 그런 것들이 공부나 하겠어?"

박 판사가 발끈했다.

"부장님! 그게 무슨 말씀이세요! 짧은 치마 입는 게 잘못인가요?"

"어디서 말대꾸야! 여학생이면 여학생답게 조신하게 하고 다녀야지. 보바리 부인이 한 말도 몰라? 여자는 여자로 태어나는 게 아니라 여자로 만들어지는 거라고! 노력을 해야 여자다운 여자가 되는 거야!"

임 판사가 끼어들었다.

"저 부장님, 보바리 부인이 아니라 시몬 드 보부아르고요, 그 말은 그런 뜻이 아니라……"

한 부장이 폭발한다.

"끼어들지 말라고! 어디서 위아래도 없이!"

순간 어디선가 전화 벨소리가 요란스럽게 울린다. 놀라 더듬거리며 전화기를 찾다 겨우 전화를 받은 한 부장의 목소리가 떨린다.

"여, 여보. 미안. 좀 늦게 받았지? 배석들 지도 좀 하느라고."

나가라며 휘휘 손을 내젓는 한 부장을 뒤로하고 임 판사는 씩씩대는 박 판사를 억지로 끌고 나왔다. 그녀를 가까스로 자리에 앉혀놓고 임 판사는 옆방인 정보왕 판사 방으로 건너갔다.

"어이쿠, 당원 최고 엘리트 임바른 판사님이 어찌 왕림하셨나?"

임 판사는 능청스럽게 싱글대는 정 판사에게 다짜고짜 물었다.

"됐고, 우리 한세상 부장님 도대체 어떤 분이셔?"

"아니, 자기 부장님을 왜 옆방 배석에게 묻지?"

"각종 인사 정보와 뒷얘기 전문가께 여쭐밖에."

"하긴 임 판사는 워낙 잘나셔서 평소 남의 일에 관심이 없으시지. 부장님 사자후 여기까지 들리던데? 너무 괘념 마. 성질이 불같아서 그렇지 뒤끝은 없어. 흥분하면 말씀이 많이 짧아지시지. 서로 예의 차리느라 피곤한 우리 회사에서 보기 드문 캐릭터야. 그래도 악의는 없으셔."

"악의는 없다니 흥미롭군. 어떻게 악의도 없이 타인에게 그럴 수 있는 거지?"

"허허, 또 말꼬리 잡는다. 알고 보면 순진한 분이라니까."

정 판사는 목소리를 낮췄다.

"이건 우리 부장님한테 들은 건데, 한 부장님은 콤플렉스가 좀 심하대."

"콤플렉스?"

"응, 동기들보다 연세가 열 살이나 많으시잖아. 고시촌 낭인 생활을 10년 넘게 하다 합격했대. 판사 정원 대폭 늘릴 때 턱걸이로 임용되고, 대학도 우리 회사에서 정말 보기 드문 곳 출신. 그래서 친한 사람이 별로 없대."

"그럼 더 대단한 거 아냐?"

"그렇긴 하지만 다른 부장님들 보기에 정상적으로 보이지는 않겠지. 내가 전에 고참 부장님들 술자리에 낀 적이 있는데, 술이 거나해지니까 누가누가 고교 시절 더 공부 잘했는지 은근 경쟁하시던데? 전교 일등 아닌 분이 드무니까 말이야. 그런 분들 눈에 한 부장님이 어떻겠어."

왠지 듣기 싫어진 임 판사는 자리에서 일어났다.

다음날 출근길, 지하철에 앉아 이 요란한 재판부에서 보낼 1년을 생각하고 있는 임 판사의 눈앞으로 타이트한 초미니스커트와 죽 뻗은 다리, 아찔하게 높은 스틸레토힐이 지나간다. 임 판사는 얼른 맞은편 남자들의 시선을 관찰했다. 늘 봐도 늘 신기하다. 고등학생부터 할아버지까지 모든 시선이 동시에 미니스커트 진행 방향을 따라 움직인다. 팬터마임 같다. 시야에서 멀어지면 마무리는 다양하다. 언제 봤냐는 듯 고개를 돌려 스마트폰을 들여다보는 학생, 헛기침하며 자세를 바

꾸는 신사, 그리고 정직하게 몸을 최대한 돌려 하염없이 미니
스커트의 자취를 찾는 영감님. 아이 같은 순수함이랄까.

교대 역을 나와 법원 동문으로 향하는 언덕길을 오르는 임
판사 뒤에서 낯익은 목소리가 들려왔다.

"임 판사님!"

밖에서는 이목이 집중되기 쉬우니 판사라고 부르지 말라는
얘기를 빠뜨렸구나 생각하며 돌아보는데, 헉, 그 미니스커트
가 반갑게 웃고 있다. 박차오름 판사다.

당황한 임 판사는 뭐라 할말을 찾지 못하다가 엉뚱한 질문
을 했다.

"아, 네…… 그런데 그 쇼핑백은 뭔가요?"

박 판사는 손에 든 큰 쇼핑백을 살짝 들어 보였다.

"이거요? 오늘 출근을 위한 준비물? 늦겠어요. 어서 가시
죠."

박 판사는 씩씩한 걸음걸이로 앞서 가고 임 판사는 눈을 둘
곳이 없어 땅만 쳐다보며 따라가는데, 박 판사가 갑자기 걸
음을 멈췄다. 법원 동문 앞 길바닥에 웬 할머니가 앉아 있다.
'이놈들아! 내 아들을 살려내라!' 비뚤비뚤한 글씨 밑에 낡은
돌잔치 사진, 공을 차고 있는 아이 사진, 그리고 파리한 중년

사내의 사진이 있다.

임 판사는 할머니를 외면하며 박 판사를 채근했다.

"늦었으니 빨리 갑시다."

"저 할머니 왜 저러고 계세요?"

"아드님이 수술을 받다가 사망했는데, 병원을 상대로 소송을 했지만 증거가 없어서 진 모양이에요. 담당 판사한테까지 원한을 품었다나봐요. 여하튼 어서 가요."

계속 뒤를 돌아보는 박 판사를 재촉했다.

20층 쌍둥이 빌딩인 서울중앙지방법원 건물 안으로 들어섰다. 무채색 양복의 무리가 박 판사와 마주치자 홍해가 갈라지듯 뒤로 물러선다. 임 판사가 입을 딱 벌리고 쳐다보는 법원 경비대원들을 뒤로하고 최대한 박 판사를 가리며 엘리베이터를 탔지만, 시선이 따갑다. 이 회색빛 건물 안에서 그녀의 미니스커트는 다른 차원에서 온 존재 같다. 가까스로 판사실로 들어가려는데 마침 화장실에서 나오던 한세상 부장과 마주쳤다. 그가 놀라 펄쩍 뛴다.

"이게 무슨 짓이야! 여기가 어디라고 그런 차림으로."

박 판사는 생글생글 웃는다.

"오늘 햇살이 너무 좋아서요. 저 고시 공부할 때도 이런 날에는 종종 입었어요."

"그게 판사 옷차림으로 가당키나 하다고 생각해!"

"법원조직법이나 법관윤리강령에 치마 길이 규정이 있나
요?"

부들부들 떨며 한 부장이 입을 떼려는 순간 박 판사가 선수
친다.

"뭐, 그렇게 못마땅하시다면 조신하게 갈아입고 오겠습니
다."

그러곤 쇼핑백을 든 채 화장실로 들어간다.

잠시 후 화장실에서 나온 그녀의 모습은 임 판사는 물론 부
속실 여직원까지 경악시켰다. 머리에서 발끝까지 천을 시커
멓게 덮어쓰고 눈 부위도 망사로 가렸다. IS 관련 뉴스에서나
보던 부르카다. 히잡, 차도르, 니캅보다 더 극단적으로 몸을
가리는 무슬림 의상이다. 주변이 사막으로 보일 지경이다. 다
들 입을 떡 벌리고 멍하니 있는데 부르카 안에서 목소리가 새
어나온다.

"이 정도면 괜찮을까요? 가진 옷 중에 가장 조신한 옷인 것
같아서 챙겨 왔어요."

현실감 없는 풍경에 한 부장은 금붕어처럼 입만 뻐끔거리

고 있다.

"생각해보니 부장님 말씀이 맞아요. 여자들이 위험하게 맨살을 내놓고 다니면 안 되죠. 남자는 원래 여자 맨살만 보면 자동으로 폭발하게 되어 있는 불쌍한 존재라면서요. 남자에게 무슨 책임이 있겠어요."

박 판사의 목소리는 연극배우처럼 비장했다.

"인간이 욕망을 자제하지 못하는 건 정당한 일이니 괜한 욕망을 낳는 죄악의 씨앗들을 박멸해야 해요! 좋은 물건을 보면 폭도로 변하는 게 당연하니 백화점도 폐쇄하고, 고객 눈앞에서 돈을 세는 은행원은 강도 교사범으로 처벌해야⋯⋯"

잠깐 새 10년은 더 늙은 듯한 한 부장이 공진단을 찾으며 비틀비틀 부장실로 사라지자 박 판사는 화장실로 가더니 단정한 투피스 정장 차림으로 돌아왔다. 멍하니 서 있던 임 판사가 물었다.

"아니, 그런데 대체 부르카는 어디서 난 거예요?"

"대학 1학년 때 피아노과 동기 여자애랑 이집트로 배낭여행을 갔었어요. 카이로 재래시장에서 싸게 팔길래 신기해서 기념품으로 사왔었죠. 설마하니 이걸 입을 일이 있을 줄이야."

혀를 쏙 내밀며 웃는다. 피아노과? 임 판사는 놀랐지만 내색하지 않았다. 임 판사는 태연한 척하며 시큰둥하게 물었다.

"그나저나 박 판사님, 꽝장히 공들여서 복수하는 타입이시네요."

"뭐, 재밌잖아요?"

퇴근시간.

"임 판사님, 퇴근 안 하세요?"

"전 좀 정리할 것이 남아서. 먼저 들어가세요."

박 판사가 사라지고 임 판사는 어제 미처 풀지 못한 짐 상자를 풀어서 올해 업무에 필요한 자료집, 법률 서적을 골라 책꽂이에 가지런히 꽂았다. 자리를 정리한 후 판사실을 나와 법원 동문 쪽으로 걸어가는데 뭔가 이상한 소리가 들려왔다.

'내 아들을 살려내라!' 할머니 옆에 젊은 여자가 털썩 주저 앉아 훌쩍이고 있다. 할머니는 신들린 듯 이야기를 쏟아내고 있고, 옆에서 끄윽끄윽 소리를 내며 우는 젊은 여자의 얼굴은 눈물 콧물 범벅이다. 박 판사다.

순간 임 판사는 작년에 당했던 봉변이 떠올랐다. 늦은 시간 법원 구내에서 서성거리고 있던 할머니에게 무슨 일이시냐고 물었다가 너도 판사 놈이냐며 멱살을 잡히고 뺨을 맞았었다. 임 판사는 반사적으로 박 판사와 할머니 사이로 끼어들며 박 판사를 뒤로 밀쳐냈다.

"박 판사, 어서 일어나요. 이 할머니는 정상이 아니셔. 조심해요!"

그런데 박 판사가 도리어 세게 뿌리치는 바람에 임 판사는 엉덩방아를 찧고 말았다.

"정상? 대체 뭐가 정상이죠?"

박 판사의 눈빛이 타오르고 있었다.

"생때같은 자식이 수술실에서 차디찬 주검이 되어 돌아왔는데 제대로 된 설명도 사과도 듣지 못한 어미가 제정신이면, 그게 정상인가요? 작별인사도 못 하고 떠나보낸 아들이 매일 밤 꿈에 울면서 나타나는데 마음이 평온하면 그게 정상인가요? 도대체 뭐가 정상이고 뭐가 비정상이죠? 말씀해보세요!"

박 판사의 외침 뒤로 거대한 법원 건물이 군데군데 불 켜진 눈동자로 응시하며 침묵하고 있었다.

아프냐?
나도 아프다

첫 재판 후 박차오름 판사는 매일 야근이다. 처음에는 아무리 간단한 사건도 자신이 없어 찾아보고 또 찾아보기 마련이다. 엄지손가락에 파란색 고무 골무를 끼고 사건 기록을 넘기다가 곳곳에 빨간색 노란색 포스트잇을 붙이고, 사건 메모지에 깨알같이 메모를 하고, 판례를 검색하고, 고민하고.

기록을 한참 뒤적이던 박 판사가 임 판사에게 조심스럽게 말을 걸었다.

"임 판사님, 첫 재판 날 결심한 사건들을 검토하고 있는데요, 영 마음에 걸리는 사건이 있어요."

"어떤 사건이죠?"

"대여금 사건이에요. 식당에서 일하는 할머니가 자식 혼사 때문에 동네에서 돈놀이를 하는 아주머니에게 500만 원을 빌렸대요. 할머니의 주장은 힘들게 일해서 모두 갚았다는 것인데, 아주머니는 이자만 일부 받았을 뿐 원금은 그대로라는 거예요. 아주머니는 차용증 원본을 증거로 제출하면서 만약 할머니가 돈을 다 갚았으면 차용증을 자기가 아직도 갖고 있겠냐고 하고요. 할머니는 그때그때 현금으로 갚았다는데 객관적인 증거를 내지 못해서 1심에서 지고 항소했어요."

"돈 갚은 증거가 없으면 어쩔 수 없어요."

"네, 그런데 할머니가 비뚤비뚤한 글씨로 써낸 서면을 읽다보니 돈 갚은 경위나 일시, 장소가 아주 상세하고, 어느 달은 이자 갚느라 돈이 한푼도 없어서 이틀을 굶었다는 하소연도 있고, 도저히 거짓말 같지가 않아요."

"1년 가까이 끌면서 동네 사람들이 여럿 증인으로 나오고 한 사건이던데 더이상 나올 증거는 없을 거예요."

허리가 아파 자리에서 일어나 스트레칭을 하던 임바른 판사의 눈에 띈 것이 있다. 박 판사 책상 한쪽에 있는 유독 두껍고 오래되어 보이는 사건 기록이다.

'이상하다. 첫 재판 때 저런 정도의 깡치 사건(오래되고 복잡한 사건)은 없었는데?'

가까이 가서 보니 손해배상 사건인데 이미 대법원까지 거쳐 확정된 사건 기록이다.

"이 기록은 뭔가요?"

"아, 그거요. 일인시위 하는 그 할머니 사건 기록이에요."

"이미 확정된 사건이고 우리 재판부 사건도 아닌데 왜?"

"하도 억울해하시길래 법적으로는 방법이 없더라도 어떻게 된 일인지 설명이라도 해드릴 수 있을까 해서요."

"마음은 알겠지만 맡은 사건들도 많은데 너무 무리하는 것 아니에요?"

"재판부 일에 방해되지 않게 짬짬이 볼게요."

"저는 먼저 퇴근해요. 좀 쉬어가면서 하세요."

"네, 안녕히 가세요."

다음날 오후, 한세상 부장이 판사실 문을 벌컥 열고 들어왔다.

"박 판사! 어젯밤에 대여금 사건 당사자한테 전화 걸었어?"

박 판사는 놀라 대답했다.

"네. 기록을 보다가 제가 놓치고 있는 사정이 있을 수도 있 겠다는 생각에 자세한 얘기를 들어보려고 그랬습니다."

부장이 버럭 소리를 지른다.

"당신 판사 자격이 있는 사람이야? 법정에서, 양쪽 입장 들 어가며 하는 게 재판이지 한쪽에 전화질 해서 하는 게 재판이 야?"

박 판사가 고개를 푹 떨구고 떨리는 목소리로 말했다.

"죄송합니다. 상대방은 소송 경험 많은 사채업자 같은데 아무것도 모르는 할머니가 억울하게 당하시는 거면 어쩌지 하는 생각이 도저히 머리를 떠나지 않아서요."

"경험 많은 사채업자? 그렇게 판단하는 근거는 뭐지?"

"할머니가 줄곧 그렇게……"

"경험 많은 사채업자였으면 애초에 월세 보증금부터 담보 로 잡았을 거야. 차용증 하나 달랑 받고 이웃에게 돈 빌려준 아주머니가 경험 많은 사채업자라?"

"……"

"그리고 그 아무것도 모르는 할머니가 박 판사 전화 받은 후 곧바로 상대방에게 전화해서 뭐라고 했는지 알기나 해? 바뀐 아가씨 판사가 사실 자기 먼 친척이다. 재판 해보나마나 일은 끝났다. 방금도 통화했다. 쓸데없이 고집부리지 말고 소송 취하해라. 취하하면 내가 인간적으로 백만 원까지는 해줄 생각이 있지만 계속 고집부리면 대법원 아니라 헌법재판소까지 가도 한푼도 못 준다. 이 소리 들은 상대방 아주머니가 민원실로 찾아와서 울고불고 난리야. 우리 부에서 판결 못 받겠다고 난리라고!"

얼굴이 창백해진 박 판사는 고개를 숙이며 연신 죄송하다고 할 따름이었다. 한 부장이 혀를 차며 돌아간 후 판사실에는 정적만이 남았다. 임 판사는 뭐라 위로해보려다가 박 판사의 굳게 다문 입술을 보고는 관두고 조용히 자기 일을 했다. 얼마나 지났을까. 전화벨 소리가 정적을 깼다. 받아보니 오지랖 대왕 옆방 정보왕 판사다.

"임 프로(친한 판사끼리의 농담조 호칭), 야근 안 해? 내가 서초동 최고의 김치찌개와 육개장을 배달시킬 예정인데 박 판사하고 같이 이 방으로 건너와. 다 먹고 살자고 하는 짓인데 밥은 잘 먹어야지."

"됐어. 그럴 분위기 아냐."

"허허, 박 판사 요즘 저녁도 제대로 안 먹고 야근하는 눈치던데 알고나 있어? 능력 있어서 일 빨리하시는 임 판사님, 그

래도 주변은 좀 둘러보며 삽시다. 박 판사 얼굴이 핼쑥하던
데."

그 말을 듣고 돌아보니 박 판사 입술에 핏기가 없다. 마음
이 무거웠다.

"박 판사님, 옆방 정 판사가 같이 저녁 먹자는데 어때요?"

"괜찮습니다. 나중에 알아서 먹을게요. 먼저 들어가세요."

"아니, 오늘은 나도 할 일이 좀 있어서 어차피 식사해야 해
요. 그리고 다른 방 판사들과 그나마 얼굴 보고 얘기 나눌 기
회가 이런 때 외에는 잘 없으니 같이 가요."

배달 음식이 도착했다는 정 판사 전화를 받고 옆방으로 건
너갔다. 테이블 위에 신문지를 펼치고 뚝배기와 접시들을 꺼
내 각자 비닐 랩을 열심히 벗겼다. 정 판사의 너스레에도 박
판사는 조용하기만 하다. 식사를 마친 후 임 판사가 그릇을
치우려 일어나니 박 판사가 벌떡 일어나 허리를 굽힌다.

"제가 치울게요."

그 순간 박 판사의 코에서 주르륵 핏방울이 떨어져 하얀 블
라우스를 적셨다. 놀란 임 판사가 티슈를 건넸다.

"죄송합니다. 별것 아니에요."

임 판사가 물었다.

"어제 몇 시에 퇴근했어요?"

"그냥 좀 늦게요."

"몇 시에 퇴근했냐니까요."

"……세시 반쯤요."

"설마 이번 주 내내 새벽까지 일한 거예요?"

묵묵부답이다.

자기도 모르게 임 판사는 언성을 높였다.

"박 판사, 왜 그렇게 무모해요? 평생 판사 할 거 아니에요? 프로페셔널이면 자기 컨디션 관리도 알아서 해야죠. 판사 일은 단거리 경주가 아니라 평생 묵묵히 달리는 마라톤 같은 거예요. 혼자 오버하다 낙오하면 함께 일하는 재판부에 폐만 끼치는 거라고요."

박 판사는 맺히는 눈물을 애써 참아낸다.

"네, 죄송합니다."

"어서 퇴근하세요. 내일 일에 지장 없게."

임 판사는 남은 국물을 한 뚝배기에 모아 화장실로 갔다. 임 판사가 뻘건 국물을 변기에 버리고 있는데 정 판사가 따라와 히죽거린다.

"뭐가 우스워?"

"아니, 그냥."

"그냥 뭐?"

"오름아, 아프냐? 나도 아프다. 이 말을 참 복잡하게도 한다 싶어…… 엇! 조심해. 국물 나한테 다 튀잖아!"

방으로 돌아와보니 박 판사는 아직도 컴퓨터 앞에 앉아 뭔가 하고 있다.

"박 판사님, 퇴근하시라 그랬잖아요!"

"내일까지 납품해야 할 판결 초고가 있는데요, 내용은 다 썼는데 상속 지분 계산하고 표 만드는 게 아직 안 되어서요. 얼른 다 하고 곧 퇴근하겠습니다."

"그 종중 땅 사건? 피고 서른세 명인 거?"

"네."

"그거 계산 프로그램 돌리면 30분이면 할 수 있으니 놔두고 가요."

"네? 제 사건인데요. 방법을 알려주시면 제가 할게요."

"설명하는 데 30분 넘어요. 그냥 내가 할 테니 어서 가요."

박 판사가 고개를 번쩍 든다.

"전 보호가 필요한 어린애가 아니에요. 제 일은 제가 하겠습니다."

"합의부는 팀으로 일하는 거예요! 어린애 같은 소리 말고 팀에 지장 없게 컨디션 회복이나 해요!"

잠시 임 판사를 노려보던 박 판사가 한숨을 쉰다.

"알았습니다. 내일 뵙겠습니다."

새벽 두시. 임 판사는 열심히 계산기를 두드리고 있다. 해방 직후부터 최근까지 수십 년에 걸쳐 여러 번 상속이 반복된 사건이다. 그사이에 민법의 상속분 규정도 여러 번 바뀌었다. 이놈의 집안은 왜 이리 가족관계가 복잡한 거야. 할아버지는 같은데 할머니는 다르고. 자꾸 계산이 틀린다. 서른세 명 피고가 상속받은 토지 지분을 계산하니 공통분모는 127548960에 분자는 21315, 85260…… 분모가 억 단위다. 지분을 모두 더하면 1이어야 하는데 커졌다 작아졌다 한다. 잠 많은 임 판사가 일생 처음으로 날을 새야 할 모양이다.

화장실에서 찬물 세수를 하고 돌아오기를 몇 번. 새벽 다섯시가 되어서야 겨우 계산이 다 맞았다. 내용을 저장한 후 자리에서 일어나려는데 몸이 말을 안 듣는다. 일곱시까지 잠시 눈을 붙였다가 집에 가서 옷 갈아입고 나와야겠다고 생각한 임 판사는 핸드폰 알람을 맞춰놓고 책상에 엎드렸다.

피아노 소리가 들린다. 소녀가 피아노를 치고 있다. 핏기 없이 창백한 얼굴의 소녀는 몇 번이고 몇 번이고 되풀이해 연주를 한다. 저렇게까지 안 해도 되는데. 말리려 해도 목소리가 나오지 않는다. 소녀의 손끝에서 핏방울이 배어나와 하얀 건반을 적신다. 오름아, 오름아. 그만. 이제 그만.

새벽 여섯시. 전날 일을 마무리 못한 것이 마음에 걸려 일찍 출근한 박 판사는 책상에 엎드려 자고 있는 임 판사를 발견하고 깜짝 놀랐다. 구깃구깃 구겨진 몰골이다. 입가에서 흘러나온 침이 숫자로 가득한 메모지를 적시고 있다. 알아들을 수 없는 잠꼬대를 하며 뒤척이는 그의 얼굴을 그녀는 가만히 바라보았다.

그런데 좌배석판사가 뭔가요?

임바른은 우배석판사, 박차오름은 좌배석판사로 나오는데 차이가 무엇인지 궁금한 분들이 계실 것 같다. 합의부는 세 명의 판사로 구성되는데, 보통 15년 이상 경력을 가진 부장판사가 재판장을, 보다 짧은 경력의 판사 두 명이 배석판사를 담당한다. 배석판사 사이에서는 보다 경력이 긴 판사가 우배석, 짧은 쪽이 좌배석이다. 우배석은 말 그대로 법정에서 재판장 오른쪽에, 좌배석은 왼쪽에 앉는다. 재미있는 것은 전통적으로 '좌상우하左上右下'라고 하여 왼쪽이 오른쪽보다 서열이 높았다는 점이다. 그래서 조선시대에는 좌의정이 우의정보다 서열이 높고, 왕을 기준으로 왼쪽에서는 문반이 오른쪽에 서는 무반보다 지위가 높았다. 물론, 좌배석 우배석은 법에 정해진 용어도 아니고 상하관계도 아니다. 관행적으로 그렇게 부르고 있을 뿐이다. 합의부 구성원의 법적 지위와 권한은 대등하다. 오른쪽 왼쪽이 무슨 의미가 있으랴. 난 가끔 이런 대화를 상상하며 킥킥댄다. "자네는 내 오른팔일세!" "부장님은 왼손잡이시잖아요?" "그래서 오른팔……"

일반적인 사건들은 5년에서 10년 정도 경력의 단독판사들이 말 그대로 단독으로 재판하고, 큰 금액이 걸린 민사 사건과 중한 범죄에 대한 형사 사건, 그리고 단독판사들이 한 판결(1심)에 대한 항소 사건(2심)을 지방법원 합의부가 담당한다. 신중한 판단을 요하기 때문이다. 이 책의 주인공들은 서울중앙지방법원 '제44부' 소속인데, 다루는 사건 대부분은 단독판사가 재판하는 일반적인 사건에 대한 민사항소 사건들이다. 시민들이 생활 속에서 쉽게 부딪히는 다양한 분쟁들을 다루기에 적당하기 때문이다. 다만, 보다 다양한 사건을 독자들께 보여드리기 위하여 나중에는 가사 사건, 형사 사건도 일부 다루었다. '제44민사부'로 하지 않고 '제44부'로 한 것에는 그런 속셈(?)이 있는 것이다. 왜 하필 44부냐고? 실제 있는 재판부와 겹치면 문제가 있을 것 같아서다. 서울중앙지

법에는 44부가 없다.

합의부 내의 역할 분담은 이렇다. 배당된 모든 사건의 절반은 (나)주심, 나머지는 (다)주심으로 주심판사가 지정된다. (나)주심은 우배석, (다)주심은 좌배석판사가 주심이 되어 검토한다. 재판장은 구분 없이 양쪽 사건 모두를 검토하고, 법정에서 재판을 진행한다. 원고와 피고가 주장을 마치고 모든 증거 제출을 완료하면 변론을 종결(결심結審이라고도 한다)하고 선고기일을 지정한다. 그러고는 최종 결론을 내리기 위해 재판 기록 전체를 꼼꼼히 재검토한 후 합의부 구성원들끼리 토론을 벌이는데 이것이 '합의'다. 법적으로 초임 배석판사든 재판장이든 대등한 한 표를 가지고 있을 뿐이므로 의견이 갈리면 세 표 중 두 표를 얻는 의견이 재판부의 최종 결론이 된다. 하지만 실제로는 표 대결까지 가는 경우는 드물고, 반복된 토론을 통해 말 그대로 합의에 도달한다. 재판장의 의견을 주심판사가 받아들여서 의견을 변경하는 경우가 더 많지만 주심판사의 검토 의견을 받아들여 재판장이 의견을 바꾸는 경우도 적지 않다. 결국 누구 의견이 논리적이고 근거가 있느냐의 싸움인데, 현실적으로 경험이 훨씬 많은 재판장과 맞서 싸우려면(?) 탄탄한 검토를 통해 객관적 근거들을 들이밀어야 한다.

합의를 통해 결론이 내려지면, 주심판사가 판결 초고를 작성한다. 완성한 초고를 재판장에게 주는 것을 흔히 '납품'이라고 부르는데, 배석판사의 애환이 담긴 은어인 셈이다. 재판장은 초고를 검토하면서 수정한다. 정성껏 작성한 초고가 새까맣게 수정되어 돌아오면 기분이 좋지는 않지만, 이런 과정을 통해 일종의 도제식 교육이 이루어지기도 하는 셈이다. 고칠 것이 너무 많은 경우에는 아예 초고 파일을 보내달라고 하기도 한다. 배석판사의 자존심에 금이 가는 순간이다. 그보다 더 무시무시한 경우는? 초고에 물음표 하나만 떡하니 쳐진 채 돌아오는 경우⋯⋯

박차오름 판사의 첫 재판 날, 한세상 부장이 법복을 입혀준다. '법복을 벗는다'는 말이 판사의 직을 사직한다는 말로 쓰일 만큼 법복은 판사의 직책을 상징하는 물건이다.

그렇긴 한데, 법복을 입고 있으면 특히 여름에 덥고 답답하다. 20여 년 전 어느 판사가 냉방도 되지 않는 한여름 찜통 법정에서 고생하다가 궁리 끝에 재판 시작 전에 몰래 법대 의자 밑에 얼음물 세숫대야를 가져다놓고 발을 담근 채 시치미 뚝 떼고 재판을 진행했다는 전설이 법원에 내려오고 있다.

법원 견학을 온 학생들에게 법복을 입고 사진을 찍게 해주었더니 무척 좋아하더라. 그런데 이렇게 말하는 학생도 있었다. "법복이 아니라 졸업식 가운 같은데요?" 일리 있는 얘기다. 잠시 법복의 역사를 거슬러올라가보자.[*]

법복에 관한 최초의 기록은 고종이 1906년 3월 반포한 「평리원 이하 각 재판소 사법관 및 주사 재판정복 규칙」이다. 재판정복은 검정 두루마기에 대帶를 두르고 검정색 관모를 쓰는 전통 관복 형태로 깃과 속대의 색깔이 판사는 자색, 검사는 주황색, 주사는 녹색이었다. 그러나 이 재판정복을 실제로 입었다는 기록이나 사진은 남아 있지 않다.

일제 강점기에는 일본 재판소의 법복을 입어야 했고, 광복 이후 비로소 일제의 법복이 사라졌다. 그런데 달리 정해진 법복이 없어서 광복 직후 법정에서는 두루마기나 양복 등 평상복을 입었다. 조선일보는 당시의 법정 풍경을 "판사들이 모두 한복을 입고

---

[*] 이어지는 우리나라 사법부 법복의 역사는 『역사 속의 사법부』(사법발전재단, 2009)에서 발췌했다.

우리말로 첫 재판을 시작했다"고 묘사했고, 초대 법무부장관 이인은 "짝짝이 구두에 떨어진 양복을 걸친 대법관들이 태반이었지만, 오히려 그것이 자랑스럽게 느껴졌다"고 회상했다. 1953년에야 비로소 법복이 정해졌는데, 검은색 법복과 법모를 착용했고, 법복의 소매는 폭이 넓었으며, 가슴에는 무궁화 문양이 수놓아져 있었다. 자수의 색깔은 판사가 흰색, 검사가 황색, 변호사가 자색으로 달랐다. 이때에는 변호사도 법복을 입었다.

그러나 여전히 일제의 법복을 모방한 것이었고, 거추장스러워 불편하다는 의견이 있어 1966년 법복을 교체하게 되었다. 당시 조진만 대법원장은 미국의 법복을 참고하기 위해 미국 법복의 유래를 조회했다. 미 연방대법원은 "존 제이John Jay 초대 연방대법원장이 대학 졸업 때 입었던 학위복을 법원 근무시에도 즐겨 입어 이것이 법복의 기원이 되었다"는 회신을 보내왔다. 유럽의 법복보다 미국 법복이 더 간편하고 자연스럽다는 판단하에 미국 법복을 참고하여 우리도 대학교 학위복과 유사하게 소매 폭이 좁은 대신 주름 장식이 들어간 법복을 마련했다. 각종 무늬와 법모를 없애 간소해졌고, 변호사는 법복을 입지 않게 되었다.

현재의 법복은 1998년 3월 대한민국 사법 50주년을 맞아 법원

문양이 들어간 검자주색 양단으로 앞단을 만들어 전통미를 살려 품위를 높인 것이다. 남성 법관은 회색 넥타이를 매고, 여성 법관은 흰색 블라우스 위에 은회색 에스코트 타이를 하도록 했다.

이처럼 법복 하나에도 우리 현대사가 녹아 있다. 그래서인지 사복을 입고 있으면 평범한 젊은이로 보이는 초임 판사들도 법복을 입으면 의젓해지고 발걸음도 말투도 진중해진다. 내 첫 재판 때 기억이 난다. 처음 법복을 입고 초긴장 상태에서 재판장을 뒤따라 법정에 들어가니 검사도 변호사도 방청객도 모두 자리에서 일어섰다. 백발이 성성한 노변호사가 변론을 마친 후 법대를 향해 목례를 하기도 했다. 이 모든 것이 나를 좌불안석으로 만들었다. 급기야 나이 많은 변호사가 목례를 하자 나도 모르게 반사적으로 엉거주춤 따라서 인사를 하려다 재판장 눈치를 보며 주저앉기도 했다.

첫 재판을 마친 후, 재판장의 말씀이다. "고생했소. 사람들은 문 판사라는 개인을 보고 절을 하는 것이 아니라, 법복이라는 옷을 보고 절을 하는 거요. 그걸 잊지 마시오." 법복을 입을 때마다 이 말씀이 생각나곤 한다.

재판과 관련해 사람들이 가장 흔하게 잘못 알고 있는 것은 단연 '망치', 즉 '법봉'이다. 「첫 재판」 에피소드에도 나오듯이 우리나라 법정에 그런 물건은 없다. 영화나 드라마를 보면 판사가 단호하게 판결을 선고하고 망치를 땅땅땅 세 번 내리친다. 법봉이 판사를 상징하는 이미지로까지 되어 있는 것 같다. 그러니 실제 법정에서 판사가 판결 선고하는 모습을 보면 맥이 빠질지도 모르겠다. 판사는 말로써 판결을 선고할 뿐 아무것도 내리치지 않는다.

사실 1960년대 중반까지 법봉이 사용되기도 했었다. 그러다가 1966년, 앞서 언급한 조진만 대법원장 시절 법정 내 권위주의 색채를 줄여나간다는 방침에 따라 법정에서 사라졌다. 법모도 이때 없애고 법복도 간소화했다. 권위주의를 없애기 위해 법봉을 추방한 뜻 또한 판사들이 명심할 일이다.

2부

"자, 다음은 2015나51623호 사건 나오시죠. 원고 김세연 씨,
피고 최일남 씨, 피고 정순녀 씨."

한세상 부장판사의 호명에 세 사람이 앞으로 나와 원고석
과 피고석에 각각 앉았다.

사건 내용이 적힌 메모지를 보며 한 부장이 사건 개요를 정
리한다.

"500만 원을 손해배상 하라는 사건이네요. 피고 최일남 씨
가 운영하는 고깃집에서 원고가 중학생인 아드님과 함께 식
사를 하고 있었는데, 종업원 피고 정순녀 씨가 불판을 갈다가

아드님에게 떨어뜨려 피해를 입혔다는 주장이고, 1심에서 증거가 없다고 패소하여 항소했고. 그런데, 왜 정작 아드님은 빼고 어머님만 원고가 되어 정신적 고통에 따른 위자료만 청구하는 거죠?"

고깃집 사장 최일남 피고가 언성을 높인다.

"그게 다 저 여자가 뺑뜯으려 엉터리 소송을 한다는 증거 아닙니까! 병원 진단서도 없고, 애는 나타나지도 않고. 게다가 정작 당일엔 떼 좀 쓰다가 마음대로 안 되니까 포기하고 가더니 석 달이나 지나서 뜬금없이 소송을 내고."

"자리에 앉으세요! 지금 원고에게 질문한 겁니다."

날카로운 한 부장 목소리에 최일남은 슬그머니 자리에 앉았다.

"원고 답변하시죠."

"누굴 원고로 하든 제 마음 아닌가요? 그냥 애까지 법정에 세우기 싫어서 그랬어요."

"어차피 미성년자니까 친권자가 대리하게 되어 있는데요?"

"……애 이름을 원고로 올리는 것도 싫어요."

"하! 그리 귀하신 몸이신가?"

끼어들던 최일남이 한 부장의 험악한 눈초리에 입을 다문
다.

"원고, 1심 재판 기록을 보니 원고의 주장만 있고 증거는
없네요. 피고 정순녀 씨 말에 따르면 불판을 떨어뜨린 것은
맞지만 식탁 위에 떨어졌을 뿐 사람은 스친 적도 없다는 것인
데……"

"그건 저 조선족 아줌마가 뻔뻔스럽게 거짓말하는 거예요!
분명히 불판이 애 얼굴을 스치면서 떨어졌어요. 그때는 사색
이 돼서 죄송하다며 얼음물을 가져오고 난리를 치더니 상처
가 눈에 잘 안 띄니까 말을 바꾼 거예요."

"설령 상처가 있더라도 별로 크지 않은 건 맞는 거네요? 유
일한 증거로 제출하신 사진을 아무리 봐도 상처를 잘 확인하
지 못하겠던데요."

"……"

원고가 묵묵부답하자 최일남이 또 끼어들었다.

"판사님! 저 여자가 덮어씌우는 겁니다. 우리 정씨 아주머
니가 연변에서 와서 말이 좀 어눌하니까 우습게 보고 공감을
하는 거예요! 영업집이니까 시끄러워지면 골치 아파서 몇 푼
쥐여줄 줄 알고요. 아니 설령 저 여자 말이 맞다고 쳐도, 눈

에 보이지도 않을 만큼 있는지 없는지도 모를 상처 때문에 돈 500만 원을 물어내라는 게 말이 되는 얘깁니까!"

"피고! 법정이 도떼기시장입니까? 이 여자 저 여자 하지 마세요!"

"죄송합니다, 판사님. 너무 억울해서 그럽니다. 이놈의 고깃집 하나 하는데 뻥뜯어 가는 분들이 얼마나 많은지 아십니까? 동네 깡패들은 수시로 와서 고기에 술 처먹고는 그냥 가버리고, 파출소 순경들은 신고해도 무소식이라 회식비라도 찔러줘야 겨우 움직이고, 구청 식품위생과 나리들은 봉투 안 내놓으면 현미경으로 먼지 한 톨까지 찾아내서 영업정지 먹이고, 소방서 나리들은 명절 때 유독 불이 잘 나는 건지 뜬금없이 소방 검사한다고 나와서 떡값 받아가시고, 하다못해 동네 유선방송 피디라는 작자가 카메라 들고 와서 〈먹거리 Z파일〉 찍는다며 겁을 줘서 용돈 받아가고. 이건 뭐 정글이에요 정글. 식당 주인이 무슨 국민 호구입니까? 게다가……"

방언 터진 최일남에게 압도당해 있던 한 부장이 쓴웃음을 지으며 끼어든다.

"재판장도 잠깐 얘기 좀 해도 되겠습니까?"

"예, 죄송합니다."

최일남이 고개를 꾸벅 숙인다.

"원고를 고소했다는 얘기가 기록에 나오던데 무슨 일인가요?"

"저 미친 여…… 죄송합니다, 원고가 1심 판결 난 후 새벽에 문 닫은 가게 유리창에 돌을 던져 박살을 냈어요. CCTV 덕에 바로 범인 찾았죠. 자기 뜻대로 안 되니까 발악하는 거예요. 저도 손해배상 청구할 겁니다. 영업방해, 명예훼손까지 1억 원요!"

한 부장이 한숨을 쉬었다.

"자, 양쪽 다 이제 재판장 말을 좀 들어보세요. 제가 20년 넘게 재판해봐서 아는데, 솔직히 재판이라는 게 하면 할수록 고통이고 손해예요. 보아하니 양쪽 모두 심각한 피해가 있는 사건은 아닌 것 같은데 언제까지 송사에 매여 사실 겁니까? 이래도 한세상, 저래도 한세상인데 같이 머리끄덩이 잡고 개미지옥으로 들어가지 말고 원만하게 해결하는 게 어떻겠습니까?"

"판사님! 돈이 문제가 아닙니다. 제가 이래 봬도 해병대 출신인데 불의를 용서할……"

"거 말씀 잘하셨소. 돈이 문제가 아니라고 하셨죠? 그런 마음가짐이면 해결이 되겠네요. 조정기일을 잡을 테니 서로 대화로 일거에 해결하세요. 조정이라는 게 서로 양보해서 합의하고 소송 끝내는 겁니다. 원고도 그렇게 하세요. 그게 양측 모두에게 최선입니다."

확신에 찬 한 부장의 기세에 양측 모두 움찔했다.

"말난 김에 내일 오후에 바로 조정하면 좋겠는데. 가게 연이어 비워도 괜찮나요?"

"그러세요. 어차피 메르스 때문에 손님도 없어요."

재판을 마치고 판사실로 돌아가며 한 부장이 좌우에 있는 박차오름 판사, 임바른 판사에게 뻐기듯 말했다.

"돈이 문제가 아니다? 불감청이언정 고소원이라더니, 내 감히 청하지는 못해도 몹시 바라던 말씀을 피고가 먼저 해주시는구먼그래. 허허허."

박 판사가 말을 꺼낸다.

"그런데요, 부장님, 지금 상태에서 조정하는 게 맞을까요? 시비를 좀더 가려야……"

"시비는 뭔 시비. 더 해봐야 객관적인 증거도 없고 세월만 갈 거야. 보통 사람들 아니더구만. 뛰는 놈 위에 나는 놈 있고 나는 놈 등에 붙어 다니는 놈 있고 세상 다 그런 거야. 분쟁이 더 복잡해지기 전에 끊어줘야지. 진짜 큰 피해를 본 억울한 사람들 사건이 산더미같이 쌓여 있는데 이런 사건까지 오래 붙잡고 있으면 국민에게 피해가 가는 거예요. 박 판사는 초임이라 아직 나무만 보고 숲은 보지 못하는데, 큰 그림을 봐야 해."

한 부장의 일장연설은 계속되었다.

"판사 일이라는 게 눈 치우는 일 같은 거야. 치워도 쌓이고, 치워도 또 쌓이고. 무한정 쏟아지는 사건 속에서 선택과 집중을 할 줄 알아야 해. 당사자들은 모두 자기 사건 하나에만 판사들이 매달려서 몇 날 며칠을 자기 얘기만 들어주고 동네 사람 모두 다 증인으로 불러주길 바라지. 재판에 지면 이길 때까지 열 번, 스무 번이라도 다시 재판을 하려 들고. 그 원이 풀릴 때까지 온 국민이 세금을 무한정 내서 무한정 판사를 더 뽑고 법원을 더 지어야 하나? 사법 서비스 역시 경제원칙이 적용되는 거야. 정의도 한정된 자원이라고."

한 부장은 박 판사를 쳐다보며 덧붙였다.

"간단한 사건이니까 주심판사인 박 판사가 혼자 들어가서 조정해봐. 명심해. 돈이 문제가 아니라고 큰소리치는 사람들이야말로 돈이 엄청 문제인 사람들이야. 최일남인가 그 사람

유리창 값 톡톡히 받아내려들 거야. 그냥 서로 소송이고 고소고 다 취하하고 없었던 일로 하는 걸로 마무리해. 양쪽 다 잘못이 있어. 종업원이 불판 떨어뜨려 불똥 튀고 했으니 화는 날 만하지. 그래도 그렇지 그 원고 아줌마, 차림새 보아하니 청담동 분위기던데, 서민들 상대로 500만 원은 너무하잖아? 하긴 남들 피 철철 나는 상처보다 내 손톱 밑의 가시가 더 아픈 법이지."

"그런데 어떤 가시는 진짜 아프긴 하죠……"

무심코 한마디 던진 임 판사는 한 부장이 노려보자 바로 입을 다물었다.

다음날, 조정실에서 최일남은 서로 소송 및 고소를 취하하고 더이상 책임을 묻지 않기로 하는 합의서에 서명을 하며 쉴 새 없이 투덜거렸다.

"저 여자 면상을 더 안 보는 게 나을 것 같아 합의하긴 하지만 그거 스리 유리라서 일반 유리보다 비싼 건데……"

박 판사는 서명하려는 원고에게 불쑥 물었다.

"그런데 원고는 증거도 충분하지 않은데 왜 소송을 제기한 거죠?"

원고가 내뱉었다.

"착각한 거죠 뭐. 판사님에게 자초지종만 얘기하면 알아주실 줄 알았는데."

박 판사는 무표정한 원고의 얼굴을 잠시 바라보았다. 그러고는, 천천히 합의서를 접어 찢기 시작했다. 박 판사는 놀라서 쳐다보는 양측에 말했다.

"이 사건, 조정하지 않겠습니다. 다시 재판기일을 정해서 통지할 테니 그때 나오세요."

주심판사를 조정실에 보내놓은 부장판사의 마음은 테세우스를 기다리는 아버지 아이게우스와도 같다. 아들이 살아서 돌아오면 배에 흰 돛을, 죽어서 돌아오면 검은 돛을 달기로 했기에 매일 언덕에 올라 바다를 쳐다보던 아비의 심정으로 돌아오는 주심판사의 표정을 살핀다.

"오, 박 판사. 어떻게 됐어? 어제 보니 둘 다 속으론 포기한 것 같던데."

"네, 그런 것 같습니다."

"그렇지? 수고했어. 그런데 합의서는 어디 있지?"

"죄송합니다. 제가 조정하지 마시라고 하고 돌려보냈습니다."

"뭐야!"

아이게우스에서 분노로 불타는 제우스로 변신한 듯, 한 부장의 눈에서 불똥이 튄다.

"그게 도대체 무슨 소리야. 박 판사 제정신이야?"

"부장님, 양쪽 다 진심으로 승복하고 있지 않았어요. 그보다 먼저, 이 사건은 원고든 피고든 어느 한쪽 말이 진실이라면 그쪽이 너무나 억울한 사건 아닌가요. 애가 불판에 맞고도 적반하장으로 공갈범으로 몰린 경우이거나, 아니면 반대로 악질 공갈범에게 소송까지 당하며 시달리는 경우거나."

"그걸 어떻게 가리냐고! 입증 책임에 따라 증거 있으면 이기고 없으면 지는 거지. 게다가 양쪽 다 오십 보 백 보야. 경위야 어쨌든 종업원이 실수한 것 같은데 대강 얼른 사과하지 않고 잘못한 거 없다고 뻗대는 식당 주인이나, 그날은 그냥 돌아갔다가 영 심사가 불편했는지 석 달이나 지나서 뒤늦게 분풀이하려고 거액을 요구하다가 재판에 지니까 가게에 돌이나 던지는 손님이나. 똥 묻은 개가 겨 묻은 개 나무라는 격이라고!"

"오십 보와 백 보가 어떻게 같을 수 있죠? 오십 보와 백 보 사이 거리는 출발점에서 오십 보까지의 거리와 같아요. 티끌

하나 없이 고결한 사람만 상대방 잘못을 물을 수 있는 건가요? 오십 보 백 보면 백 보가 두 배의 벌을 받아야죠. 그리고 누구 몸에 묻은 게 겨고 누구 몸에 묻은 게 똥인지도 가려야죠. 이런 걸 가리지 않으면 누가 득을 보죠? 백 보만큼 나쁜 짓을 한 인간, 몸에 똥 범벅된 인간들 아닌가요? 그런 인간들이 상대방에게도 서너 보 흠이 있으면 이걸 꼬투리 잡아 오십 보 백 보 운운하다가 적반하장으로 자기가 겨 묻은 개인 척하는 게 세상 이치 아닌가요?"

한 부장의 매서운 눈빛에도 아랑곳 않고 박 판사의 말은 이어졌다.

"그리고 '경위야 어쨌든'으로 시작하는 건 사과가 아니죠. 귀찮으니 먹고 떨어지라는 수사일 뿐. 사과도 용서도 합의도 먼저 무엇이 옳고 무엇이 그른지 밝혀진 뒤에 하는 것 아닌가요? 정의도 한정된 자원이라고 말씀하셨죠. 맞아요. 세상의 모든 시시비비를 끝까지 밝히는 건 불가능할지 모르죠. 선택과 집중이 필요할 수도 있어요. 그런데 그 기준이 액수의 많고 적음인가요? 뻔뻔한 불의가 자행되고 있는지 여부가 더 중요한 것 아닌가요? 소송 경제, 분쟁의 효율적 해결 다 필요하지만, 그전에 초등학생도 아는 정의를 제대로 선언하는 것이 우리의 근본 임무 아닌가요?"

박 판사의 눈빛이 제우스에 도전하는 프로메테우스처럼 파랗게 불타올랐다.

"그래, 그 '초등학생도 아는 정의'를 찾기 위해 무슨 증거를 더 조사하시려고?"

한 부장이 비꼬듯 물었다.

"……최소한 당사자 본인들은 진실을 알 거라고 생각합니다."

박 판사의 대답이었다.

"당사자 본인 신문을 해보시겠다? 이렇게 원수지경이 되어 싸우는 사건의 항소심에서?"

"저도 자신은 없습니다, 부장님. 하지만 결과가 어떻든 최선은 다해보고 싶어요. 이대로 입증 책임에 따라 형식적인 결론을 내리는 건 아닌 것 같아요."

"형식적인 결론? 그래, 위대한 정의의 여신 박 판사님께서 칼을 휘둘러보고 싶으시면 하셔야지. 눈먼 칼에 누가 찔릴지는 모르겠지만 말이야. 어디 멋대로 한번 해봐!"

부장판사실 문이 거칠게 닫혔다.

토요일 새벽 세시 반, 동창 모임에서 한잔 거나하게 걸친 한세상 부장판사는 아파트 문을 조심조심 열었다. 벌써 배달된 조간신문을 안으로 들여놓고는 소리 없이 옷을 갈아입고 이불 속으로 스르륵 미끄러져 들어간다. CIA 중앙컴퓨터실로 침투하는 톰 크루즈 못지않다. 다행이다. 모로 돌아누운 마나님은 곤히 잠든 듯하다.

안심하고 잠들려는 한 부장의 귓가에 나지막한 목소리가 들려온다.

"당신은 지라시야?"

순간 한 부장의 온몸이 경직된다.

"왜 나가서 다음날 조간신문하고 같이 들어와?"

토요일 낮. 한 부장은 거실 낡은 소파 오른쪽 끝에 바짝 붙
어 앉아서 신문을 보고 있다. 이 위치가 주방에서 가장 눈에
안 띄는 사각지대다. 오전 내내 한마디도 하지 않은 마나님이
점심 준비를 하고 계시다. 칼질 소리가 예사롭지 않다. 도마
를 또 새로 사야 할 것 같다.

고장 난 헬스 자전거처럼 조용히 비치되어 있는 한 부장과
는 달리 중학생인 두 딸은 좁은 아파트 안을 뱅글뱅글 돌아다
니며 말싸움을 하고 있다. "언니! 또 내 옷 훔쳐 입었어?" "너
도 저번에 내 옷 훔쳐 입었잖아." "아니거든! 난 분명히 허락
받고 입었거든!" "그건 니가 일방적으로 빌려간다고 한 거지.
난 아무 말 안 했어." "그게 허락한 거잖아!" "확실하게 허락
을 받았어야지." "말도 안 돼. 게다가 내 옷은 한 번도 안 입은
새 옷이란 말이야!" "어쩜, 내 옷은 헌 옷이라 마음대로 가져
다 입어도 되는 거야? 그런 거야? 그런 거였구나……"

'승부가 났군.' 한 부장은 속으로 생각했다. 말꼬리 잡기의
달인인 첫째는 상대가 흥분할수록 더 천천히 말하기 시작한

다. 먼저 흥분하는 쪽이 결국 지기 마련이다. 갑자기 첫째가 얄미워진다. 맹랑한 초임 배석판사 박차오름과 입씨름을 하다가 벌컥 화를 내고 만 자신의 모습이 떠올라서다. 첫째에게 남의 말꼬리 잡지 말라고 엄히 훈계해야겠다. 그거 아주 꼴 보기 싫다.

월요일, 법원 구내식당. 44부의 점심식사 분위기는 냉랭했다. 지난 주 박차오름 판사가 합의서를 찢고 돌아온 후부터 계속 이런 분위기였다. 임바른 판사는 생각했다. 밥알 씹는 맛이 모래알 씹는 느낌인 것은 구내식당 식자재의 문제일까, 부장님의 일그러진 표정 때문일까. 묵언수행중인 수도승마냥 묵묵히 수저를 입으로 가져가던 한 부장이 갑자기 수저를 내려놓았다.

"박 판사, 경력 20년의 부장판사와 초임 배석판사가 함께 합의부를 구성하는 이유가 뭐라고 생각해?"

박 판사는 바로 답하지 않고 한 부장을 묵묵히 쳐다보았다.

"판사의 일이라는 건 시험 잘 봤다고 바로 할 수 있는 일이 아니야. 오랜 경험을 통해 세상을 알아야 하고, 효율적인 업무처리 방법도 알아야 해. 그래서 경험 많은 부장과 함께 일하면서 배우도록 하는 거지. 도제식 교육이라고. 하지만 배울 자세가 되어 있지 않으면 다 소용없어."

박 판사가 입을 열었다.

"부장님, 물론 부장님과 임 판사님으로부터 많이 배워야 한다고 생각합니다. 그런데, 단지 도제식 교육만을 위한 거라면 왜 세 판사가 토론을 한 후 다수결로 재판부의 결론을 정하도록 법이 정해두었을까요? 스승과 제자, 장인과 조수가 대등한 합의를 할 수 있나요?"

듣고 있는 한 부장의 얼굴이 다시 일그러지기 시작했다.

"합의부의 핵심적인 존재 이유는 국민을 위해 신중한 판단을 하라는 것 아닌가요? 아무리 경험 많은 법관이라도 실수할 수 있으니까, 독단에 빠질 수 있으니까."

"독단?"

한 부장의 언성이 높아졌다.

"그거 말 잘했네. 젊은 판사가 설익은 정의감으로 독단에 빠져서 사건을 멋대로 끌고 가면 고통받는 건 당사자들이야. 법원은 사회운동 하는 곳도 아니고, 탐정놀이 하는 곳도 아니야. 정의의 사도 놀이를 하고 싶으면 딴 직업을 알아봐야지!"

"전 그저 누구도 억울함이 없도록 최선을 다해서 재판하고 싶을 뿐이에요, 부장님."

"지금 내가 억울한 사람에게 억지로 조정을 강요했다는 거야? 박 판사가 뭘 알아! 이 정도 사건으로 법원 계속 들락거리는 게 그 사람들에게 더 큰 고통이 된다고. 승소해봤자 몇 푼이나 되겠냐고. 빨리 마무리하는 게 모두에게 최선이야."

"그래도……"

박 판사가 다시 입을 열려 하자 한 부장이 탁자를 내리쳤다.

"어디서 부장이 말하는데 끝까지! 정말 요즘 젊은 판사들은 연수원에서 뭘 배워 오는 거야! 그래 어디 한번 이 재판 맘대로 해봐. 다음주 당사자 신문도 아예 직접 진행해! 난 물어보고 싶은 것도 없으니까!"

저녁, 얼굴을 찌푸린 채 귀가한 한 부장은 소파에 앉아 신문을 펼쳐들었다. 아직도 화가 가시질 않는다.

'도대체 한마디를 지지 않으려 드니 이건…… 온실 속 화초같이 곱게만 큰 주제에 세상에 대해 뭘 안다고……'

법원의 시간은 일주일 단위로 빠르게 흐른다. 한 주 재판을 마치면 어느새 다음주 재판이 코앞에 와 있다. 불판 사건 기일이 시작되었다.

"2015나51623호 사건 나오세요."

불만 가득한 표정으로 고깃집 사장 최일남, 종업원 정순녀, 원고 김세연이 앞으로 나왔다.

한 부장은 아무 표정 없는 얼굴로 내뱉었다.

"당사자 본인 신문을 실시하겠습니다. 세 분 모두 오른손을 들고 최일남 피고가 대표로 선서서를 낭독하세요."

"네? 선서서라고 하시면……"

"거기 증인석 위에 있지 않습니까."

"네. 선! 서! 양심에 따라 숨기거나 보태지 아니하고 사실 그대로 말하며, 만일 거짓 진술을 하면 그에 대한 제재를 받기로 맹세합니다!"

필요 이상으로 우렁찬 선서가 끝나자 한 부장은 팔짱을 끼더니 박 판사를 힐끗 쳐다보았다. 긴장한 기색이 역력한 박 판사가 말문을 열었다.

"네, 주심판사인 제가 신문을 진행하겠습니다. 대질 신문으로 동시에 진행하려고 하니 모두 자리에 앉아주세요."

최일남이 손을 번쩍 들었다.

"판사님! 저부터 한말씀 드려도 되겠습니까?"

"불판이 떨어지는 순간을 보신 것도 아닌데 무슨 말씀을 하시려고요?"

"우리 정씨 아주머니는 조선족인데다 평소 말수도 없어서 우리말이 서툴 테니 제가 설명해드릴게요. 그때 저는 카운터에 있었습니다. 테이블 쪽에서 와장창 소리가 나길래 놀라서 바로 뛰어가봤죠. 불판이 떨어져 있더라고요. 얼른 학생을 이리저리 살펴봤죠. 아무렇지도 않던데요? 요란한 소리에 좀 놀랐을지는 몰라도 겉으로 보기엔 기스 하나 없이 말짱하더란 말예요. 다행이다 생각하면서 정씨 아줌마한테 잔소리를 좀 했죠. 조심 좀 하라고. 그런데 아무렇지도 않은 학생을 부둥켜안고 요란을 떨고 있던 이 아주머니가 빽, 소리를 치는 거예요. 애가 불판에 맞았는데 어떡할 거냐면서. 그래서 정씨 아줌마한테 정말 그런 거냐고 물어봤더니 펄쩍 뛰는 거예요. 학생한테는 스치지도 않았는데 뭔 소리냐고요."

"피고 정순녀 씨, 스치지도 않은 게 맞나요?"

정순녀는 입을 굳게 다물고 고개를 끄덕거렸다.

최일남이 다시 끼어들었다.

"아 그렇다니까요. 그래서 생각했죠. 또 뻥뜯으려는 인간 만났구나, 지긋지긋허다. 그래도 꾹 참고 '고기 1인분 서비스

드릴까요?' 했더니 아주 발악을 하는 거예요. 누가 보면 무슨 중환자 나온 줄 알겠더라고요. 저도 더이상 못 참겠어서 소리 좀 질렀죠. 억지 부리지 말라고. 정 억울하시면 경찰 부르자고. 경찰 소리 나오니 학생이 지 엄마 옷자락을 잡아당기더라고요. 그제야 저 아주머니도 꼬리 내리고 아무 말 없이 휙 나가버리더라고요. 먹는장사 하다보면 이런 일이 허다해요. 국에 머리카락이 빠졌다는 둥 반찬이 상했다는 둥. 서비스 준다고 그러면 금세 헤벌쭉하고. 있는 사람들이 더 무섭더라고요. 판사님, 저희 같은 서민은 하루하루가 전쟁입니다. 퇴직금 털어넣고 대출받아서 가게 차렸는데 장사는 안 되지, 진상은 많지, 조선족 아줌마들은 수시로 그만둔다고 난리지, 치매 걸린 노인네 요양병원비 대느라 허리가 휘는데 건물주는 세 올려달라 성화지. 이젠 악밖에 남은 게 없다니까요."

최일남의 목소리에는 어느새 울음기마저 섞이기 시작했다. 가만히 듣던 박 판사의 시선은 그를 지나 고개를 숙이고 있는 정순녀에게 머물렀다.

"피고 정순녀 씨, 재중동포시지요?"

"동포요? ……하이고, 동포란 말 참 좋네요. 내 이 나라 와서 거룩한 동포 양반들한테 눈물겨운 동포애 참 많이많이 받앉네요. 동포고 뭐고 일없고, 나는 그냥 중화인민공화국 사람임다."

정순녀의 말은 또렷했고 연변 말투도 거의 없었다. 최일남은 놀라 그녀를 쳐다보았다.

"내 나이 열여섯에 브로커 따라서 나이 오십 먹은 중늙은이한테 팔려온 건지 시집온 건지 와서는 낮에는 허리가 휘도록 농사일 하고 밤에는 또 밤대로 시달리고, 얻어맞고. 어린 나이에 애가 들어섰다가 유산한 것만도 두 번인데 시어머니에 시누이들 몸종 노릇 하랴 종일 밭일하랴 몸은 망가져만 가고. 결국 못 견디고 집 나와서 여기저기 돌아다니며 산 지 오래임다. 직업소개소 사기꾼 놈들한테 피 같은 소개료 떼인 것도 여러 번이고, 식당 일 한다고 우스워 보이는지 음흉한 노인네들은 엉덩이 슬쩍슬쩍 만져대고, 잘난 사모님들은 손님이 왕인데 부르면 빨리빨리 튀어오지 않는다며 날뛰고. 저는 모국에서 하루하루가 이리 천국인데 손에 물 한 방울 안 묻혀본 것같이 귀티 나는 저 사모님은 아드님이 금지옥엽인지 아무것도 아닌 일에 오만 호들갑을 떨고 그러데요. 다 큰 학생을 무슨 갓난애처럼 끌어안고는……"

뭔가를 골똘히 생각하던 박 판사가 원고에게 물었다.

"원고 김세연 씨, 소송을 제기하면서 아드님을 원고에 포함시키지 않은 이유를 다시 한번 말씀해주시겠어요? 아무리 그래도 직접 피해자는 아드님인데."

최일남이 끼어들었다.

"중학생이나 된 다 큰 아들이 애기로 보이나보죠. 하긴 엄마 옷자락만 부여잡고 있는 게 애기 같긴 하더라고요. 이건 뭐, 지진아도 아니고. 하여튼 과잉보호하는 엄마들이 문제라니까요."

"최일남 피고! 어디서 막말입니까! 지진아라뇨. 당장 원고에게 사과하세요!"

아무 말 않던 한 부장이 갑자기 버럭 소리를 지르자 최일남이 움찔했다.

"미안합니다. 그게 그런 뜻이 아니라……"

앞선 박 판사의 질문에 묵묵부답이던 원고의 입에서 웅얼거리는 듯한 소리가 흘러나왔다.

"……아파서요."

"네?"

"아파서요. 물어보셨잖아요. 왜 아이를 원고에 포함시키지 않았느냐고요."

원고의 목소리가 점점 또렷해졌다.

"그렇게도 궁금들 하시면 말씀드릴게요. 제 아이는 아픈 아이예요. 마음이요. 덩치는 커가도 마음은 어린애인 채로 남아 있는 아이예요. 그뿐인데 사람들은 정박아니 지진아니 하는 모진 말들로 부르더군요. 그래서 싫었어요. 애가 이 일로 어떤 피해를 입었는지 세세하게 설명하는 게요. 그래서 제 심적 고통에 대한 위자료만 청구한 거예요."

최일남도 정순녀도 놀란 눈으로 원고를 쳐다보았다.

"저희 애는 어릴 때 뜨거운 냄비를 만졌다가 손을 덴 적이 있어요. 그래서 갈비를 너무 좋아하면서도 숯불이 무서워서 고기를 집어오지 못해요. 제가 집어다가 접시에 놓아주죠. 그런 애가 떨어지는 불판에 맞았어요. 하나님이 도우셔서 흉터는 남지 않았지만, 순간 얼마나 애가 놀랐을지 전 알아요. 게다가 불판이 떨어지면서 숯불에서 불똥이 애 쪽으로 튀었어요. 얼굴이 백지장이 되어서는 몸을 사시나무 떨듯 하더군요."

원고는 차분히 말을 이어갔다.

"그런데 저 아저씨는 애는 괜찮냐는 말 한마디 없이 아줌마한테 잔소리부터 하고. 저 아줌마는 절 뻔뻔한 거짓말쟁이로 만들어버리고. 제가 화를 내니까 저 아저씨가 고래고래 소리를 치면서 경찰을 부른다더군요. 제가 도망갔다고요? 아이가 제 옷자락을 자꾸 잡아당기기에 돌아보니…… 오줌을 지렸더라고요. 이혼한 애 아빠가 술만 먹으면 저한테 소리를 지르고 손찌검을 하는 걸 여러 번 본 애거든요. 그걸 보니 머리가 아득해져서 얼른 애를 데리고 집으로 간 거예요. 다행히 상처가 희미하길래 그냥 잊어버리려고 했어요."

원고의 눈에 눈물이 맺히기 시작했다.

"그런데 어느 날 애 담임선생님 전화를 받았어요. 과학시간에 알코올램프로 무언가 가열하는 실험을 했나봐요. 남자애들이 장난치다가 램프를 엎어서 책상에 불이 붙었대요. 선생님이 얼른 모래를 뿌려서 금방 껐다더군요. 그런데, 그만 저희 애가 자리에 얼어붙은 듯 앉은 채로 바지에 오줌을 싸버렸대요. 애들은 더럽다고, 냄새난다고 코를 쥐고 난리 치고. 그후론 전교생이 우리 아일 투명인간 취급하기 시작했어요. 그렇지 않아도 장애아라고 애들이 왕따시킬까봐 제가 몇 번이나 반 애들 생일파티 열어주고, 선물도 돌리고 했었는데 다 소용없더군요."

열심히 타자를 치던 속기사조차 자기도 모르게 손을 멈추고 원고를 쳐다보았다. 법원 어린이집에 맡겨놓은 다섯 살 아들을 생각하며.

"가장 견디기 힘든 건 뭔지 아세요? 급식시간에 함께 밥 먹을 아이 친구가 한 명도 없는 거예요. 선생님이 반 애들에게 같이 밥 좀 먹어주라고 하면, 자기도 같이 왕따당할까봐 무섭다 그러면서 다 싫어한대요. 급식실 구석에 우리 애 혼자 멍하니 앉아 있곤 하다가 이제는 아예 급식실에 가지도 않고 혼자 교실에서 엎드려 잔대요. 하루는 애가 저한테 아침밥을 많이 달라고 하는 거예요. '난 점심을 못 먹으니까 아침이라도 많이 먹어야지, 엄마' 그러는데……"

법정 안에는 원고의 울음 섞인 목소리 외에는 아무것도 들리지 않았다.

"그 소리를 들으니 가슴을 칼로 후벼파는 것 같더군요. 그날 눈이 뒤집혀서 법무사를 찾아가 소장을 썼어요."

"……미안해요."

정순녀의 눈에서도 눈물이 쏟아져나왔다.

"죄송해요. 제가 잘못했어요. 제가 거짓말했어요. 불판이 학생 얼굴 스치는 걸 봤어요."

정순녀는 넋이 나간 듯했다.

"처음엔 학생 얼굴에 상처라도 났을까봐 무서워서 죽는 줄 알았어요. 치료비 물어줄 돈도 없는데…… 시집에서 도망 나올 때 뱃속에 있던 딸애를 혼자 낳아 키우고 있어요. 쥐꼬리만한 지원금 받아서 겨우 지하 단칸 월세방에 사는데, 애가 천식이라 힘들어해요. 한푼이 아쉬운 판에 사장님은 접시 하나라도 깨면 월급에서 까고, 지난번에는 손님 비싼 양복바지에 찌개 국물 튀었다고 세탁비까지 물어냈어요. 이번엔 정말 큰 사고 쳤구나 싶었는데 상처가 언뜻 눈에 띄지 않더라고요. 다행이다 싶었는데 사장님이 달려오시니까 덜컥 겁이 났어요. 또 월급에서 치료비 깐다고 할까봐 무서워서 그만……"

입을 벌리고 두 여인의 말을 멍하니 듣던 최일남은 고개를 푹 수그렸다.

한참을 그러고 있던 최일남은 중얼거리듯 되뇌었다.

"저 힘들다고 남들 힘든 건 보려고도 안 했네요. 괜찮냐, 다친 데 없느냐, 죄송하다는 말 한마디를 못하고 꼬투리 잡히지 말아야 한다는 생각만 했네요. 제가 미쳤었나봐요. 죄송합니다……"

재판은 끝났다.

원고는 아무 조건 없이 소송을 취하했다. 재판부 세 명은 침묵 속에 판사실로 향했다. 앞서서 터벅터벅 걷던 한 부장은 부장실 앞에 멈췄다.

"박 판사……"

따라오던 박 판사와 임 판사도 걸음을 멈췄다.

"……수고했소."

부장실로 들어가는 한 부장의 등이 평소보다 더 굽어 보였다.

골무

독자님들은 판사를 상징하는 물건으로 무엇을 떠올리실지 잘 모르겠지만, 만약 판사들에게 묻는다면 상당수 판사는 이것을 반사적으로 떠올릴 것이다.

바로 고무로 만든 골무다. 엄지손가락에 끼운다. 무엇에 쓰는 물건인고? 판사들이 일생 매달리는 업業, '기록'을 넘기는 도구다. 종이 넘기는 고무 골무라고 하면 우체국 접수창구 직원, 돈 세는 은행원을 연상하겠지만, 평생 사용 횟수는 판사가 최고일 것이다. 초임 판사부터 대법관까지 모든 판사들의 엄지손가락에는 골무가 끼워져 있다. 임바른과 박차오름, 한세상도 마찬가지고.

내 초임 판사 시절, 재판 기록을 넘기는 도구로는 물이 조금 적셔져 있는 스펀지도 있었지만, 비위생적이었다. 당시 출판사 편집자들이 교정 볼 때 쓰던 표면이 매끈하고 얇은 고무로 된 골무를 구해다 쓰는 판사도 있었는데, 기록이 한 장 한 장 차례로 넘겨지지 않고 자꾸 엉켜서 불편한데다 잘 찢어졌다. 그러던 어느 해 초, 대법원에서 판사들에게 신년 선물을 보내왔다. 지위 고하를 막론하고 서로 선물 안 주고 안 받는, 보기 드문 사회성 결여 집단에서 별일이구나 하며 뜯어보니 신형 고무 골무 세트가 들어 있었다. 표면에 오돌토돌한 작은 돌기들이 있어 기록이 한 장씩 잘 넘어가고 고무가 도톰하여 잘 찢어지지도 않는다. 일반형 콘돔에서 특수형 콘돔으로의 진화랄까? 죄송, 비유가 부적절했다.

대법원에서 하사하신 골무 세트를 손에 들고 나는 감읍하기는커녕 도대체 얼마나 많은 사건 기록을 넘기라고 신년 선물로 골무 세트를 준단 말이냐 장탄식을 할 수밖에 없었다. 결국 그해에 두 개 정도의 골무가 닳아 찢어져서 버렸던 것으로 기억한다.

판사의 일상은 사람들에게 많이 알려져 있지 않다. 사람들은 법대 위에 엄숙하게 앉아 있는 판사의 모습만 생각한다. 호수 위를 우아하게 노니는 백조의 다리는 물밑에서 우악스럽게 움직이고 있다는 것을 모르는 분들이 있는 것 같다. 이렇게 묻는 지인도 있었다. 재판은 보통 일주일에 한 번 하는 것 같던데 재판 날 아닌 다른 날들은 뭐하니? 법원 직원들이 사건 내용 정리해서 보고 하면 결재만 하는 거지? 이런 질문을 들으면 울컥한다. 판사가 내용을 알아야 재판을 할 것 아니겠는가. 시험 날 하루를 위해 한 주 내내 시험공부 하듯, 재판을 위해 방대한 사건 기록을 저 골무를 끼고 넘기고 또 넘기며 메모한다. 게다가 재판을 일주일에 한 번 하는 것도 옛날 얘기. 민사재판은 두 번 정도(한 번은 준비기일이나 조정기일)지만, 형사재판은 일주일에 최소 두 번이고, 서너 번도 흔하다.

기록을 검토하고 재판 날 양쪽의 주장을 들은 후 결론을 내서 판결을 작성하는 것이 보통의 경우지만, 판결로 마무리하는 대신 조정을 시도하기도 한다. 조정이란 판사나 조정위원이 양쪽 당사자의 입장을 충분히 들은 후 양쪽 모두 조금씩 양보할 것을 권고하는 등 합리적인 타협안을 제시하고, 당사자들이 모두 동의하는 경우 조정 조서를 작성하여 사건을 종결시키는 절차다. 원만하게 합의가 이루어지기만 한다면 조정은 모두를 행복하게 만든다. 당사자들은 대법원까지 몇 년이 걸릴지 모르는 길고 지루한 송사에서 해방되고, 판사들은 판결문을 작성하고 수정하는 고생에서 해방된다. 조정은 당연히 판사를 위한 것이 아니라 당사자를 위한 것이어야 한다. 만약 판사가 사건을 쉽게 해결하기 위한 수단으로 시시비비를 가리지 않고 대충 서로 양보하라고 압박한다면 그건 '정의'를 포기하는 편의주의일 것이다. 물론 한세상 부장은 객관적 증거가 부족한 불판 사건을 오래 끄는 것은 당사자들에게 실익이 없으므로 조정이 최선이라고 생각한 것일 게다. 단지 박차오름이 그 '실익'에 대해 조금 더 고민했을 뿐.

재판은 판사의 힘만으로 이루어지는 것이 아니다. 법원에서는 판사 외에도 많은 사람들이 각자의 역할을 하고 있다. 실무관은 말 그대로 재판 절차상 필요한 온갖 실무를 담당한다. 소송 서류를 당사자들에게 송달하고, 절차상 필요한 결정의 초안을 작성하기도 하며, 사건 기록을 보관하다가 판사실과 법정으로 날라준다. 온갖 문의 전화, 민원 전화에 응대하는 것도 큰 일거리다. 실무관이 경력이 쌓여 승진하면 참여관이 된다. 참여관은 보통 '계장님'으로 불리는데 재판 조서 작성이 주 업무이지만 그 외에도 소장에 누락된 점은 없는지 검토하는 등 재판장의 업무를 돕는다. 증인 신문을 할 때는 속기사가 내용을 속기하고, 무술 유단자인 법원 경위가 법정의 질서를 유지한다(갈수록 여성 법원 경위가 늘어나는 추세다). 이외에도 아주 많은 사람들이 함께 법원을 구성하고 있다. 이 모두를 이야기에 등장시키고 싶었지만, 다양한 사건 내용들을 소개하다보면 주인공들조차 방치되기 일쑤다. 아쉬운 점이다. 하긴 판사인 주인공들이 일하는 모습을 묘사한 부분들도 그리 역동적이지는 않을 것 같다. 골무, 기록, 판사실, 법정, 구내식당의 반복이니까. 판사가 주인공인 드라마나 영화가 세계적으로 극히 드문 것도 이해가 간다.

판사의 일상을 처음 목격했던 날의 충격이 기억난다. 사법연수원에는 병원의 인턴 같은 '시보'라는 수습과정이 있다. 법원, 검찰, 변호사 사무실을 차례로 돌며 세 가지 일을 체험해보도록 한다. 나는 수원지방법원에서 법원 시보를 했다. 판사들과 법조계의 미래에 대해 치열한 토론을 벌이며 실력을 자랑해보려는 야심(?)을 품은 채 판사실 한쪽에 마련된 책상에 앉았다. 선량하고 친절한 인상의 우배석, 좌배석 두 판사님은 첫 출근 날 오전 약 15분간 다정하게 인사와 격려의 말씀을 해주셨다. 그러고는 퇴근시간까지 판사실에서 들리는 소리는 한 가지뿐이었다. 촤르륵 촤르륵.

기록 넘기는 소리다. 아, 한 가지 더 있다. 째깍째깍. 방이 너무나 조용해서 크게 들려오는 시계 초침 소리. 두 판사는 각자의 책상에 앉아 한 시간이고 두 시간이고 고개 한 번 들지 않은 채 두꺼운 사건 기록을 넘기며 사각사각 뭔가를 메모하고 있었다. 동영상으로 찍어서 재생해도 정지화면으로 보일 거다. 책상과 기록 캐비닛 안에는 기록이 가득했다. 감히 말을 걸 분위기가 아니었다. 저녁 6시가 되어 꾸벅 퇴근 인사를 하자 두 판사는 선량한 미소를 지으며 내일 보자고 하시더니 바로 고개를 떨구고 좌르륵, 사각사각. 이날 퇴근하며 판사를 하는 것이 정말 좋을지 심각하게 다시 고민했던 기억이 난다.

어느 분야나 마찬가지겠지만 사람들의 눈에 띄는 것은 언론에 나오는 거창한 사건들, 튀는 일들뿐이다. 하지만 어느 분야든 대다수의 일하는 이들은 화려하지 않고 튀지도 않는 일들을 묵묵히 반복하고 있다. 그러기에 세상은 호들갑스러운 탄식과 성급한 절망에도 불구하고 오늘도 묵묵히 굴러간다.

3부

가슴 털 사진 보낸 가장의
밥줄을 끊는 건 심할까

"농담 좀 심하게 했다고 가장의 밥줄을 끊어서야 되겠습니까?"

머리를 올백으로 빗어 넘긴 변호사는 목소리를 높이며 팔을 휘둘러댄다. 금세 '국민 여러분!'을 외칠 것만 같다. 역시 전직 국회의원답다.

"원고는 홍보 분야에서 20년 가까이 근무하면서 A그룹에 크게 기여한 인재입니다. 이번 프로젝트를 위해 고용한 아르바이트 대학생들을 얼른 팀에 융화시키려는 조급한 마음에 친해지려 애쓰다 그만 실수한 것입니다."

한세상 부장판사가 사건 기록을 뒤적이며 말했다.

"사십대 후반의 부장이 이십대 초반 아르바이트생에게 오빠라고 부르라고 하거나 매일 카톡 보내서 밤에 따로 만나자고 한 것이 다 그런 노력들이군요."

"그 친구가 유독 자신감이 없고 회사에 적응을 못하길래 멘토 노릇을 하려고 한 것일 뿐입니다."

"흐음, 가슴이 물방울 다이아몬드처럼 명품이라며 어머님이 누구냐고 물은 것도 자신감을 주기 위한 것이겠네요. 수풀 무성한 자기 가슴 사진을 보내며 상남자 냄새가 나지 않느냐 섹시하지 않느냐 문자 보낸 걸 보면 확실히 놀라울 만큼 자신감 넘치는 멘토이긴 하네요."

묵묵히 앉아 있던 원고가 움찔하며 고개를 들자 왼쪽에서 오른쪽으로 미역 널듯 공들여 넘긴 머리카락 몇 가닥이 흘러내렸다. 잠시 말문이 막혔던 변호사가 변론을 이어갔다.

"……물론 실수도 있었습니다만, 그렇다고 어딜 만진 것도 아니고, 말 몇 마디 때문에 해고는 너무한 것 아닙니까? 요즘 사회 분위기가 남성들에게 너무 가혹한 것 같습니다. 격의 없이 친근하게 대하다보면 실언도 한두 마디 나오게 마련입니다. 이런 사회 분위기 때문에 요즘은 직장 상사고 대학 교수고 할 것 없이 여직원이나 여학생과 친하게 지내는 것을 아예 기피하고 꼭 필요한 업무상 연락만 하곤 합니다. 오해받아 패가망신할까봐 팀워크도, 스승으로서의 책임도 포기하게 되는 거죠."

'아, 부디 포기라도 해주시길.'

주심판사 임바른은 속으로 되뇌었다.

해고무효확인 소송 첫 기일이다. 회사 측 변호사가 성희롱 피해자를 증인으로 신청해서 다음 기일이 정해졌다.

점심식사 시간. 박차오름 판사가 씩씩거린다.

"여자 때문에 오해받아 패가망신할까봐 피한다? 여성이 무슨 취급 인가 필요한 인화 물질인가요? 적반하장도 유분수지. 아까 그 변호사, 어떻게 그런 사람이 국회의원까지 했죠?"

"그런 사람이니까 했죠. 그런 국민 또한 충분히 많으니까 그런 민의를 대변하는 거죠. 이 나라 민주공화국이잖아요."

임 판사가 시큰둥하게 대꾸했다.

"그 양반, 의원 시절 회식하다가 어느 여기자 몸을 더듬어서 물의를 일으킨 전적도 있어요. 뭐, 그런 분들이 한둘이 아니어서 동호회 만들어도 될 정도지만."

들고만 있던 한 부장이 입을 열었다.

"그만들 해. 변호사가 어떻든 사건에 집중해야지. 분명 원고가 한 짓이 찌질하고 추해 보이는 건 사실이지만, 우리는 개인적인 혐오감을 배제하고 객관적으로 여러 징계 수위 중 해고를 선택한 것이 과도한 것은 아닌지를 살펴봐야 하는 거야. 혼은 당연히 내야 하지만, 정직 처분이나 손해배상 같은 다른 방법으로 혼내는 것은 어떤지 따져봐야지."

수저를 내려놓고 밥그릇을 잠시 응시하던 한 부장이 덧붙였다.

"누구에게나 밥줄이란 목숨과도 같은 거야. 그걸 끊어버리는 일에는 신중해야 해. 사십대 가장이 일생 일하던 직장에서 쫓겨나는 건 가벼운 일이 아니야."

밤 열시, 임 판사와 박 판사는 야근중이다. 임 판사는 오늘 진행한 성희롱 사건 기록을 넘기고 있다. 회사 상벌 규정상 징계 사유에는 '회사의 위신을 실추시킨 자, 회사의 질서를 문란케 한 자, 풍기문란 등의 도덕적 문제가 있다고 판단되는 자' 등이 줄줄이 나열되어 있었다. 이번엔 대법원 판례를 검색했다.

직장 내 성희롱의 전제 요건인 '성적인 언동 등'이란 남녀 간의 육체적 관계나 남성 또는 여성의 신체적 특징과 관련된 육체적, 언어적, 시각적 행위로서 사회 공동체의 건전한 상식과 관행에 비추어볼 때 객관적으로 상대방과 같은 처지에 있는 일반적이고도 평균적인 사람에게 성적 굴욕감이나 혐오감을 느끼게 할 수 있는 행위를 의미한다. (대법원 2008. 7. 10. 선고 2007두22498 판결)

······별 도움이 안 된다. 하급심 판례들을 검색해본다. 비슷한 사안에서 해고를 인정한 판결들도 있지만, 해고는 너무 과하다고 본 판결들도 있다.

갑자기 판사실 문이 덜컥 열린다. 옆방 정보왕 판사다.

"자자, 일만 하면 바보가 됩니다! 야근하다 나가서 한잔하며 부장 흉이라도 보는 것이 배석판사들의 유일한 낙 아니겠어?"

"또 요 앞 호프집?"

"아냐, 오늘은 오랜만에 양주 한잔하자구. 까짓것, 내가 쏠게! 실은 우리 부장님이 요 앞 단골 카페에 킵 해놓으신 게 한 병 있는데, 언제든 맘대로 마시라고 하셨어."

카페 여사장이 들고 온 술병에는 옆방 부장님 함자가 큼직 큼직 호탕하게 쓰여 있었다. 그런데 남아 있는 술은 10분의 1 정도. 꼼꼼하시기도 하지, 술병에는 남은 술 높이에 줄까지 그어져 있었다. 자리에는 잠시 침묵이 흘렀다.

"과연 대인배셔. 우리 양껏 마시고 남으면 다시 줄을 그어 맡겨놓자고."

임 판사가 한마디하자 정 판사가 민망한지 헛기침을 연발 했다. 임 판사는 아랑곳하지 않고 사건 이야기를 꺼냈다.

"그나저나 요즘 학력, 지위, 직업 불문하고 참 다양한 중년 아저씨들이 도처에서 성희롱 사건을 일으키는 것 같아. 그러 니 재판도 줄을 잇지. 교원 징계 사건, 해고무효확인 사건, 손 해배상 사건……"

임 판사가 박 판사에게 술을 따라주다가 몇 방울 흘리자 정 판사가 득달같이 병을 채어간다.

"이런, 조심해야지! 양주 한 방울 안 나오는 우리나라에 서."

몇 번의 건배 후, 볼이 빨개진 채 조용히 앉아 있던 박 판사 가 불쑥 말을 꺼낸다.

"그 사건, 전 도저히 남의 일 같지가 않아요. 너무나 익숙한 일이거든요."

"직접 보기라도 했어요?"

"음대 휴학하고 라이브 카페에서 피아노 치는 알바를 한 적
이 있었어요. 손님들이 노래할 때 반주도 해주고요."

임 판사가 깜짝 놀란다.

"저, 박 판사네 집, 부유하지 않았어요? 예전 중학생 때 아
버님이 사업을 꽤 크게 하셨던 걸로 기억하는데."

박 판사가 싱긋 웃는다.

"그랬었죠. 아빠 회사가 부도를 맞기 전까지는. 살던 집 경
매로 날아가고, 엄마는 앓다가 돌아가시고. 뭐 흔하디흔한 스
토리. 여하튼 휴학 후 애들 레슨, 반주, 밤에는 카페 피아노
알바. 뭐 가릴 처지가 아니었죠."

임 판사는 놀라 박 판사를 바라봤다.

"얘기가 엉뚱한 데로 샜네요. 여하튼 그 알바 하는 동안 정
말 다양한 아저씨들의 적나라한 모습들을 봤죠. 나름 문화예
술인들이 즐겨 찾는 카페여서 유명한 교수님들이나 사회적으
로 성공한 분들도 많이 오셨어요. 제가 피아노를 치면 박수도
많이 쳐주시고 어디서 배웠냐며 와서 묻기도 하시고. 그런데
흥미로운 건 제가 괜찮은 학교 학생인 걸 아는 순간 이분들이

하는 말이에요. '어, 내가 그 학교 교수랑 동창인데 내가 오름
양 잘 좀 봐주라고 얘기해줄게. 내가 예술의전당 사장이랑 불
알친구인데 한번 큰 무대에 서볼 생각 없어?'"

어느새 카페 여사장도 박 판사 얘기에 귀를 기울이고 있다.

"그런 모습을 볼 때마다 저는 왠지 수컷 공작새 생각이 나
서 웃음이 나더라고요. 있잖아요 왜. 아무 짝에도 쓸모없는
호화찬란한 꼬리를 활짝 펴고 암컷에게 어필하려고 애쓰는
공작새들. 무늬는 다양하더라고요. 인맥 자랑, 미국에서 박
사 한 자랑, 집안 자랑, 몸에 걸친 명품 자랑…… 저보다 스무
살, 서른 살 많은 어른들이 꼬맹이인 제 앞에서 필사적으로
자랑들을 하시니 감탄해드리는 것도 지치던데요. 심지어는
해외 출장 때 샀다는 명품 넥타이를 뒤집어 라벨까지 보여줘
요. 스무 살 여자애 눈에는 시장 표든 이탈리아제든 그냥 아
저씨들이 양복에 매는 물건일 뿐이었는데."

박 판사는 살짝 한숨을 쉬었다.

"온갖 고상한 충고를 하던 분들이 술만 들어가면 왜 그리
도 러브샷을 조르시는지. 정말 세상에는 사랑이 부족한가봐
요. 싫다는데 굳이 손금 봐주겠다는 아마추어 역술가분들도
참으로 많고요. 전화번호를 알려달라는 둥 맛있는 걸 사주고

싶다는 둥. 계속 거절하면 나를 무시하는 거냐, 내가 이래 봬도…… 결국 못 견디고 알바를 그만뒀어요. 더 다니다가는 남성혐오증 걸려서 연애도 못하겠더라고요."

카페 여사장이 한마디한다.

"그 정도를 못 견딘 걸 보면 역시 온실 속 화초네요. 하긴 임 판사님, 정 판사님도 기껏해야 삼십대 초반, 박 판사님은 이십대 후반이죠? 중년 아저씨들 세계에 대해서는 제가 판사님들보다 백 배는 전문가죠. 그 정도면 그나마 양질의 아저씨들이라고요."

정 판사가 지지 않고 입을 연다.

"저도 그 문제라면 나름 공부를 했다고요. 진화심리학으로 설명하자면, 수컷의 본능이죠. 비록 이제 짝짓기 경쟁에서 뒷전으로 밀려났지만 젊고 매력적인 이성 앞에서 아직은 수컷이고 싶은. 흥미로운 것은 사회적 성취가 바로 성적 매력으로도 이어질 거라는 근거 없는 자신감이죠. 출세만 하면 돈, 명예, 여자가 자연히 따라온다는 쌍팔년도 어른들 말씀을 들으며 자라서 그런 걸까요? 교수가 제자 성희롱한 사건을 담당한 적이 있는데, 외모 가지고 뭐라 하는 건 미안하지만, 지극히 토속적인 체형을 가진 분이 찢어진 청바지를 입고 다니면서 여학생한테 찢어진 틈 사이로 손을 넣어보고 싶은 충동이 들지 않느냐고 했대요. 거울은 보고 다니느냐고 물어볼 뻔했다니까요."

"결국 성욕보다 권력의 문제 아닐까. 주로 자기가 영향력을 행사할 수 있는 약자에게 어처구니없는 짓들을 하잖아. 자기보다 한 칸이라도 밑에 있는 존재들에게 손을 대면서 자신의 권력을 확인 받고 싶어하는 거라고. 갑질과 통하는 얘기지."

임 판사가 말했다. 박 판사가 맞장구쳤다.

"알바 시절에 느낀 건데, 그렇게 공부 많이 한 분들이 상대방의 감정에 대해서는 놀랄 만큼 무지하더라고요. 수컷의 짝짓기 본능이라면, 최소한 상대를 유혹할 가능성이 있는 노력을 해야 하잖아요? 그런데 상대에게 오히려 혐오감만 일으키는 방법으로 그 본능을 표출하니 놀라울 뿐이죠. 친절함, 자상한 배려, 위트, 공감 능력이 아니라 인맥 자랑, 돈 자랑, 음담패설, 러브샷 강요라니. 오늘도 대기업 간부가 자기 가슴털 사진을 보내며 이십대 여성을 유혹하려던 케이스를 봤잖아요? 사회적으로 성공한 사람들도 대인관계 면에서는, 특히 이성에 대해서는 미성숙한 경우가 많은 것 같아요. 왜일까 생각해봤는데, 결국 이성을 대등한 존재로 존중하면서 관계를 형성해본 경험이 별로 없기 때문일 것 같아요. 유혹이란 대등한 존재의 마음을 얻고자 하는 행위예요. 상하관계에만 익숙한 사람들이 멋진 유혹자가 될 수 있을 리가요. 뭐, 중년뿐이겠어요? 클럽에서 여자 꼬시는 비법, 원나잇 비법을 가르치는 소위 '픽업 아티스트'에게 비싼 수강료를 내는 청춘들이 과연 어떤 중년으로 늙어갈지……"

"하이고, 고담준론들 하고 계시네."

카페 여사장이 답답하다는 듯 테이블을 내리쳤다.

"뭘 그렇게 복잡하게 생각해요. 그냥 껄떡대고 싶은 발정난 수캐들이 만만한 대상을 찾는 거예요. 자기 나와바리에서 자기 알량한 권력으로. 본능을 내세우며 남한테 피해 끼치는 놈들은 그냥 수캐로 취급하면 되는 거예요. 개가 아무데나 달라붙어 허리 흔들며 흉한 짓 하려들면 몽둥이로 때려서 버릇을 고쳐야죠. 그거 하라고 판사님들이 있는 거 아녜요? 무슨 심오한 심리분석 하려들지 마시고, 국민의 혈세로 월급 받았으면 똥개들 매질이나 좀 시원하게 해주시라니까요!"

우리가 돈이 없지
가오가 없냐

늦은 밤. 임바른 판사는 성희롱에 관한 각종 논문과 판례를 찾느라 분주하다. 성희롱이라는 용어가 사용된 최초의 판결은 1976년 미국의 '윌리엄스 대 색스비 판결'이었다. 상사의 유혹을 거부한 후 수모와 해고를 당한 여성이 제기한 이 사건에서, 법원은 이는 성차별이며 이를 방지하지 못한 사용자도 법적 책임을 져야 한다고 판결했다. 놀라운 것은 피해 여성이 근무했던 직장이 미 법무부였다는 점이다. 고용 기회, 승진 등을 대가로 성희롱을 가하는 '조건형 성희롱'을 먼저 규제한 것이다.

1986년 미국 연방대법원은 '메리터 저축은행 대 빈슨 사건'에서 보다 넓은 '환경형 성희롱'의 요건을 정립했다. 조건, 대가 관계가 없더라도 '성희롱의 정도가 적대적 근로 환경을 조성할 정도로 심하거나 또는 광범위하게 행해진 경우' 성립한다. 이 요건의 판단 기준에 관해서는 '합리적 인간'이라면 어떻게 느낄지를 기준으로 삼다가, 성희롱 피해가 여성에게 집중되어 있는 현실을 감안하여 '합리적 여성 기준'으로 발전했다.

임 판사는 전에 무심코 읽고 넘겼던 우리 대법원의 '2007두22498 판결'이 매우 중요한 판결임을 깨달았다. 대법원은 이 사건에서 성희롱으로 인한 해고가 정당화되는 요건으로 '상대방과 같은 처지에 있는 일반적이고도 평균적인 사람의 입장에서 보아 어떠한 성희롱 행위가 고용 환경을 악화시킬 정도로 매우 심하거나 또는 반복적으로 행해지는 경우'를 들었다. '합리적 여성 기준'을 보완한 '합리적 피해자 기준'이라고 설명되어 있다. 이 판결은 이런 경우 가해자가 해고되지 않고 같은 직장에서 계속 근무하는 것이 피해자들의 고용 환경을 감내할 수 없을 정도로 악화시키는 결과를 가져올 수 있으므로, 해고가 객관적으로 명백히 부당하다고 인정되는 경우가 아닌 한, 징계권을 남용했다고 보아서는 안 된다고까지 선언했다. 이 대법원 판결 관련 기사에는 '성희롱하려면 일자리 걸고 하라'는 제목이 붙어 있었다.

잠시 쉬면서 임 판사는 옆 자리에서 열심히 판결문을 쓰고 있는 박차오름 판사의 얼굴을 흘깃 훔쳐보았다. 부잣집 공주님으로만 알았는데 집안이 망하고 어머니까지 돌아가셨다니. 위로 비슷한 말 한마디라도 하고 싶었지만, 뭐라 해야 할지 몰랐다. '중학생 때도 그랬었는데……' 임 판사는 선뜻 다가가지 못하는 자신의 성격이 싫다는 생각을 잠시 했다.

성희롱 사건 재판 날, 법정에는 원고 측 방청인들이 많다. 맨 앞줄에는 수심 가득한 얼굴의 중년 부인과 여대생이 앉아 있다. 한눈에 봐도 모녀다. 원고의 처와 딸이다. 그 옆에는 정장 차림 회사원들이 앉아 있다. 원고가 부장으로 있는 홍보부 직원들이다.

성희롱 피해자인 여대생이 증인석에 앉았다. 원고 변호사가 '아르바이트 대학생'이라고 불렀던 인턴사원이다. 피고 측 변호사는 이미 제출된 진술서에 있는 내용만 형식적으로 물어본다. 해고무효확인 소송을 당한 회사 측 변호사인데 너무 열의가 없는 게 묘하다. 피해자 여대생도 죄인처럼 고개를 푹 숙이고 기어들어가는 목소리로 "예"만 반복하고 있다.

금세 끝나고 원고 측 반대 신문 차례. 기세등등한 원고 측 변호사는 증인석 바로 앞까지 성큼성큼 걸어나갔다.

"증인, 내 얼굴을 똑바로 보고 답하세요. 한 가정의 가장 운명이 달려 있습니다."

이 말에 원고 부인의 눈에는 벌써 눈물이 맺힌다.

"증인, 원고가 평소 증인에게 회사 생활을 하려면 남자 못지않게 털털하고 강인해야 한다고 조언을 많이 해주었지요?"

여대생은 망설이다 답했다.

"……네."

"원고는 그런 취지에서 일부러 증인에게 좀 센 농담도 걸고 했다는데 그런 것 아닌가요?"

"……"

"원고가 홍보 일을 하려면 다양한 사람들을 만나야 하고, 술자리도 가져야 하는데 그런 자리에서는 좀 야한 농담도 척척 받아넘길 줄 알아야 한다고 가르치지 않았나요?"

"……그런 말씀을 하시긴 했어요."

"증인 가슴이 명품이라고 한 것도, 원고가 자기 가슴 털 사진을 보낸 것도 그런 훈련이라는 걸 몰랐나요?"

"그, 그건 아니에요. 부장님은 그것 말고도 밤마다 카톡으로 자꾸 이상한 말씀을……"

변호사가 말을 잘랐다.

"그럼 그 내용을 증거로 제출했나요? 왜 징계 기록에 안 나오나요?"

"징그러워서 바로 카톡을 지워서 남아 있질 않아요……"

"증거 없다고 함부로 말을 지어내면 안 됩니다! 콩밥 먹는 수가 있어요!"

한세상 부장이 노기를 띤 채 제지했다.

"원고 대리인! 지금 범죄자 조사하는 겁니까? 증인에 대한 예의를 지키세요!"

검사 출신 정치인이었던 원고 측 변호사는 깍듯이 고개를 숙였다.

"존경하는 재판장님, 죄송합니다. 원고 가족의 불쌍한 처지에 가슴이 미어져서 그만…… 반대 신문은 이것으로 마치겠습니다."

여대생은 힘없이 증인석에서 내려왔다.

이번에는 원고 측 증인이 증인석에 앉았다. 홍보부 차장 나인숙, 사십대 초반 여성이다. 그녀는 여대생과 대조적으로 당당했다. 원고 측 변호사는 나긋나긋하게 물었다.

"증인, 원고와 함께 오래 일하셨는데, 회사 내에서 원고 평가는 어떻습니까?"

"탁월한 홍보 실적으로 회사 성장에 크게 기여한 일꾼입니다. 특히 식품 분야에서 '크고 둥글고 아름답다 ○○호빵' '벗기기 쉽고 달콤한 ○○초콜릿' 같은 섹시 코드를 가미한 카피 아이디어를 직접 내서 히트를 치기도 했죠."

"그럼, 평소에도 섹시 코드를 살짝 가미한 유머를 즐기는 편이겠네요? 특별한 의도 없이?"

"네, 그렇습니다. 평소 저한테도 미인박명이니 너는 두루미만큼 오래 살 거라는 농담을 하시곤 했는데, 악의는 없는 걸 아니까 웃어넘겼습니다. 어차피 남성 중심 직장문화에서 여자가 성공하려면 어느 정도는 타협해야죠. 저는 신입사원 때부터 여자라고 유난 떨지 말라고 배웠습니다. 요즘 젊은 여직원들이 사소한 일로 울고불고하는 건 조직의 단합을 해치는 일입니다."

원고 측 변호사가 목소리를 낮춰 물었다.

"사실 회사가 원고를 해고한 건 여직원회의 일부 과격분자들이 이 일을 여성단체에 알리겠다고 떠들어서 어쩔 수 없이 한 것이죠? 화장품 분야에 진출 예정인 회사 입장에서는 어쩔 수 없이 일단 해고했지만, 법원에서 정당한 절차를 밟아 구제받을 기회가 있기를 바라고 있고요."

나 차장은 잠시 망설였다.

"저로서는 회사 방침에 대해 뭐라고 말할 입장이 못 됩니다. 다만 회사도 회사 나름의 고충이 있다는 점만 알아주십시오."

임 판사는 홍보부 직원들이 총출동해 법정에 앉아 있는 이유를 알 듯했다. 증언을 마친 후 방청석 맨 뒷줄 구석에 앉아 있던 여대생은 고개를 숙이고 훌쩍이기 시작했다.

원고 측 변호사는 자신만만한 표정으로 다음 증인인 홍보부 여직원 김마리를 불렀다.

"증인, 평소 부장님이 농담이 조금 센 편이긴 하지만 팀원들에게 오빠처럼 친근하게 대해서 인기 만점 리더였다면서요?"

"네, 뭐 그렇다면 그런지도요."

김마리는 새침한 외모와 달리 말투는 털털했다. 변호사는 삐딱한 대답에 살짝 놀라며 다음 질문을 했다.

"홍보팀은 한 가족이고 나는 가장으로서 팀원들을 자식처럼 끝까지 돌볼 거라고 원고가 늘 얘기했다죠? 다른 팀에서 홍보팀은 가족적인 분위기라며 부러워했다는데요."

"가족적이라. 변호사님은 가족끼리 사이가 좋으신가보죠? 저희 집은 모이면 늘 싸우는데."

변호사는 당황해서 들고 있던 증인 신문사항을 떨어뜨렸다가 허둥지둥 주웠다.

"에…… 여하튼 증인은 평소 원고가 하는 농담에 특별히 성적 수치심을 느끼거나 하지는 않았지요? 반면 피해자라고 주장하는 저 알바생은 유난스럽고 까탈스러워서 아무것도 아닌 일에도 예민하게 반응하는 편이었고요."

임 판사는 귀를 기울였다. '합리적' 피해자인지에 관한 질문이다. 예외적으로 과민반응해 합리성이 인정되지 않는 경우에는 성희롱이 인정되지 않는다.

"아무것도 아닌 일이라고요? 매일 밤마다 카톡으로 온갖 더러운 소리를 늘어놓는 게?"

"아, 아니 아까 여성인 나 차장님도 웃어넘길 정도의 농담이라고 증언하셨고."

"우리 평사원들 처지도 이해 못하시는 차장님이 인턴사원 심정을 아실까요? 여성 최초 임원을 바라보며 승승장구하는 차장님은 남자보다 더 남자 같은 분이세요. 신입 남자 직원들 엉덩이를 툭툭 치고 다니는 분인데요."

임 판사의 뇌리에 대법원 판결 중 '상대방과 같은 처지에 있는'이라는 문구가 스쳐갔다. 성별보다 입장을 기준으로 한 '합리적 피해자 기준'이 등장한 이유를 알 듯했다.

변호사는 황당하다는 표정으로 김마리를 노려보았다.

"아니, 김마리 씨는 원고를 구제해달라는 탄원서에도 다른 홍보팀원들과 함께 서명해놓고 왜 이렇게 원고에게 적대적이죠?"

김마리는 잠시 고개를 돌려 피해 여대생을 쳐다본 후 천천히 답했다.

"서명했죠. 징계절차 때도 부장님 편에 서서 진술했고요."

"그런데 왜?"

"적당히들 하셔야죠, 적당히들. 변호사님 사무장이 지난주에 저한테 찾아와서 증언을 잘해야 부장이 살아난다, 부장이 죽으면 부장 라인인 너희들도 다 죽는다고 하더군요. 저 여대생을 완전 사이코로 몰아야 한다고요? 어차피 알바생이니 정규직들이 신경쓸 필요 없다고요?"

그녀의 음성이 분노로 떨리기 시작했다.

"부끄럽지만 처음에는 눈 딱 감고 그러려고 했어요. 어차피 전에도 그렇게 참아서 이 회사 들어왔으니까요. 그런데 주말에 극장에서 영화를 보는데, 이런 대사들이 나오더라고요. '우리가 돈이 없지 가오가 없냐.' '우리 쪽팔리게 살진 말자.' 저, 그 대사 후론 눈물이 자꾸 나서 영화를 제대로 못 봤어요. 저, 쪽팔리게 살아왔거든요."

김마리는 핸드폰을 꺼내 실물 화상기(서면이나 증거물을 확대하여 법정 내 스크린에 비추는 기계) 위에 올려놓았다.

"저도 2년 전에 홍보팀 인턴사원이었어요. 이건 그때 원고가 제게 보낸 문자들이에요."

스크린에는 문자와 이모티콘이 가득 찼다.

— 오늘은 왜 저 무시하고 그랬쪄염? 나 상처받았어염ㅠㅠ 나 알고 보면 연약한 남자라구염. 뽀뽀 한번 해달라는 게 그렇게 싫어염?ㅋ

— 울 애기, 인턴 끝날 때도 얼마 안 남았는데, 좋은 평가를 받아야 정직원 되지 않을까염?ㅎ

— 애기 정직원 되면 나한테 뭐해 줄라나~~ 뽀뽀는 시시하고 내 남성적인 가슴 털에 키스? 그걸로 될라나ㅋ

모두의 시선이 집중된 가운데 김마리는 다시 입을 열었다.

"대기업에 어떻게든 들어가보려고 더러워도 참고 비위 맞춰주며 입사했어요. 인턴 여사원들 대부분이 이런 꼴을 당했어요. 입사한 후에도 회식 때마다 꼭 러브샷에 블루스. 심지어 해고당한 바로 다음날 팀원들 집합시켜서 또 회식을 했어요. 어차피 형식적인 조치고 나는 실세라 곧 돌아온다, 이럴 때 누가 충성하고 누가 배신하는지 볼 거다, 배신자는 가만두지 않겠다. 그날은 더 오버하더라고요. 싫다는데 굳이 절 바래다준다며 따라와서는 강제로 키스하려 덤비고, 엉덩이를 만지고……"

눈에 물기가 비쳤지만 그녀는 이를 악물고 말을 이어갔다.

"오늘 고소장을 낼 겁니다. 강제추행으로."

원고 측 변호사가 벌떡 일어났다.

"그렇게 감정적으로 굴다간 무고죄가 되는 수가 있어요! 하여튼 여자들이란."

이때 뜻밖에도 방청석에서 가냘픈 목소리가 들려왔다.

"고소장, 저도 낼 거예요. 변호사님."

원고 부인이 휘청휘청 자리에서 일어났다.

"변호사님, 사람 몸을 함부로 만지면 강제추행이죠?"

이번엔 원고가 소스라치듯 놀라서 뒤를 돌아봤다.

"남편을 구해낼 사람은 정계 법조계 고위층을 꽉 잡고 있는 나밖에 없다, 나를 생명줄로 생각해라, 남편 잘리면 딸이 대학이나 제대로 마치겠냐…… 첫 상담 때부터 그러시더니 전략을 세우자며 몇 번이나 일식집 방으로 불러내고. 자꾸만 술을 권하며 남편에게는 너무 아까운 미인이다, 내 스타일이라서 수임료도 많지 않은데 열심히 싸워주는 거다 하시며 어깨를 감싸 안고, 손을 만지작거리고. 지난번엔 술을 쏟은 척하더니 가슴까지 만졌잖아요. 어떻게든 남편 직장은 지켜야겠기에 참고 참았는데, 딸애 전화번호는 왜 자꾸 물어보시는 거죠?"

"야 이 개 같은 놈아, 니가 인간이냐!"

원고가 달려들어 변호사 멱살을 잡고 바닥에 넘어뜨렸다. 버둥거리는 변호사와 원고는 한몸처럼 뒤엉켜 법정 바닥을 뒹굴었다.

이야기를 마친 원고 부인은 증인석의 김마리를 쳐다보며 한숨을 쉬었다. 그녀는 원고 부인을 마주보며 고개를 끄덕여주었다.

성공의 길

그 모든 건 짜증에서 시작되었다.

안 그래도 바빠 죽겠는데 자리를 메우기 위해 동원된 고등법원 주최 민사실무연구회 세미나 자리. 임바른 판사는 점점 짜증이 치미는 걸 참을 수가 없었다. 발표하는 판사마다 인사말이 하염없이 길다. "이 분야에 대하여 지식도 경험도 부족한 제가 감히 발표자의 중책을 맡게 되어 송구스럽습니다." "존경하는 법원장님 및 여러 부장판사님들 앞에서 제가 얕은 연구로 실수나 하지 않을지……"

'아는 게 부족하고 연구도 얕으면 발표를 하지 말든지. 할

거면 쓸데없는 소리 말고 빨리 본론만 얘기하든지.'

아직 마무리 못한 판결문 생각에 마음이 조급한 임 판사는 어느새 발표문 귀퉁이를 조금씩 찢어 엄지와 검지로 돌돌 말기 시작했다. 뭔가에 몰입했을 때나 초조할 때의 버릇이다.

임 판사의 눈에는 발표자 얼굴 옆에 말풍선이 보이기 시작했다. '저는 겸손합니다!' '저는 예의 바른 사람입니다!' '어려운 질문으로 절 괴롭히지 말아주세요!' 말풍선이 하나씩 떠올라 법원 대회의실 안을 둥둥 떠다니기 시작한다.

이번에는 중량급 발표자다. 성공충成公忠 고등법원 부장판사. 배포된 발표문은 두툼했다. 성 부장 역시 한바탕 겸손 의무 이행을 마치고는 천천히, 그 두툼한 발표문을 읽기 시작했다. 임 판사는 어이가 없었다. '이 자리에 한글 읽지 못하는 사람이 있는 걸까? 아니면 무슨 낭독회 자리야?' 임 판사는 발표, 혹은 낭독을 무시하고 발표문을 읽기 시작했다. 개념, 연혁, 외국 학설, 외국 판례, 우리 학설, 우리 판례…… 백과사전 같았다. 그런데 딱 하나 빠진 게 있었다. 발표자 본인의 의견이었다. 논설문이 아니라 설명문이랄까.

길고 긴 낭독이 끝나자 지정 토론 및 질의응답 시간이 이어졌다. 바쁘실 텐데 어떻게 이런 방대한 연구를 하셨느냐는 덕담 릴레이와 이에 응대하는 겸손 의무 2차 이행이 시작됐다. 임 판사의 다리 밑에는 작게 돌돌 말린 종잇조각이 어지러이 흩어져 있다.

드디어 사회자가 말했다.

"장시간 열띤 토론을 하시느라 시장들 하시죠? 조금만 참아주세요. 구내식당 만찬이 준비되어 있습니다. 그래도 플로어에도 질문 기회를 드려야죠? 자, 이것만은 꼭 한번 질문해야겠다는 분 계신가요?"

……이때 참았어야 했다. 발표문 귀퉁이를 찢던 임 판사는 자기도 모르게 스르르 손을 들고 말았다. 장내의 시선이 임 판사에게 집중되었다. 곱지 않은 시선들이었다. 눈치 없다며 혀를 차는 이도 있었다.

"발표문 중 임대차와 경매에 관한 외국 학설, 판례 부분은 우리 사회의 문제 해결에 별 도움이 되지 않습니다. 우리나라 특유의 전세 제도 때문이죠. 특히 수도권 및 서울 변두리에 번져가는 이른바 '깡통 전세'로 인해 유일한 재산을 날리는 서민들 문제가 심각합니다. KDI의 하우스 푸어에 관한 최근 발표 자료에 따르면……"

자리에서 일어선 임 판사는 신들린 듯 말을 이어갔다.

"오히려 이 발표문 내용 중 주목할 것은 언급하신 대법원 판결의 소수 의견이라고 생각합니다. 서민의 주거안정 보호에 충실한 의견이죠. 여기서 더 생각을 확장해보면, 입법을 통한 해결 방안으로 첫번째……"

임 판사의 질문 아닌 의견 발표가 끝나자, 헛기침만 연발하던 성 부장이 마이크를 잡았다.

"고맙습니다. 제 의견과 정확히 일치하는 질문입니다. 발표가 너무 길어질까봐 오늘은 일반 이론 위주로 발표하고 그 부분은 상세히 언급하지 않았지만 저도 당연히 그 부분에 주목하고 있었습니다. 눈 밝은 분이 계셨군요. 잘 짚었습니다."

성 부장은 대견하다는 듯 고개를 연신 끄덕였다. 임 판사는 어이가 없었지만 입을 다물었다.

세미나는 그렇게 마무리되었다. 우르르 일어나는 참석자들 사이에 아는 얼굴 둘이 눈에 띄었다. 박차오름 판사는 임 판사를 향해 활짝 웃으며 엄지를 치켜세우고 있었다. 그리고 그 곁에는 정보왕 판사가 고개를 절레절레 저으며 검지손가락을 세워 좌우로 까딱까딱 흔들고 있었다.

성공충 부장판사는 발표 때보다 만찬 때의 활약이 더 인상적이었다. 틈만 나면 일어나 건배를 제안했다. 법원장을 향한 용비어천가는 현란했고, 건배사 매뉴얼이라도 있는지 연이어 건배사를 선창했다. 지화자(지금부터 화합하자)! 재건축(재미있게 건강하게 축복하며 살자)! 남존여비(남자가 존재하는 이유는 여자의 비위를 맞추기 위해)! 취기가 거나하게 오르자 성 부장은 테이블마다 돌아다니며 폭탄주를 권하기 시작했다. "에, 제가 폭탄주 제조 등에 관한 법률에 따라 폭탄주를 제조하겠슴다! 거부하면 벌주!"

임 판사는 생각했다. 이런 분들이 법원장이 되면 소개 기사에 '두주불사斗酒不辭형 맹장' '조직 내 인화단결에 기여' 같은 표현이 나오겠지. 더이상 '인화단결'하고 싶지 않았던 임 판사는 화장실에 가는 척 슬그머니 자리를 떴다.

그러고 한 달이 지난 어느 날, 임 판사의 컴퓨터 화면에 업무용 메신저 대화창이 떴다. 정보왕 판사다.

도서실에 가서 변협 발간 학술지 이번 호를 보기 바람.

'뭐지?' 마침 자료 찾을 일도 있어서 도서실에 내려가 신간 학술지 코너를 찾았다. 목차를 보니 성 부장 논문이 실려 있었다. 지난 세미나 때 발표문과 똑같았다. 마지막 부분만 빼고. '검토 의견 및 입법론적 제안'이라는 소제목하에 임 판사가 그날 발언한 내용 거의 모두가 마치 녹취라도 한 듯 적혀 있었다. 덧붙인 것이라고는 본인이 얼마나 사회적 약자를 위해 깊은 관심을 기울여왔는지에 대한 회고와, 법조계가 그들의 고통에 더 관심을 기울여야 한다며 준엄하게 질타하는 마무리뿐이었다.

충격과 공포였다. 임 판사는 학술지를 대출하여 판사실로 돌아왔다. 기가 막히게 시간 맞춰 정 판사가 나타났다.

"지금쯤 도서실에서 돌아왔겠다 싶었지. 역시 빌려왔군."

박 판사가 무슨 일이냐고 물었다. 임 판사는 아무 말 없이 학술지를 건넸다. 잠시 후, 박 판사가 자리에서 벌떡 일어났다.

"미친······"

얼굴이 시뻘게진 박 판사가 손에 든 학술지를 휘두르며 거침없이 육두문자를 쏟아내기 시작했다. 정 판사가 말렸다.

"자자, 그만해. 한 부장님 방까지 들리겠어. 성공충 부장님, 알고 보면 한세상 부장님과 연수원 동기라구. 비록 가고 있는 길은 엄청 다르지만."

"도대체 어떤 길인 거지? 이런 분이 가는 길이란 건?"

임 판사가 물었다.

"성공의 길이지."

정 판사가 눈을 가늘게 뜨고 먼 곳을 바라보는 듯한 표정을 지으며 대답했다.

"성 부장님을 우습게 생각하면 안 돼. 그분은 눈을 가린 경주마처럼 평생 앞만 보고 달려온 분이야. 고향이 낳은 천재라는 자부심으로 살아왔는데 재학중 사시 합격에 실패해서 한 번 꺾이고, 나중에 합격했지만 기대만큼 연수원 성적이 최상위권으로 안 나와서 또 꺾이고. 그게 한이 되어 실적으로 보여준다며 평생 미친듯이 노력하셨대. 다른 판사들 사건 처리 통계까지 다 체크해가면서 일하고, 대법원이 조정을 강조하면 무슨 수를 써서라도 조정률 일등이 되고."

"평생 노력하신 건 대단하긴 하네."

"대단하지. 문제는 방법. 통계수치에만 목을 매다보니 거의 반 공갈 협박으로 조정을 강요하는 경우가 많아서 바깥엔 원성이 자자해. 그리고 배석판사로 여판사가 오면 노골적으로 싫어하시지. 임신 출산으로 사건 처리 늦어질까봐. 배석들이 야근이나 주말 근무하는 걸 너무나 당연하게 생각해서 일요일에 사건 합의하자고 하기도 하고. 가장 흉흉한 소문 들려줘? 이 근처 아파트에 사시는데 밤마다 법원 건물 어디어디 불 켜져 있나 관찰한대. 만약 자기 배석판사들 방 불이 꺼져 있으면 전화해서 야근 안 하고 뭐하느냐고 물어본다는 거야."

"설마…… 만찬 때 보니 엄청 사교적이고 친절하시던데? 젊은 판사들한테 일일이 잔 권하며 다니시고."

"평판에도 엄청 신경쓰시니까. 그날 건배사 시리즈 봤지? 스마트폰에 건배사며 인기 유머 시리즈며 잔뜩 저장되어 있대. 판사로서는 드물게 사회성 높고 활달하다며 윗분들에게 호평 받는 비결의 하나야. 하긴, 드문 분인 건 사실이지. 내 고등학교 동창 놈이 법원 출입기자인데, 기자에 무관심한 대부분 판사와 달리 성 부장님은 수시로 기자들 불러서 밥을 사신대. 한번은 거나하게 취하셔서는 '내가 이래 봬도 동기 중 첫번째로 고등부장이 된 놈이야. 선두주자라고. 난 국가관도 투철하고, ○○ 지역 대표성도 있고. 이제 결승점이 머지않았다니까' 이러시더래."

"그럼 우리 한 부장님의 길은 뭐지? 고등부장 승진에도 관심 없고, 통계에는 전혀 신경도 안 쓰고 본인 하고 싶은 대로 재판하시잖아. 원장님 앞에서도 거침없이 할말 다 하시고."

"제일 무시무시한 판사, '출포판'의 길이지. 출세를 포기한 판사."

학술지를 다시 꼼꼼히 읽던 박 판사가 말했다.

"볼수록 놀라워요. 기억력은 정말 탁월한 분이네요. 한 번 들은 얘기를 어쩜 이렇게 정확히 적었을까요."

정 판사가 싱글거리며 답했다.

"○○ 지역이 낳은 천재라니까."

"이거, 이대로 지나가지 말아요. 그냥 모른 척 지나치면 또 같은 일이 반복되지 않겠어요? 우선 수석부장님께 말씀드려 보면 어떨까요? 수석부장님은 합리적인 분이고 성 부장님보 다도 위 기수니까."

박 판사의 거듭된 성화에 결국 임 판사는 수석부장판사실 을 노크했다.

"오, 임 판사 잘 왔어. 일하느라 고생이 많지? 한 부장님 모 시는 게 어렵진 않아?"

수석부장은 나긋나긋한 목소리로 맞아주었다.

"마침 잘 왔어. 지난주에 기가 막힌 보이차를 구했는데, 먹 을 복이 있는 사람이구먼."

수석부장은 다기를 꺼내어 우아하게 보이차를 우리기 시작 했다. 몇 잔의 보이차를 연거푸 마신 후, 임 판사는 찾아온 용건을 이야기했다.

"별것 아니라고 지나칠 수도 있겠지만, 솔직히 마음이 쓰입니다. 그 세미나 자리에 다른 판사님들도 많이 계셨는데 그분들 중 누구라도 나중에 이 논문을 보면 어떤 생각이 들겠어요. 같은 일이 반복되지 않도록 문제 제기를 하고 싶습니다. 그런데 마땅한 방법이 무엇일지는 잘 모르겠습니다."

수석부장은 미소를 지으며 차분히 말을 시작했다. "임 판사. 임 판사는 자신이 토끼라고 생각해요, 거북이라고 생각해요?"

"네? 그게 무슨 말씀이신지."

"크게 힘들이지 않고도 언제나 남들 앞에서 유유히 달리는 데 익숙한 토끼는 앞사람들 등을 쳐다보며 끝도 없이 기어가야 하는 거북이의 처지를 이해하기가 쉽지 않지요."

"……"

"임 판사는 재학중 합격에 동기 중 임관 성적 일등으로 중앙지법에 왔죠? 연수원 때도 날카로운 질문으로 교수들을 쩔쩔매게 만든다고 유명했더군요. 누구 체면도 봐주지 않고 틀렸다 싶으면 바로 손들고 지적하고요. 당연하겠죠. 임 판사는 열등감이라고는 가져본 적이 없는 사람이니까 맞으면 맞고

틀리면 틀린 것일 뿐, 틀린 걸 지적당한 사람의 자격지심 같은 건 이해하기 쉽지 않을 테지요."

"아뇨, 그런 건 아니고요……"

"성 부장의 모자란 점들, 나도 잘 압니다. 남들에게 인정받기 위해서 무리할 정도로 애쓰죠. 그러다보니 이번 일 같은 실수도 저지르고. 임 판사같이 깔끔한 엘리트 눈에는 가당치도 않겠죠. 그런데, 이 조직은 임 판사 같은 예외적인 엘리트가 바글바글한 곳이에요. 성 부장 같은 거북이의 입장에서는 무리해서라도 따라잡고 싶을 만큼 불안, 초조해지는 곳이죠."

수석부장은 임 판사의 눈을 쳐다보며 말했다.

"임 판사는 젊고 뛰어난 사람이니 앞으로도 빛날 기회가 무궁무진합니다. 성 부장 같은 사람에게도 빛날 기회를 양보하면 안 될까요. 조직에는 성 부장 같은 사람도 필요합니다. 천재는 아니지만, 평생 성실하게 노력하는 성취 동기가 강한 사람들. 그런 사람들에게도 희망이 있어야죠."

"수석부장님, 그래도 이건 반칙이지 않습니까."

"임 판사, 아직까지 우리 사회는 장유유서와 인정이 지배하는 사회예요. 임 판사 말이 맞을 수도 있어요. 그렇다고 한참 선배인 성 부장에게 치명적인 문제 제기를 하면 임 판사도 상처를 받습니다. 사회에서는 평판이란 게 중요해요. 야박한 사람, 모난 사람으로 비치면 아무리 뛰어난 인재라도 소용이 없어요. 사람됨이 더 중요하니까."

점점 수석부장의 표정이 굳어지고 목소리는 낮아졌다.

잠시 정적이 흐른 후, 수석부장은 다시 보이차를 따르기 시작했다.

"사람 사는 세상은 정답만 있는 건 아니니 조급해하지 말아요. 멈추면 비로소 보이는 것들이 있지요. 조금 억울해도 그 또한 다 지나갑니다. 아프니까 청춘이라고들 하잖아요?"

언제 그랬냐는 듯 목소리는 다시 나긋나긋했다. 달콤한 솜사탕처럼.

타협의 길

"임 판사, 말 나온 김에 걱정되는 점을 더 말씀드릴게요."

수석부장은 보이차를 우리던 자사호를 내려놓고는 주머니에서 핸드폰을 꺼내 뭔가를 검색하기 시작했다.

"아, 여기 있네요. 한번 보시죠."

임 판사는 수석부장이 내미는 전화기를 받아들었다. 트위터 검색 화면이 떠 있었다. 맨 위에는 낯익은 제목이 보였다.

'대박! 여판사 니킥 작렬!' 링크된 동영상에는 지하철 성추행 사건 당시 박차오름 판사가 교수 사타구니에 니킥을 날리는 장면, 피해 여학생에게 언성을 높이는 장면이 담겨 있었다.

"학생도 가만히 당하고만 있으면 어떡해요! 권리 위에 잠자는 시민이 되지 말라고요!"

그다음에는 '니킥 여판사, 초미니 출근!'이라는 제목 아래 초미니 차림의 박 판사가 법원 건물 안으로 들어서는 사진이 있었다. 성추행 피해 여성의 옷차림을 탓하는 한세상 부장과의 말싸움 다음날의 일이다.

"아니 법원 구내의 모습을 누가 올린 거죠?"

놀란 임 판사가 물었다.

"법원 앞 지하철역에서의 모습, 출근길에서의 모습 모두 같은 사람이 찍어서 올린 것으로 보여요. 전에 올린 내용 등으로 봐서 법원 공익근무요원 아닌가 싶네요."

수석부장의 말은 차분히 이어졌다.

"더 밑으로 내려보세요. 가장 많이 리트윗 된 동영상이 있을 거예요."

'정의의 사도 모닝'이라는 제목의 동영상은 고속도로 위의 모습이었다. 경부고속도로 상행선에서 서초 인터체인지로 나가는 출구에 순서를 기다리는 차량들이 길게 늘어서 있다. 그런데 출구 직전 위치에 비상등을 켠 채 옆 차로에서 출구

쪽으로 고개를 들이밀고 있는 검은색 에쿠스가 보인다. 에쿠스를 가로막고 있는 건 자그마한 빨간색 경차다. 서 있던 줄에서 거의 직각으로 좌회전하여 출구 전체를 가로막고 있다.

늘어선 차량들은 옴쭉달싹 못하고 '빵빵' 클랙슨만 울려대고 있다. 동영상은 늘어선 차량들 중 한 운전자가 찍은 듯하다. 잠시 후 경차의 차문이 열리고 젊은 여성이 내린다. 낯익은 모습. 박 판사다. 이 시점부터는 촬영한 사람도 차에서 내렸는지 카메라 앵글이 달라진다.

박 판사는 성큼성큼 에쿠스로 다가가 시커멓게 선팅 된 뒷좌석 창문을 '탕탕탕' 두들긴다.

"이봐요! 남들은 시간이 남아돌아서 30분씩 줄 서서 기다린 줄 알아요? 어디서 얌체 짓이에요!"

선팅 된 창문은 요지부동이다. 잠시 후 운전석에서 운전사로 보이는 남자가 내리더니 다짜고짜 언성을 높인다.

"아니 젊은 여자가 어디서 행패야! 이분이 어떤 분인지 알아? 다 그럴 만한 중요한 일이 있어서 들어온 건데 길을 막아? 미친 거 아냐?"

박 판사 눈빛이 타오르기 시작한다.

"그러는 당신은 뭔데 초면에 반말이지? 젊은 여자한테는 아무나 반말해도 되는 거니? 이 양반이 어떤 분인지 내가 왜 몰라! 1킬로가 넘게 줄 서 있는 사람들 옆을 쌩 달려와서 출구 바로 옆에서 끼어들고는 운전기사만 방패막이로 내세우는 분이지. 그럴 만한 중요한 일이 있으시다니 응급환자이신지, 곧 출산할 산모이신지 좀 말씀해주시지?"

선팅 된 창문은 여전히 미동도 없다.

운전사는 언성을 높이려다가, 고개를 내밀고 쳐다보는 뒷줄 운전자들의 눈빛을 보고는 입을 닫는다. 뒷좌석으로 가서 뭐라 지시를 받고는 아무 말 없이 다시 차에 올라타더니 차를 돌려 바깥 차로로 빠져나간다.

구경을 마친 차량들의 차창이 하나둘 닫힌다. 박 판사는 아직도 길 한가운데 서 있다. 장팔사모를 치켜들고 단기필마로 조조의 백만대군을 막아선 장비 같다. 박 판사는 이번에는 늘어선 차들 쪽으로 말문을 연다.

"여러분도 마찬가지예요. 경우 없이 끼어드는 사람들에 대해 왜 항의하지 않는 거죠? 왜 반칙을 응징하지 않는 거죠? 권리 위에 잠자는 시민이 되지 말라고요!"

……이 마지막 말 한마디가 힌트가 되었나보다.

동영상이 리트윗 될 때마다 어디서 본 여자 같다는 댓글이 달리더니, 결국 누군가가 박 판사의 니킥 동영상을 같이 링크하기 시작했다. 초미니를 입고 출근하는 사진도 함께.

묘하게도 초미니 출근 사진까지 출현하자 비로소 폭발적인 반응이 나타났다. 사람들은 정의보다 초미니에 더 반응하는 모양이다. 초미니 여판사와 아이돌의 몸매 비교가 속출했다. 너희 남자들 멸치 다리와 올챙이배나 걱정하라는 여성 네티즌들의 급습이 있은 후 난장판은 더 심해졌다.

그런 와중에 '박 판사 찬양파'도 늘어가고 있었다. '#정의_여신' '#눈에는_눈_이에는_이' 같은 해시태그가 등장하더니, 결국 하나로 모아지는 분위기였다. '#미스_함무라비'.

임 판사는 핸드폰을 수석부장에게 돌려주었다. 수석부장은 나긋나긋한 어조로 이야기를 다시 이어갔다.

"물론 박 판사가 젊은 혈기와 의협심에서 한 행동인 것은 충분히 이해해요. 하지만 판사가 할 일은 법정에서 분쟁을 해결하는 일이지, 길거리에서 정의를 실현하는 일은 아닐 거예요. 게다가 성추행범으로 의심 가는 사람과의 몸싸움도 그렇고, 끼어드는 차량을 자기 차로 막아서는 일도 그렇고, 모두 자칫 도가 지나치면 불법적인 일이 될 여지가 있어요."

어조는 점점 단호해졌다.

"경위야 어떻든 법관 개인이 이렇게 대중의 입방아에 오르내리고 희화화되고 하는 것도 바람직한 일은 아니지요. 법관은 매사에 신중해야 하고, 개인적인 공명심을 가져서는 안 됩니다. '튀는 법관'은 법원에 대한 신뢰를 해칠 우려가 있어요. 사소한 일에 너무 예민하게 반응하는 것 아니냐고 생각할 수도 있겠지요. 하지만 제 입장에서는 조심할 수밖에 없어요. 사법부에 대한 신뢰는 싸라기눈 같아서 쌓이기는 어렵지만 흩어지기는 참으로 쉽다는 말을 들어본 적 있겠지요?"

수석부장은 임 판사를 지그시 바라보았다.

"임 판사. 이런 이야기까지는 하지 않으려고 했는데, 내 임 판사를 아끼고 믿으니까 감히 말씀드릴게요. 임 판사를 44부에 배치한 데는 이유가 있습니다. 박 판사는 연수원 때부터 지금과 비슷한 튀는 행동을 보인 적이 있어요. 연수원 교수마다 평가가 엇갈리더군요. 정의감과 사명감을 좋게 평가하는 분도 있지만, 지나치게 공격적이고 감정적이라는 평도 있지요. 임 판사같이 진중하고 뛰어난 우배석판사가 잘 이끌어줄 필요가 있습니다."

수석부장은 잠시 망설이다가 말을 이었다.

"게다가 한세상 부장님은 진솔하고 사심 없는 분이지만,

법정에서 가끔 흥분하셔서 전에 막말 판사 논란에 휩싸인 적이 있지요? 임 판사는 개성 강한 두 분 사이에서 차분하게 중심을 잡는 역할을 해주셔야 해요. 그런데 임 판사까지 성공충 부장 일로 평지풍파를 일으키면 되겠습니까? 44부 자체가 너무나 튀는 재판부가 될 우려가 있어요."

수석부장은 미소를 지었다.

"부디 제 뜻을 깊이 헤아려주세요."

임 판사는 조용히 판사실로 돌아왔다. 박 판사는 목을 빼고 임 판사가 돌아오기만 기다린 눈치였다.

"어떻게 됐어요? 수석부장님께서 나서주신다고 하나요?"

임 판사는 뒤에 들은 이야기는 다 빼고 앞에 들은 이야기만 간략히 전했다.

"그게 무슨 말씀이에요! 이 일에 무슨 토끼며 거북이 얘기가 나오죠? 누구든 반칙을 했으면 페널티를 받는 것이 공정한 규칙 아닌가요? 그게 우리가 하는 일이고요. 임 판사님이 곤란하시면 저라도 나서서 문제 제기할래요. 게다가……"

임 판사는 박 판사의 흥분한 얼굴을 쳐다보았다. '지나치게 공격적이고 감정적이라는 평'이라는 말이 자꾸 뇌리에 떠올랐다. 임 판사는 박 판사의 말을 잘랐다.

"박 판사님, 이 일은 그냥 제가 알아서 할게요."

"어떻게 알아서 하신다는 거죠?"

"세미나 때 성 부장님도 제 질문 내용을 듣고는 같은 생각인데 지면이 부족해서 다 쓰지 못한 것이라고 하셨잖아요. 저는 어차피 논문을 발표한 것도 아니니 같은 생각을 갖고 계신 분이 충실한 논문을 써서 발표해주시면 좋은 일이죠. 어차피 세상에 완전히 새로운 생각이란 없어요. 서로의 생각을 토대로 발전시켜나가는 거죠. 사회적 약자를 돕자는 내용인데 더 비중 있는 분이 발언해주셨으니 사회적으로도 좋은 일 아닌가요?"

"그런 말도 안 되는 말씀을. 그런 게 아닌 거 잘 아시잖아요!"

임 판사는 박 판사의 반발을 무시하고 말을 이어갔다.

"그렇게 흥분할 일 아닙니다. 성 부장님에 대해 나쁜 선입견을 가질 필요도 없고요. 어느 사회나 다양한 사람들이 있어요. 가끔은 독특한 분도 있기 마련이지만, 속내를 알고 보면 사람들이 오해하고 있는 부분도 많을 거예요."

"그분이 좋은 분인지 나쁜 분인지는 당연히 함부로 말할 수 없고 감히 판단할 필요도 없어요. 하지만 어떤 행동이 옳은

131

행동인지 그른 행동인지는 당연히 시시비비를 가려야 하는 것 아닌가요?"

임 판사는 약간 짜증 섞인 목소리로 반문했다.

"박 판사는 무엇이 옳은지 그른지 가리는 것이 그렇게 늘 쉽던가요? 그렇게 항상 옳은 소리만 하면서 살면 힘들지 않아요? 그렇게 살면 세상이 조금 달라지기는 하나요?"

박 판사는 놀라서 뚫어져라 임 판사를 쳐다보았다.

"임 판사님, 제가 중학생 때 알던 그 오빠 맞나요? 그땐 이렇지 않았잖아요. 그때 임 판사님은 어른이든 선생님이든 틀린 건 틀리다고 얘기하는 사람이었어요. 기억나세요? 정독도서관 제 자리에 있던 책을 옆으로 치우고 자기 자리라며 엎드려 자고 있던 아저씨를 깨워서 도서관 자리 소유권에 관한 논쟁을 벌인 거? 저는 무서워서 아무 말 못하고 있었는데."

박 판사의 눈에는 살짝 눈물이 맺힌 것도 같았다.

"그 피아노 선생 얘길, 그리고 우리 아빠 얘길 한 것도 임 판사님이 나와 다른 용감한 사람이라고 생각했기 때문이에요. 제가 어떤 마음으로 그 얘기를 꺼냈는지 아세요? 임 판사님은 아무것도 몰라요. 아무것도."

임 판사는 씁쓸한 표정으로 생각했다.

'〈왕좌의 게임〉 대사 같군. 유 노 낫싱, 존 스노. 하지만 아무것도 모르는 건 너야, 박차오름.'

임 판사는 피아노 선생 얘길 들은 뒤 당시 자기가 벌였던 일과 그 결말을 떠올리다가, 무표정하게 내뱉었다.

"그때의 내가 어땠는지는 기억 못하겠습니다. 철이 없었겠죠. 지금은 세상이란 옳고 그른 게 분명하지도 않고, 결코 쉽게 바뀌지도 않는다는 걸 알 정도는 철이 든 것 같네요. 난 고3 때 한일 월드컵 거리 응원을 했던 03학번이에요. 그때로부터 지금까지 이 사회에서 겪은 십여 년은 세상이 축구 경기만큼 단순하지 않다는 걸 깨닫기에 충분한 시간이었고 말이죠."

"알았습니다, 임 판사님. 더 말씀드리지 않을게요."

박 판사는 입을 닫았다.

이후 한동안 박 판사는 말을 걸어오지 않았다. 임 판사는 원래 남에게 말을 잘 거는 편이 아니었다. 옆방 정보왕 판사가 이따금 놀러와 너스레를 떨었지만 냉랭한 분위기 타파에는 역부족이었다.

박 판사는 어려운 사건이 있는지 몇 주째 참고서적도 도서관에서 빌려오고 이것저것 연구하는 분위기다. 물어보면 좀 도와주고 싶은데 쳐다보지도 않으니 임 판사도 도리가 없어 먼저 퇴근하곤 했다. 그러던 어느 날, 임 판사가 출근해보니 또 밤새워 일했는지 박 판사가 엎드려 곤히 자고 있었다. 깨우기도 그렇고 하여 그냥 컴퓨터를 켜고 일을 시작했다.

그런데 정 판사가 보낸 메시지가 화면에 나타났다.

코트넷 민사집행법연구회 게시판에 들어가보기 바람.

또 뭐지? 임 판사는 법원 내부 전산망인 코트넷을 열고 판사들의 전문 분야 연구회 게시판을 클릭했다. 박 판사가 올린 논문이 맨 위에 있었다. 바로 어젯밤 올린 것 같다. '경매시 소액 임차인 보호'에 관한 논문이었다. 지난번 세미나 때 임 판사가 발언했던 주제다. 현재 실무상 문제되는 케이스들과 해결 방안들이 상세하게 논증되어 있었다. 마우스 휠을 움직여 화면을 아래로 아래로 스크롤 해가던 임 판사의 눈에 '검토 의견 및 입법론적 제안'이라는 목차가 들어왔다. 성 부장 논문의 결론 부분과 같은 목차였다.

그리고, 내용도 똑같았다.

단지 다른 것은 각주였다. 문단 하나마다 비슷한 내용의 각주가 달려 있었다.

임바른, ○○연구회 발표 의견. 동지同旨 성공충, ○○○ 42면 1행
에서 7행.
임바른, ○○연구회 발표 의견, 동지 성공충, ○○○ 42면 8행에서
16행.

끝없이 이어지는 각주의 행렬을 보고 있는 사람은 또 있었
다. 수석부장 역시 자기 방에서 스크롤을 내리며 물끄러미 모
니터를 쳐다보고 있었다.

기록

기록은 판사 소유의 물건은 아니다. 오히려 '판사의 삶을 소유하
고 있는 물건'인지도 모른다. 전통적으로 판사의 삶이란 기록을
보는 삶이다. 판사가 보는 기록은 타인들의 삶, 그중에서도 갈등,
분노, 의심의 장면들을 기록한 것이다. 그것도 객관적인 제3자가
아니라 갈등의 당사자 각자가 자기 시각에서 바라본 모습들을. 정
말로 '기록'된 것이 맞는지도 의심스러울 때가 많다. 날짜를 앞당
기고, 남의 이름을 빌리고, 투자인지 대여인지 행위의 실질과 명
분을 달리하고, 서로 믿던 시절 애매하게 얘기한 것을 뒤늦게 일
방적으로 문서화하고…… 그러면서도 당사자는 자신이 진실을

'기록'하고 있다고 믿는다. 지엽말단적인 것은 중요하지 않고 큰 틀에서 자신이 손해 보고 억울한 것을 밝히는 게 중요하다고 믿기 때문이다. 판사의 삶은 이런 의미의 기록 더미 속에서 진실의 희미한 흔적을 찾아가는 일상의 연속이다. 이 책에 가장 많이 등장하는 소품 역시 기록이다. 박차오름이 열심히 검토하던 일인시위 할머니의 아들 사건 '깡치' 기록을 비롯하여.

보통 1~2주 내에 재판을 진행하거나 판결을 선고할 사건들은 판사실 기록 캐비닛에, 나머지 사건들은 재판사무과에 있는 기록 캐비닛에 보관한다. 문서들은 얼핏 보면 복사용지 무더기로 보이지만 한 장 한 장마다 살던 집에서 쫓겨날 위기에 놓인 사람의 한맺힌 호소, 전 재산을 친구 말 믿고 투자했다가 날린 이의 절망 등이 배어 있다. 기록을 분실하면 사표 쓸 각오를 해야 한다. 법관 사회에는 집에 가져가서 일을 하려고 기록을 보자기에 싸서 귀가하다 택시 뒷자리에 놓고 내려, 울며 사직서를 쓰다가 택시회사에서 기록을 찾아가라는 연락을 받았다는 등의 전설 같은 괴담이 내려오곤 한다.

형사 사건 중 수천억대 횡령, 배임 사건의 경우 단 한 사건 기록이 기록 캐비닛 두 개를 꽉 채우기도 한다. 수만 페이지 이상의 분량이다. 변호사조차도 판사가 정말 그 엄청난 기록을 다 읽긴 하는 걸까 의구심을 갖는 경우가 있을 정도다. 믿지 않으셔도 할 수 없지만, 정말로 다 읽는다. 물론 모든 페이지를 똑같이 정독하는 것은 아니다. 꼼꼼히 정독해야 할 중요한 부분들도 있지만, 동일 내용의 반복이거나 사건 쟁점과 무관하여 휙휙 넘길 수 있는 부분도 많다. 그래도 혹시 놓치는 부분이 있을 수도 있으니 넘기면서 훑어보기라도 해야 한다. 추리고 추려도 정독해야 할 중요 부분만도 엄청난 분량. 이런 초대형 '깡치' 사건은 며칠 만에 보는 것이 불가능하니 재판 진행하는 몇 달 동안 계속 읽으며 내용을 정리해 두어야 한다.

IT 강국의 위력은 판사실의 풍경도 빠른 속도로 바꿔가고 있다. 우리나라의 사법 정보화 진행 속도는 세계 최고 수준이다. 종이 기록을 전자 기록으로 대체하는 전자 소송으로의 이행도 빠르게 이루어지고 있다. 듀얼 모니터로 당사자의 주장과 스캔된 증거 서류를 검토한다. 눈이 침침해올 때쯤에는 듀얼 모니터가 감시 카메라로 보이기도 한다. 전통적인 판사의 물건, 골무와 기록은 마우스와 모니터로 대체되어가고 있는 것이다. 그런데, 종이에서 전자 기록으로 대체되고 있는 것은 매체일 뿐, 판사 입장에서 읽어야 하는 내용의 양 자체는 변함이 없다. 오히려 당사자 입장에서는 서류 제출이 간편해지므로 더 많은 내용이 제출될 수도 있다.

게다가 슬프게도 애덤 스미스가 찬양한 분업으로 인한 생산성의 혁신은 판사의 일에는 잘 적용되지 않는다. 수만 페이지 이상의 기록이라 하여 판사 수십 명이 부분부분 나누어 공정별로 작업할 수가 없다. 판사의 일은 가내 수공업이다. 사건의 처음부터 끝까지 다 파악하고 있어야 전체를 보고 판단할 수 있다. 『부자 아빠 가난한 아빠』를 쓴 로버트 기요사키는 스스로 노동하여 돈을 버는 의사, 변호사 등의 전문직은 좋은 직업이 아니고, 돈이 스스로 돈을 벌게 하고 자신은 자유를 만끽할 수 있는 전문 투자자, 자본가가 좋은 직업이라고 주장한다. 그의 기준에 따르면 판사는 정말 안 좋은 직업이다. 누가 내 대신 해줄 수 없는, 대체 불가능한 노동이기 때문이다.

다만, 홀로 머리를 쥐어짜는 고통을 조금이라도 덜기 위해 법원 내에는 의외로 판사들의 연구회가 많이 구성되어 있다. 특정 분야에서 자주 문제되는 쟁점들에 대해 같은 분야를 담당하고 있거나 이에 관심이 있는 법관들이 모여서 온라인 커뮤니티를 만들어 토론하기도 하고, 법원별로 판례 등을 연구하는 연구회를 만들기도 한다. 박차오름이 논문을 올린 민사집행법연구회도 이런 온라인 커뮤니티다. 이외에도 형사법연구회, 국제인권법연구회, 사법정보화연구회, 젠더법연구회, 도산법분야연구회, 노동법분야연구회 등 다양한 코트넷(법원 인트라넷) 커뮤니티가 구성되어 있다.

보통 어느 조직이나 경력이 쌓이고 위로 올라 갈수록 직접 페이퍼 워크를 하지 않고 관리자 역할만 수행하지만, 법원 조직의 최고봉인 대법관들은 초임 판사나 마찬가지로 손에 골무를 끼고 두꺼운 기록을 넘기고 중요 부분에 포스트잇을 붙이며, 연필을 들고 메모를 한다. 재판연구관인 판사들이 쟁점을 정리하고 검토 보고서를 작성하여 대법관의 업무를 보조하지만, 그렇다고 기록을 읽고 판단해야 하는 대법관 업무의 본질이 바뀌지는 않는다. 대법관실에 가득한 기록 더미와 그사이에 파묻혀 있는 대법관의 굽은 허리와 흰 머리를 보다보면 가슴이 답답해지곤 한다. 수십 권의 두꺼운 법학 서적을 몇 번씩 읽고 또 읽어야 하는, 고행에 가까운 사법시험은 어쩌면 법학 지식 자체보다 평생 방대한 기록을 읽는 삶을 견뎌낼 수 있는 인내심, 처음 보는 분야의 복잡한 지식과 쟁점을 비교적 단시간 내에 이해하고 정리할 수 있는 순발력, 또는 그냥 엉덩이 무게를 테스트하는 것인지 모른다.

그런 고행에 가까운 시험을 우수한 성적으로 통과한 엉덩이 무겁고 인내심 강한 젊은이들을 선발하여 월화수목금금금 야근하며 일하는 우리 법원은 국민에게 사랑받고 있을까. 2006년 한국개발연구원KDI의 조사에 따르면 법원, 검찰에 대한 국민의 신뢰도는 조사 결과 10점 만점에 3점대였다. 반면 처음 보는 낯선 행인에 대한 신뢰도는 4점. 2014년 여론조사업체 리얼미터가 실시한 '국민으로부터 가장 신뢰받는 기관'에 관한 설문조사 결과 법원은 5위 군대와 7위 국회 사이에 위치했다. 우리 사회 분위기상 유감스럽지만 국회보다는 높다는 것이 큰 자랑거리는 못 된다. 사법도 분쟁 해결이라는 공공 서비스다. 서비스의 소비자들이 만족하지 못하고 있는데 서비스 제공자인 판사들이 우리는 열심히 일하고 있다고 우는 소리를 하는 것은 프로페셔널로서 부끄러운 일이다.

그 부끄러움을 다른 나라의 판사들 앞에서 고백한 적이 있다. 대법원 법원행정처에서 근무하던 시절이다. 해마다 필리핀, 몽골, 태국, 우즈베키스탄, 베트남 등 여러 나라의 판사들이 대법원을 방문하여 우리의 사법 제도, 경험, 특히 사법 정보화에 대하여 공부하고 간다. 우리나라의 재판 제도 변천 과정을 개략적으로 설명하는 강의를 맡은 나는 이렇게 털어놓았다.

전후 세계 최빈국의 하나였던 대한민국의 사법 제도 역시 다른 모든 분야와 마찬가지로 저비용 고효율을 추구할 수밖에 없었다. 부족한 예산 범위 내에서 늘어나는 분쟁들을 신속하게 해결하기 위해 소수의 우수한 젊은 인재를 선발하여 서면 중심의 재판을 했다. '빨리빨리'라는 시대적 요구는 재판에도 적용되었다. 보다 많은 사건을 빠른 시간 내에 해결하는 것이 주된 과제였고, 그 결과 통계적으로 비교해보면 미국, 영국 등 선진국보다 사건 처리 속도가 훨씬 빨라졌다. 하지만, 고도로 성장한 한국 사회는 이제 더 이상 양적인 지표만으로 만족할 수 없게 되었다. 법정에서 자신의 입장을 충분히 전달하고자 하는 절차적 욕구가 높아졌다. 국민의 눈높이가 높아진 것이다. 여기 미치지 못한 법원의 낡은 관행에 대해 뼈아픈 질책이 가해졌다. 회초리를 맞으며 법원은 국민의 눈높이를 따라가려는 노력을 시작했다. 이제 법관은 사건을 파악하기 위해 묵묵히 기록을 검토하는 것만으로는 부족하다. 법정에서 사람들의 살아 있는 목소리를 경청하고 그의 고통을 배려하며 분쟁을 실질적으로 해결하려는 노력이 요구되고 있다. 정치적인 중립성과 공정성에 대한 요구, 국민의 법 감정과 양형 사이의 괴리에 대한 비판 목소리도 높다. 그 어느 때보다 고민할 것도 많고 요구되는 것도 많은 시기라 힘들기도 하지만, 당연히 겪어야 할 발전의 과정일 것이다.

강의가 끝난 후 다가온 외국의 법관들은 악수를 청하며 공감을 표시했다. 나라마다 발전 단계는 다르지만 법관에 대한 국민들의 불만은 놀라울 만큼 비슷했기 때문이다. 솔직히 동업자들(?)끼리 국민의 높은 기대 수준에 대해 투덜대며 불평을 하기도 했다. 그래도 다들 속으로는 생각했을 것이다. 그래도 국민의 기대가 남아 있으니 얼마나 다행인가. 길 가다 만난 낯선 행인들로 재판부를 구성하는 것이 너희보다는 낫겠다는 고용주 국민의 결단이 내려지지 않도록 정신 바짝 차려야겠다. 고령화 사회에 실업자가 되지 않으려면 말이다.

4부

흐트러진 단 하나의
실오라기

2014. 11. 2. 가슴이 답답하고 잠을 자면 회사 생각에 잠이 안 옴. 입맛이 없고 설사를 하게 됨. 하던 업무도 두렵고 출근하기가 무서움. 사무실에 가면 머리가 찌릿, 하던 업무도 어떻게 해야 될지 모르겠음. 내성적인 성격이 싫어 외향적인 것처럼 행세. 군에 있을 때 비슷한 증상. 적응 못해 탈영, 자살 소동.

2014. 11. 7. 부서 전체 회식에 빠졌다고 팀장에게 질책당함. 몸이 무척 안 좋았다고 하니 진단서 제출하라고 함. 조직인으로서의 기본 자세도 안 된 놈이라며 질책.

2014. 11. 10. 팀장 목소리만 들어도 심장이 뛰어 견딜 수가 없음.

혼자 색깔 있는 와이셔츠 입고 출근했다고 한참 훈계 들음. 훈계 듣다가 그냥 쳐다보았을 뿐인데 팀장은 주변 직원들에게 "얘는 ○○도 출신이라 그런지 고집이 세다. 얘 눈빛 봐라. 눈빛이 무섭다"라고 함. 직원들은 그 말에 와, 하고 웃음.

2014. 11. 11. 회사 출근 못하고 있음. 안절부절, 왔다갔다, 새벽에 깨서 다시 약 복용.

2014. 11. 12. 팀장이 수십 번 전화. 무서워 전화를 받지 않자 '너 때문에 팀 전체가 피해를 보고 있다. 암 덩어리 같은 놈'이라는 문자가 도착.

2014. 11. 13. 출근. 동료들과 대화 어려움. 눈 마주치기 힘들고 걸려오는 전화를 받아도 말문이 막힘. 헛구역질. 손 떨리고 기억력이 떨어짐.

임바른 판사는 A의 의무기록 및 정신과 상담일지를 꼼꼼히 읽고 있다. 결말을 이미 알고 있는 암울한 영화를 보고 있는 느낌이다. 중간 중간에 진단서, 소견서도 첨부되어 있다. '중증 우울증 에피소드' '역류성 식도염, 위염, 십이지장 궤양' '근무 도중 왼쪽 어깨에서 팔까지 경직되면서 떨림이 심했고, 퇴근시간 임박해서는 흉통이 심해서 병원에 내원하여 관상동

맥조영술 등의 검사를 받았으나 혈관에는 문제가 없고 특이
소견 없다는 진단'.

2014. 11. 14. 손 떨고 안절부절못하자 팀장이 병가를 내든지 아
니면 똑바로 하라고 함.

2014. 11. 24. 1주 휴가 내어 딸과 여행을 다녀온 후 복귀. 다시 해
보겠다는 마음이 생김. 떨림은 덜하고 식사 잘함.

2014. 11. 25. 아주 잘 지냈음. 대답이 느리다고 팀장님께 40분 동
안 혼났지만 견딜 수 있었음.

2014. 11. 26. 느낌 아주 좋음. 다시 태어난 느낌.

상담일지는 한참의 공백 후 다시 이어진다.

2015. 3. 2. 전 상태로 돌아갔음. 자리에 앉아 있으면 집중이 안 되
고, 시간에 쫓기고, 업무 지시를 이해 못함. 불안, 초조하고 긴장됨.
와이프가 걱정—"옛날로 돌아가면 못 산다."

2015. 3. 20. 여행을 다녀옴, 여행 가도 와이프와 대화가 안 됨. 자
살 충동. 입원 권유를 받음.

2015. 3. 23. 출근. 전화 받아도 답변 못해 다른 직원이 받게 조치,

업무를 줄이면서 배려해줌. 배려가 소외로 느껴짐.

2015. 4. 3. 갑자기 지방으로 발령. 와이프는 애 학원 때문에 같이 갈 수 없다고 함.

2015. 4. 29. 먹으면 토함. 빈속에 헛구역질. 새 근무지에 적응 안됨. 말도 안 나오고 대화가 잘 안 됨.

2015. 5. 15. 출근 못함. 와이프 몰래 원룸 얻어서 종종 혼자 지낸 것 들통남. 와이프는 충격, 배신감에 이혼하겠다고 함. 회사에서도 더이상 못 기다리겠다며 입원을 권유함.

상담일지는 여기서 끝난다.

A는 다음날 회사 독신자 숙소에서 칼로 손목을 그어 자살을 시도했다. 출근 않은 그가 걱정스러워 숙소에 들른 동료가 피를 많이 흘린 채 쓰러져 있는 그를 발견하고 119에 연락해 생명은 건졌으나 팔 여러 곳을 자해한 탓에 근육을 다쳐 팔을 못쓰게 되었고, 마치 자폐증 환자처럼 모든 의사 소통을 거부하는 중증 우울증 상태가 지속되고 있었다. 처는 아이들을 데리고 친정으로 갔고, 이혼을 요구중이었다. A의 부모는 A를 내세워 회사와 팀장을 상대로 손해배상 청구 소송을 제기

했다.

조정기일을 앞두고 기록을 검토중인 임 판사는 A의 삶 전체를 읽는 느낌이 들었다. 증거로 제출된 것 중에 두꺼운 수첩이 있는데, 꼼꼼한 성격인 A는 마치 일기장인 양 거기에 내밀한 내용을 속속들이 적어놓았다. 팀장이 괴롭힌 내용 등 사건과 관련된 부분도 있었지만, 자살 시도를 앞둔 몇 주간은 마치 평생을 회고하듯 어린 시절부터 마음에 담아두었던 이야기를 순서 없이 마구 적어놓기도 했다. 마음 상태를 보여주는 듯 휘갈겨 쓴 글씨가 읽기 힘들었지만 어느새 수첩에서 눈길을 뗄 수 없게 된 임 판사는 공을 들여 내용들을 찬찬히 읽었다. 이토록 내밀한 타인의 삶 구석구석을 읽는다는 것이 어쩐지 죄스러웠다. 직업상 어쩔 수 없는 것인데도 임 판사는 가끔 이런 죄책감에 빠져들곤 했다. 배를 갈라 풀어헤쳐놓은 사체 부검 사진을 볼 때는 오히려 그런 느낌이 없다. 탐욕이든 치정이든 자학이든 무방비로 노출된 사람의 내면을 엿보게 되는 순간, 마음 한쪽에서 알 수 없는 저항감이 생기는 것이다. 그건 아마 판사이기 이전에 한 인간으로서 느끼는 감정인지도 모르겠다.

조정기일에 만난 A는 고장난 자동인형 같았다. 고개를 숙이고 왼손 검지로 엄지손톱 끝을 끊임없이 만지작거리고 있었다. 쓸 수 없게 된 오른팔은 고무줄처럼 축 늘어져 있었다. 그는 왼손잡이였다.

변호사도 있으니 이런 상태의 A가 굳이 나올 필요는 없었지만 A의 부모는 시위하듯 아들을 데려와 조정실 의자에 앉혀놓았다. 회사 측 변호사는 굳은 얼굴이었고, 다부진 체구의 팀장은 억울하다는 표정이었다.

마주앉자마자 A의 어머니는 핏발 선 눈으로 팀장에게 삿대질을 했다.

"남의 천금 같은 아들을 망가뜨려놓고 어디서 고개를 빳빳이 쳐들고 있어!"

"저는 팀장으로서 팀 전체와 회사를 위해 팀원들을 이끌었을 뿐 어떤 가혹 행위도 하지 않았습니다. 아드님을 구타한 적도 없고 욕한 적도 없다고요. 오히려 팀의 단합을 해치고 피해를 끼친 건, 죄송하지만 아드님입니다. 업무상 질책 좀 했다고 무단결근하고, 회식에 빠지고. 그렇게 나약해서야 어떻게 사회생활을……"

"뭐야 이 죽일 놈아! 사람을 이렇게 만들어놓고 그게 할 소리야?"

A의 아버지가 팀장의 멱살을 잡자 원고 측 변호사가 만류했다. 팀장은 물러서지 않았다. "누명 씌우지 마십쇼. 자살 시도한 건 가정불화 때문이잖습니까. 이혼 당할 지경이 되어 제정신이 아니었다면서요."

팀장은 진심으로 억울해하고 있었다. 그가 쓴 답변서에는 조직 적응력이 부족한 A가 팀에 융화되도록 자신이 얼마나 헌신적으로 도왔는지, 일등 기업인 B증권에서도 실적 일등인 팀을 이끌며 그동안 얼마나 팀원들의 존경과 사랑을 받아왔는지, 이번 일로 팀과 회사의 명예에 누를 끼쳐 얼마나 죽고 싶을 만큼 고통스러운지가 절절히 적혀 있었다.

임 판사는 자꾸 자리에서 벌떡 일어나는 A의 부모를 앉히며 물었다.

"그런데 아드님 수첩은 읽어보셨습니까?"

"네? 아 그거 증거물로 제출했어요. 저놈이 우리 애를 왕따 시킨 게 적혀 있잖아요. 다 읽어보지는 못했지만."

임 판사는 다 읽어보았다.

"아드님이 학생 때 국어 과목을 많이 좋아했었다죠?"

"네? 그랬던 것 같긴 한데 그게 이 일과 무슨 상관이 있나요?"

"아 네, 별일 아닙니다. 회사 측 주장부터 듣겠습니다."

A는 고교 시절 유독 국어 과목을 좋아했다. 그것도 문학이 아니라 어학 쪽을. 남들이 진저리를 치는 중세국어의 특징과 변천 과정을 흥미진진해했고, 말의 구조를 분석하는 것을 즐거워했다. 소쉬르의 『일반 언어학 강의』를 구해서 탐독하기까지 했다. 수첩 여기저기에 불어로 '랑그'와 '파롤' '시니피에'와 '시니피앙' 같은 개념들을 낙서해놓았다. 하지만 전교 일등이 국문과에 진학하는 것은 학교 홍보에 도움이 되지 않았다. 법대 아니면 원서를 써주지 않겠다는 담임과 장손이 고시 패스하여 가문의 명예를 드높여야 한다는 집안 어른들 사이에서 내성적인 A는 선택의 여지가 없었다.

"저 애가 원래 판사님처럼 나라를 위해 일했어야 하는 애인데."

A의 엄마는 자기 손가락만 쳐다보고 있는 아들을 보며 울음 섞인 목소리로 말했다.

A는 법대에 진학하여 고시를 쳤지만 매번 낙방했다. 집안 어른들이 조상님 전에 아무리 빌어도 효험이 없었다. 코가 납작해진 부모를 다시 의기양양하게 한 것은 고시를 포기한 A

가 힘겨운 군 생활을 겨우 마친 후 일류 대기업 계열사인 B증권에 합격한 일이었다. A 본인도 떨어질 대로 떨어진 자존감을 일류 기업의 일원이 됨으로써 회복할 수 있었는지 그룹 전체 신입사원 연수 때 이야기를 인생의 찬란한 하이라이트처럼 수첩에 묘사해놓았다.

특히 매스게임에 참여했던 경험이 그에게는 엄청난 감동이었나보다. 형형색색의 옷을 입고 운동장에 모인 수천 명의 신입사원들이 이리 달리고 저리 달리며 일사불란하게 회사를 대표하는 제품의 모습을 만들어내는 데 성공한 경험. 수첩에는 이렇게 적혀 있었다.

혼자서는 보잘것없는 존재인 나 따위도 위대한 큰 그림의 한 조각을 이룰 수 있었다. 나보다 훨씬 우수한 동료들이 나와 어깨를 겯고 하나가 되어주었다. 가슴이 벅차올라 눈물이 멈추지 않았다.

……하지만 그 '일사불란一絲不亂함'이 그를 참아주지 않았다. 매사에 꼼꼼하고 느리며 어눌한 그와 해병대 출신임을 최고의 자랑으로 삼는 팀장은 궁합이 맞지 않았다. 치열한 경쟁을 뚫고 입사한 우수한 팀원들은 모두 아주 빨리 팀장에게 적

응했지만 A는 그러지 못했다. 그는 흐트러진 단 하나의 실오라기였다. '일사불란'을 위해 잘려나가야 할.

회사 측 변호사는 처와의 가정불화, 이혼 위기가 자살 시도의 원인이었음을 계속 강변하고 있다. A의 어머니는 소리 높여 반박했다. 죽자 사자 연애해서 결혼한 애들인데 회사 스트레스 때문에 우울증이 와서 부부 사이가 망가졌다면서.

사실과 다르다. 일류 기업 합격으로 다시 기세등등해진 부모가 중매업자를 통해 '수준에 맞는 집안 처자'를 물색한 끝에 찾아낸 '점잖은 집안 규수'가 A의 부인이다. '남들 보기에 부끄럽지 않은' 결혼식을 호텔에서 치르느라 A의 아버지는 담보대출까지 받았다. 집안 어른들은 일류대 나와서 일류 기업 들어간 장손 혼사인데 사돈댁이 양복이나 두둑한 봉투를 돌리지 않는다며 다들 한소리씩 했다. 이 모든 불만은 며느리에 대한 냉대로 이어졌다.

혼수 갈등으로 한이 맺힌 처와 처가는 A가 회사에 적응을 못하여 겉돌고 인센티브도 승진도 제대로 챙기지 못하자 노골적으로 불만을 표시하기 시작했다. 처의 여대 동창들 모임에 억지로 끌려나간 A는 동창 남편들이 끌고 온 외제차와 자기 국산차의 배기량 차이만큼 위축되곤 했다. 유일하게 그를 활짝 웃게 만드는 존재인 딸아이는 동네에 새로 들어선 고급 아파트 놀이터에 놀러갔다가 너네 후진 아파트 놀이터에서 놀라며 쫓아내는 아이들의 텃세에 울며 돌아오고부터는 우리도 좋은 집으로 이사 가자고 매일 졸라댔다. A는 아내 몰래 작은 원룸을 빌려 종종 야근, 특근 핑계를 대고 혼자 몇 시간씩 있었다. 그가 거기서 한 일은, 책 읽기와 수첩에 뭔가를 적는 일뿐이었다. 그의 이 도피처는 결국 발각되어 그를 결혼생활로부터도 쫓아내고 말았다.

임 판사는 주변의 울부짖음과 고함이 하나도 들리지 않는 듯 모든 신경을 자기 엄지손톱 끝에만 집중시켜 만지작거리고 있는 A를 바라보았다. 그는 이제야 비로소 원하는 만큼 홀로 자유로워 보였다. 결국 사건 기사화에 부담을 느낀 회사 측의 양보로 조정은 이루어졌지만, 임 판사는 아무것도 해결한 느낌을 갖지 못한 채 무력감만 안고 조정실을 나왔다. 수석부장 주최 오찬에 가야 했다.

이탈리안 레스토랑이었다. 참석자들은 모두 수석부장이 먼저 주문하기를 기다렸다. 메뉴를 잠시 뒤적이던 수석부장은 웃었다. "고르기 복잡하니까 런치 세트로 할게요." 그러자 "저도요" "저도 세트" "아예 통일하죠 뭐"가 이어졌다.

"아 네, 그럼 런치 세트 열두 개죠?" 하고 자리를 뜨는 웨이터를 불러세우는 목소리가 있었다.

"잠깐만요. 이거, 키조개 관자를 곁들인 들깨 크림 스파게티 특이해 보이는데 맛있어요? 해물 누룽지 스파게티를 먹어볼까? 아이 참. 다들 모처럼 나왔는데 통일이라뇨. 지루하게."

신나 죽겠다는 표정으로 메뉴를 넘기고 있는 박차오름 판사였다.

그녀를 잠시 바라보던 임 판사는 자신이 오늘 처음으로 입가에 미소를 띠고 있음을 깨달았다. 그러곤 웨이터에게 말했다.

"저도 메뉴판 좀 주시겠어요?"

잊힐 권리,
잊을 의무

잊힐 권리. "라이트 투 비 포가튼Right to be forgotten." 작게 소리 내어 읽어본다. 묘한 뉘앙스가 있는 용어다. 왠지 로맨틱하기도 하고, 쓸쓸하기도 하고. '정보 삭제권'으로는 도저히 이런 느낌이 나지 않는다.

임바른 판사는 소장을 읽으며 잠시 생각했다. 묘한 사건이다. 청구금액 천만 원짜리 소액 사건에 원고 대리인은 국내 최대 로펌, 피고 대리인은 사회참여 활동으로 유명한 중형 로펌. 양측 변호사 비용이 청구금액의 몇 배일지. 당사자들도 대단하다. 피고는 중앙일간지 H신문, 원고는 근래 차세대 리

더로 떠오른 유명 정치인 강요한 의원이다. 정치에 관심이 별로 없는 임 판사도 이름과 얼굴을 기억할 정도로 스타다. 강요한 의원은 사법연수원을 수료한 후 법조계로 진출하지 않고 미국 유학을 다녀왔다. 다양한 사업을 연이어 성공시키고 혁신적인 사회적기업과 NGO 활동으로도 붐을 일으킨 후 정계에 진출했다. 훤칠한 키에 뚜렷한 이목구비. 사십대 후반으로는 도저히 보이지 않는 젊은 얼굴. 책벌레인 임 판사는 그의 사진을 볼 때마다 오스카 와일드의 『도리언 그레이의 초상』을 떠올리곤 한다.

유력 정치인이 신문사를 상대로 손해배상 청구를 하는 건 정치적으로 득일까 실일까. 무슨 의도일까. 그것도 우리나라에서는 아직 법제화되지 않은 '잊힐 권리'의 침해를 이유로. 강요한 의원은 H신문 기사 데이터베이스에서 특정 사진 한 장을 삭제하고, 이 사진이 포털 사이트에서 검색되지 않게 해줄 것을 요구하다 거부당하자 손해배상 청구를 했다.

사진은 강 의원의 갓 스물 대학생 시절을 담고 있었다. 빛바랜 사진 속에서도 그의 외모는 눈에 띈다. 분명히 시위 현장을 찍은 사진인데, 강 의원 때문에 청춘영화의 한 장면 같다. 후줄근한 티셔츠와 청바지를 입고 있지만 그맘때만 뿜어져나오는 8월의 태양 같은 눈부심이 있다. 그건 그의 곁에 있는 여학생도 마찬가지다. 남녀 학우들과 어깨를 겯고 연좌농성중인 모습이다. 머리띠에는 선명하게 '원전 반대'라는 구호가 쓰여 있다. '반전 반핵' 깃발이 휘날리고 로마 제국의 병사 같은 전경들이 양 끝자락의 학생들을 강제로 끌어내고 있는 살풍경한 모습인데도 학생들의 얼굴은 눈부시게 반짝거리고 있었다. 그중에서도 강 의원은 가장 가운데에서 시선을 잡아끌고 있다. 세상에는 주인공으로 태어나는 사람들이 있나 보다.

생각에 잠긴 임 판사의 왼쪽 뺨 쪽으로 따스한 온기와 함께 은은한 비누 향이 풍겨왔다.

"뭘 그리 홀린 듯이 봐요?"

장난스러운 목소리에 화들짝 돌아보니 박차오름 판사가 바로 뒤에서 허리를 굽힌 채 어깨 너머로 임 판사가 보고 있던 사진을 들여다보고 있다.

"별거 아니에요. 오후에 조정할 사건 기록."

임 판사는 애써 마음의 동요를 감추며 대답했다.

"어디 보자. 잊힐 권리의 침해? 재미있는 사건이네요. 에휴, 저야말로 요즘 제발 좀 잊히고 싶다고요. 이상한 별명까지 붙어서 제 온갖 동영상과 사진이 떠돌고 있는 거 아세요? 미스 함무라비라니, 하필 내가 싫어하는 성차별적 호칭 '미스'까지. 근데 원고가 누군데 이런 최신 트렌드의 사건을 제기한 거죠?"

"강요한 의원이라고 알죠?"

"네? 이름은 들어본 것 같은데……"

임 판사는 키보드를 두들겨 강 의원 사진을 찾아 모니터에 띄웠다.

"어, 이 사람 낯이 익은데. 가만, 아니 그때 그 얌체 에쿠스?"

순간 임 판사는 지난주에 수석부장이 보여준 박 판사의 고속도로 대활극 동영상을 떠올렸다.

"이 아저씨 얌체같이 고속도로 진출로로 끼어들기 하다가 저랑 한바탕한 에쿠스 차주인 것 같아요. 얼마나 대단한 양반인지 모르겠지만 운전기사만 내보내서 저와 상대하게 하고 자기는 뒷좌석에 그림같이 앉아서 나 몰라라 하더라고요. 재수없어!"

조금 전까지 생글생글 웃던 박 판사는 순식간에 분기탱천한 얼굴이다.

"강 의원은 연예인 못지않게 여성 팬이 많은 인기남인데 박 판사에게는 먹히지 않나보네요?"

박 판사의 흥분을 가라앉히기 위해 임 판사는 얼른 시답잖은 농담을 건네며 키보드를 눌러 강 의원의 사진 몇 장을 더 띄워 보여준다.

"전 저런 웃음이 싫어요."

"어떤?"

"한 순간에 온 얼굴을 무너뜨리며 가늘어지는 눈초리, 얼굴 주름에 가지런한 치열까지 모든 걸 보여주는 웃음."

"그게 매력 포인트던데요?"

"그런 웃음을 생면부지의 사람들 앞에서 아무렇지도 않게 갑자기 명함 꺼내듯 꺼내보일 수 있다니, 왠지 싫어요."

"그야 직업이니까. 나같이 종일 시큰둥한 표정으로 앉아 있는 것보단 낫잖아요?"

박 판사는 그제야 싱긋 웃었다.

"종일 시큰둥한 표정인 걸 알긴 아나봐요?"

눈에는 장난기가 가득했다.

"아니 뭐 여하튼, 이 사람이 굳이 왜 20여 년 전 대학 시절 사진 한 장을 삭제하려 하는지는 기록을 봐도 잘 모르겠네요.

추상적인 주장만 가득하고. 그러니 1심에서 간단히 청구 기각당했죠. 한 부장님께서 저보고 조정을 해보라고 하는 것도 속내를 들어보라는 말씀인 것 같아요."

오늘따라 박 판사의 말투가 나긋나긋하자 당황한 임 판사는 주저리주저리 말이 길었다.

오후, 조정실이다. 양측 변호사들은 팽팽하게 법리 논쟁을 벌이고 있다.

"유럽 사법재판소는 집을 경매당했을 때 신문에 실렸던 경매공고를 구글 검색 결과에서 삭제해달라는 신청을 받아준 바 있습니다. 비록 아직 잊힐 권리에 관한 법률이 제정되지는 않았지만, 개인정보보호법 등을 통해 얼마든지 프라이버시 보호를 위한 정보 삭제권을 도출할 여지가 있습니다. 무분별한 신상 털기와 관음증의 도가니가 되어가는 인터넷으로부터 자신의 소중한 사생활을 보호받을 권리는 이 시대의 중요한 기본권인 것입니다."

"공적 인물인 정치인의 과거 행적은 모두 유권자들의 검증 대상입니다. 보수 진보의 대립구도를 낡았다고 비웃으며 철저한 실용주의를 주창하는 강요한 의원은 원자력만이 현실적으로 선택 가능한 화석 연료의 대안이라고 강력하게 주장하고 있고, 또 한편으로는 우리 주권을 지키기 위해서는 핵무장이 필요하다고 주장하여 일부 젊은 층으로부터 열광적인 인기를 얻고 있기도 합니다. 이런 그가 젊은 시절에는 전혀 다른 정치적 소신을 갖고 급진적인 활동을 했다는 사실은 중요한 정보이고, 사회는 그에게 왜 이런 극단적인 생각의 변화를 겪었는지 설명을 요구할 권리가 있습니다. 정치인의 잊힐 권리가 국민의 알 권리보다 우선할 수는 없는 것입니다. 그리고, 원고 측이 언급한 유럽 사법재판소 판결도 구글 검색 결과의 삭제를 명했을 뿐, 원본인 신문기사 자체의 삭제를 명하지는 않았습니다. 언론의 자유를 침해할 수는 없기 때문입니다."

"사람의 생각은 성장하면서 얼마든지 변화할 수 있는 것인데 피고 신문사는 원고가 대학생이던 시절의 사진 한 장을 용케도 찾아내어 집요하게 정치적 공격의 수단으로 사용하고 있습니다. 이 사진에 지금의 원고 얼굴을 합성하여 희화화한 사진이 SNS에서 유행하고 있을 지경입니다."

도저히 조정할 여지를 찾지 못하겠다. 원고 본인이 나와야 뭔가 실마리가 풀리지 않을까 싶어 임 판사는 원고 대리인에게 기일을 속행할 테니 원고도 함께 출석하도록 하라고 당부하고는 마무리했다.

다음 기일, 정기 국회 회기중이라 쉽지 않을 것이라 생각했는데 강요한 의원이 변호사와 함께 출석했다. 실물도 사진 못지않게 매력적이었다. 지난 기일에 이어 피고 측의 날카로운 맹공이 이어져도 그는 미소를 잃지 않은 채 고개를 끄덕이고 메모를 하며 경청했다.

시간이 지날수록 임 판사는 조금도 무너지지 않는 그의 미소에 기가 질리기 시작했다. 저 미소는 철가면이다. 이래서는 굳이 본인을 출석시킨 의미가 없다. 뭔가 판을 흔들어봐야겠다고 마음먹고는 변호사들에게 잠시 자리를 비켜줄 것을 부탁했다. 강 의원과 단둘이 마주앉은 임 판사는 대뜸 물었다.

"원고는 이길 생각도 없으시면서 왜 소송을 내신 건가요?"

강 의원의 미소는 요지부동이었다.

"판사님, 전 뭘 하든 언제나 이길 생각뿐인 사람이랍니다. 국민은 패배자를 원하지 않으니까요."

"그런데 왜 이길 수 있을 만한 명확한 주장을 하지 않으시는 겁니까? 이 사진 한 장으로 인해 구체적으로 어떤 피해를 입고 계시다는 건지 제대로 밝히신 적이 없던데요. 추상적인 사생활 침해, 악의적 왜곡 등만 반복하시고. 그런 정도로는 피고 측 논리를 반박하기 어렵다는 것을 법률가 출신인 원고도 잘 아실 텐데요."

"저는 충분히 주장하고 있다고 생각합니다만."

강 의원은 흔들리지 않았다. 잠시 말을 멈추었던 임 판사는 다시 불쑥 물었다.

"아까 뭔가 계속 메모지에 쓰시던 거, 글자가 아닌 것 같더 군요. 보여주실 수 있으십니까?"

비로소 강 의원의 눈꺼풀에 미동이 생겼다.

"아, 그건 별것 아니라……"

빤히 응시하는 임 판사의 눈동자를 바라보던 그는 천천히 접어놓았던 메모지를 펼쳤다. 거기에는 작은 그림이 그려져 있었다. 여자의 얼굴이다. 동그랗고 큰 눈동자, 미소 띤 작은 입. 단순한 선 몇 개로 휙휙 그렸는데도 특징이 잘 드러난 그 림이다. 어딘가 낯이 익다.

"실례지만 누굴 그린 건지 여쭤봐도 될까요? 왠지 낯이 익 네요. TV에서 사모님을 뵌 적이 있는 것 같은데 사모님인가 요?"

잠시 정적이 흐른 후, 강 의원은 다시 미소를 지었다. 그는 자기가 그린 그림을 바라보며 말했다.

"아닙니다. 하지만 판사님이 이미 본 적 있는 사람의 얼굴입니다. 비록 사진 한 장으로 보셨을 뿐이지만."

임 판사는 놀라 기록을 들춰보았다. 그림은 연좌농성중인 강 의원과 어깨를 겯고 있는 눈이 큰 여학생과 꼭 닮아 있었다. 처음 사진을 봤을 때 강 의원 못지않게 눈부시다고 생각했던 그 여학생이다.

"대학 때 저랑 같은 동아리였던 여학생입니다. 쑥스럽지만, 이때 우리는 학내에서 소문난 커플이기도 했지요."

강 의원은 잠시 말을 멈추고 자신이 그린 그림의 얼굴선을 따라 긴 손가락을 움직였다.

"20여 년이 지났지만 아직도 눈을 감고도 이 친구를 그릴 수가 있습니다. 그녀는 조금도 변하지 않고 이 모습 이대로니까요."

잠시 침묵이 흐른 후 말이 이어졌다.

"이 친구는 이날 시위 중에 어이없는 사고로 쓰러졌고, 그 후유증으로 병상에 누워 있다가 세상을 떠났습니다. 스무 살 생일을 며칠 앞두고."

"그랬군요. 그래서 이 사진을 보기가 힘드셔서……"

강 의원은 고개를 저었다.

"저는 이 사진 원본을 얼마 전까지 사무실 책상 서랍 깊숙이 간직하고 있었습니다. 얼마나 자주 꺼내보았는지 모릅니다. 이 소송은 저 때문에 낸 것이 아닙니다. 이 사람 때문에 낸 것입니다."

강 의원의 손가락은 사진 오른쪽 구석에서 강 의원 쪽을 바라보고 있는 자그마한 체구의 여학생을 가리켰다.

"제 처입니다."

그는 혼잣말처럼 말을 이어갔다.

"처가 관심도 없던 동아리에 들어오고, 시위에도 따라나온 게 다 저 때문이란 걸 그땐 알지 못했지요. 많은 세월이 흐른 후 처가 연락을 해와서 만나게 되었습니다. 제 처는 저를 저 이상으로 잘 아는 사람이지요. 결혼 후에도 제가 누구 얼굴을 잊지 못하는지 너무나 잘 알고 있었습니다. 저는 솔직히 마음도 몸도 결혼 서약에 충실하지 못했습니다. 남편 흉내만 내며 살았죠."

그의 미소는 어느새 처연한 표정으로 바뀌어 있었다.

"지금 처는 많이 아픕니다. 몸 안에 좋지 않은 것이 생겨서 말이죠. 얼마나 살 수 있을지 모르겠습니다. 그 지경인데도 처는 이 사진을 인터넷에서 보게 되면 하염없이 눈을 떼지 못합니다. 저와 그녀가 어깨를 겯고 꼭 붙어 앉아 있는 모습에서."

그는 임 판사를 똑바로 쳐다보았다.

"이제 아시겠습니까. 이 소송은 저의 잊힐 권리에 관한 것이 아닙니다. 제 잊을 의무에 관한 것입니다."

결국 조정은 불성립으로 끝났다. 그날 저녁, 임 판사는 박 판사, 옆방 정 판사와 함께 법원 앞 단골 카페를 찾았다. 조정 결과를 캐묻다가 이야기를 모두 들은 박 판사는 한참을 조용히 앉아 있었다. 수다쟁이 정 판사도 조용했다.

이윽고 길어진 침묵이 부담스럽다는 듯 박 판사는 자리에서 일어나 카페 구석에 놓인 작은 피아노 앞에 앉아 건반을 누르기 시작했다. 듀크 엘링턴의 〈스타 크로스트 러버스The Star-Crossed Lovers〉였다. 불운한 연인들에 관한 곡이다.

임 판사는 피아노를 치는 박차오름의 뒷모습에 중학생 시절의 그녀를 겹쳐 보며 생각했다. 인간의 기억이란 참 묘해서 완결된 것은 곧 망각하고, 미완의 것은 오래오래 기억한다. 해피엔딩을 이루고는 익숙해져만 가는 사랑과 안타깝게 못 이루어 평생 그리워하는 사랑 중 어느 것이 더 달콤한 것일까.

아니, 어느 것이 더 슬픈 것일까.

아이들은 아빠를
기다려주지 않습니다

마치 아빠 곰과 아기 곰들 같았다. 원고는 두 딸아이들을 불
끈 힘준 두 팔에 매달고 풍차처럼 빙빙 돌고, 온 방안을 뛰어
다니며 잡기놀이를 하고 있었다. 일곱 살, 아홉 살의 두 딸아
이는 까르르 까르르 웃느라 숨이 넘어갈 지경이었다.

"일단 아이들이 아빠를 무서워한다는 피고의 말은 사실과
다르다고 봐야겠네요."

"네, 판사님. 아빠와 아이들의 유대관계에 문제가 없어 보
여요."

임바른 판사는 관찰실 유리창으로 면접교섭실 내부를 들여

다보며 가사조사관과 이야기를 나누고 있었다. 애들 엄마인 피고는 잠시 화장실에 가고 없다. 이 유리창은 밖에서는 안이 보이지만 안에서는 밖이 보이지 않는다. 교섭실 내부는 놀이방 같다. 온갖 장난감이 쌓여 있고, 바닥도 벽도 밝은 색깔이다.

원고가 피고의 부정행위를 이유로 이혼을 청구한 사건이다. 원고는 부정행위의 증거로 피고가 어떤 남자와 주고받은 다정한 문자 메시지 내용, 그리고 피고의 뒤를 밟아 밀회 현장을 덮쳐서 찍은 사진을 제출했다. 미처 옷을 입지 못한 피고와 남자의 당황한 모습이 찍혀 있었다. 현재 원고와 피고는 별거 상태고 피고가 아이들을 데리고 있다. 1심 재판부는 원고의 이혼 청구는 받아들였지만, 아이들의 친권자 및 양육자는 엄마인 피고로 지정했다. 원고는 자기가 아이들을 키우겠다며 항소한 것이다.

항소심 재판장인 한세상 부장은 이 가정의 상황을 더 자세히 알기 위해 재판에 앞서 양육환경 조사명령을 내렸다. 이에 따라 가사조사관이 피고의 집을 찾아가 피고와 아이들을 면담했다. 14평 원룸 아파트는 빨래와 장난감, 애들 책으로 너저분했고 비좁았다. 어린이집 보육교사인 피고는 자기가 일하는 어린이집에서 둘째를 종일 데리고 있었고, 첫째도 학교가 끝나면 어린이집에 와 있도록 하고 있었다. 중장비 기사인 원고는 건설 현장을 따라 전국을 돌아다니는 상황이라 아이들을 돌볼 형편이 되지 못했다. 피고는 자기가 잘못한 것은 사실이지만 아이들이 아빠를 무서워하고 엄마와 살고 싶어한다고 주장하고 있다. 가사조사관은 아빠와 아이들의 관계를 살펴보기 위해 법원 내에 있는 면접교섭실로 아이들을 데려오게 하여 원고와 만나게 한 것이다.

뛰어다니다 지친 아이들은 이제 아빠한테 기대어 그림책을 보고 있었다. 재잘거리며 책장을 넘기던 첫째는 얼굴이 환해지며 말했다.

"우와, 우리 엄마 같다."

둘째도 맞장구쳤다.

"진짜! 엄마랑 똑같아!"

펼쳐진 페이지에는 한가득 천사가 그려져 있었다. 순백의 옷에 활짝 펼친 날개, 긴 머리칼과 아름다운 얼굴.

계속 싱글벙글 웃는 얼굴이던 원고의 표정이 갑자기 일그러졌다. 미소 짓고 있는 천사의 얼굴을 한참 노려보던 원고는 무뚝뚝한 말투로 내뱉었다.

"너희 엄마는 천사가 아니야. 약속을 저버리는 나쁜 사람이야."

그러고는 주머니에서 핸드폰을 꺼내더니 화면을 휙휙 넘기며 뭔가를 찾기 시작했다.

"지금 뭐하시는 겁니까!"

놀란 임 판사가 면접교섭실 문을 열고 뛰어들어가서 아이들 쪽으로 핸드폰을 내밀고 있는 원고의 손목을 붙잡고 핸드폰을 잡아챘다. 핸드폰 화면에는 밀회 현장에서 찍힌 피고와 남자의 사진이 떠 있었다.

갑자기 임 판사가 뛰어들어와 아빠에게 소리를 지르자 아이들은 놀라 울음을 터뜨렸다. 가사조사관이 아이들을 달래는 사이 피고가 달려와 아이들을 껴안았다. 원고는 흥분해서 소리를 질러댔다.

"애들에게 엄마가 어떤 여자인지 알려줘야죠! 왜 아무 잘못 없는 제가 애들을 뺏겨야 합니까! 저 여자는 제가 멋대로 집을 나간 것처럼 말을 꾸며내서 애들이 저와 멀어지도록 만들고 있어요. 진실을 밝혀주세요!"

자리를 정리하고 판사실로 돌아온 임 판사의 이야기를 듣자 처음에는 원고에게 동정적이었던 박차오름 판사가 흥분하

174

여 자리를 박차고 일어났다.

"아니 어떻게 아빠가 어린 딸애들에게 엄마의 그런 모습을 보이려들 수 있죠? 미친 사람 아니에요?"

아무래도 원고는 치명적인 자충수를 둔 모양이다. 한 부장도 이야기를 듣고는 고개를 절레절레 흔들었다.

재판 날, 한 부장은 원고의 경솔한 행동에 대해 따끔하게 한마디했다. 원고는 고개를 푹 숙이고 연신 죄송하다는 말만 되뇌었다. 원고는 말주변이 없고 낯을 가리는 듯했다. 재판장의 질문에 바로바로 답하지 못하고 송아지처럼 눈만 끔벅거릴 때가 많았다. 머릿속으로 '참을 인'자를 숱하게 그리며 재판을 진행하던 한 부장은 원고가 앞으로 아이들을 어떻게 키울 것인지에 대해 잔뜩 써낸 준비서면을 넘기며 질문했다.

"시골로 내려가 과수원을 하며 애들을 키우겠다고요?"

갑자기 원고의 눈에 반짝반짝 생기가 감돌았다.

"네, 판사님."

"자금은 어떻게 마련할 계획인가요?"

"포클레인도 처분했고요, 10년 넘게 저축한 돈도 있거든요. 시골에서 농사짓고 사는 것이 꿈이어서 입을 것 안 입고 먹을 것 안 먹고 총각 때부터 이 악물고 적금을 부었습니다.

그리고 부족한 부분은 농협에서 영농자금 대출을 받으려고
요."

"과수원 일이 바쁠 텐데 어린애들을 돌볼 수 있을까요?"

"그래서 이모와 이모부님이 살고 계신 마을로 내려가려고
요. 이모님 댁 바로 옆집을 사기로 했어요. 시골이라 엄청 싸
요. 이모님이 엄청시럽게 좋아하셔요. 아예 같이 살자고 성화
신데 제가 우겨서 옆집에 살기로 했어요. 인심 좋은 마을 분
들도 다들 어서 이사 오라고 난리예요."

원고는 꿈꾸는 듯한 눈으로 말을 이어갔다.

"시골이지만 마당 넓은 집에 강아지도 키우고 토끼도 키우
며 살 수 있어요. 온 들판이 다 놀이터고요. 작긴 해도 번듯한
초등학교도 있고, 선생님도 참 좋은 분이시더라고요. 종일 엄
마 일하는 어린이집 구석에서 그림책만 보다가 저녁에는 코
딱지만한 아파트에서 텔레비전이나 보며 사는 딸애들 생각하
면 못 견디겠어요. 시골 학교지만 널찍한 운동장에서 동네 친
구, 언니 오빠들과 뛰어놀고, 들판에 나가서 신나게 잠자리
잡고 메뚜기 잡으며 살면 얼마나 좋아요!"

한 부장이 고개를 갸웃거리며 혼잣말처럼 한마디했다.

"그래도 농사짓는 게 보통 일이 아닌데 애들까지 건사할 수

있을까요? 그것도 아빠가."

원고는 떨리는 목소리로 절박하게 말했다.

"판사님, 애들이 없으면 전 죽습니다. 죽어요. 참말로요. 살 이유가 없어요."

한 부장은 재판을 마치고 2주 후로 선고기일을 정했다.

다음주, 편지지 수십 장을 빼곡히 메운 원고의 편지가 도착했다. 편지는 고백으로 시작했다. 아이를 키워준다던 원고의 이모는, 사실 이모가 아니었다. 원고는 부모도 일가친척 누구도 없었다. 그는 고아원 앞에 버려진 아이였다.

정부 지원금과 종교단체들의 후원 물품 챙기는 것에만 눈이 벌겋던 고아원 원장은 아이들에게 따뜻한 눈길 한 번 주지 않았고, 툭하면 매질을 했다. 열여섯 살 때 고아원을 뛰쳐나온 원고는 읍내 시장통에서 구걸도 하고, 잡일도 하며 거리 생활을 하다가 원고를 딱히 여긴 부부를 만났다. 원고가 말한 '이모와 이모부'였다. 이들과 3년간 함께 살면서 농사일을 도왔다. 이모와 이모부는 어느 봄날 원고 이름으로 들어놓았던 적금통장을 내밀며 서울로 가서 기술을 배울 것을 권했다.

닥치는 대로 일을 하며 학원을 다니고 자격증을 따서 몇 년

만에 중장비 기사가 되었지만 대도시의 밤마다 찾아오는 외로움은 뼛속까지 스며드는 겨울의 칼바람 같았다. 그의 소망은 언제나 한 가지뿐이었다. 그를 닮은 아이와 함께 사는 것. 더이상 피붙이 하나 없는 외톨이로 살지 않는 것.

동네 세탁소집 딸인 긴 머리 처녀를 죽자 사자 따라다닌 것도 어쩌면 그가 어린 시절 상상했던 이상적인 엄마의 얼굴을 그녀에게서 찾았기 때문인지 모른다. 힘겹게 결혼에 성공하고 두 아이를 갖게 되자 그는 세상을 다 가진 것 같았다. 이제 마당 넓은 집에서 애들을 키우고 싶다는 다음 목표를 갖게 된 그는 잠시도 쉬지 않고 일감을 찾아 전국을 돌아다녔다. 불어나는 통장 잔고는 고단함을 잊게 했지만, 아내와의 거리 또한 잊게 하고 말았다. 집에 들를 때마다 아내는 혼자 두 아이를 키우는 어려움을 호소했지만 원고는 조금만 참으라는 말만 되풀이했다. 말다툼이 늘었고, 대화는 줄었다. 그의 꿈을 이루기 충분한 액수가 모인 후에야 아내와의 사이가 돌이킬 수 없는 지경이 되었음을 깨달았다.

편지는 한 부장의 마음을 무겁게 만들었다. 그런 한 부장의 마음을 아는지 모르는지 임 판사는 메모지를 뒤적이며 양육자 지정에 관한 대법원 판례 기준을 줄줄 읊어댔다.

"미성년인 자의 성별과 연령, 그에 대한 부모의 애정과 양육의사의 유무는 물론, 양육에 필요한 경제적 능력의 유무, 부 또는 모와 미성년인 자 사이의 친밀도, 미성년인 자의 의사 등의 모든 요소를 종합적으로 고려하여, 미성년인 자의 성장과 복지에 가장 도움이 되고 적합한 방향으로 판단하여야 한다. 현재의 양육 상태에 변경을 가하는 것이 정당화되기 위하여는, 현재의 양육 부모로 하여금 계속하여 양육하게 하는 것이 사건 본인(아이)의 건전한 성장과 복지에 도움이 되지 아니하고 오히려 방해가 되며, 다른 부모를 친권 행사자 및 양육자로 지정하는 것이 사건 본인의 건전한 성장과 복지에 도움이 된다고 볼 수 있어야 한다."

한 부장이 약간 짜증 섞인 말투로 물었다.

"애들이 어리다고 해서 꼭 엄마가 키워야 한다는 기준은 없지?".

"네, 부장님. 과거에는 몰라도 요즘은 양성평등 원칙에 따라 엄마든 아빠든 자녀를 잘 키울 수 있기만 하면 됩니다. 그렇긴 하지만 이 사건에서 현재의 양육 상태에 변경을 가할 만한 사정이 있는지는 의문입니다. 어린이집 보육교사 월급으로 아이 키우는 것이 어렵긴 하지만 경제적 요인은 원고의 양육비 지급으로 조절 가능하니까요."

"그놈의 판례 타령은 집어치우고. 임 판사, 뭔가 좀 잘못된 것 같지 않아? 왜 아무 잘못 없는 남편이 아이를 뺏기는 꼴이 되어야 하지? 바람피운 건 피고인데."

"판례상 유책 배우자라고 하여 양육자 지정에서 배제되는 것은 아니고 어디까지나 자녀 복리를 기준으로……"

줄줄 읊어대던 임 판사는 옆에서 박 판사가 쿡 찌르자 비로소 부장의 표정을 살피며 입을 닫았다.

기나긴 합의를 마치고 늦은 밤 귀가한 한 부장은 중학생인 두 딸이 자고 있는 방문을 살며시 열었다. 요즘 키가 훌쩍 커서 아가씨 태가 나기 시작한 녀석들이지만 자는 꼴은 예닐곱 살 때 종일 토닥거리다가도 잘 때면 둘이 꼭 부둥켜안고 자던 모습 그대로다. 이제 둘이 자기에는 비좁아 보이는 낡은 침대인데.

한 부장은 침대 맡에 앉아서 딸애들의 머리칼을 조용히 쓰다듬었다. 왜 아이들은 이렇게 빨리 커버리는 걸까. 화장대 위에는 조그맣고 동글동글한 유치원 때의 녀석들 사진이 놓여 있다. 이제는 저 새끼 오리 같던 시절의 녀석들은 영원히 다시 만날 수 없구나 하는 생각을 하자 주책없이 눈물이 핑 돌았다. 이 녀석들 없이 난 살 수 있을까. 한 부장은 자신에게 물어보았다.

판결 선고 날, 피고는 묵묵히 고개를 숙이고 있었고, 원고는 간절한 표정으로 한 부장을 쳐다보고 있었다. 한 부장은 잠시 망설이다가 읽으려던 판결문을 내려놓고 원고를 쳐다보았다.

"원고는 둘째 딸이 세상에서 제일 무서워하는 게 뭔지 알아요?"

원고는 어리둥절한 표정으로 멍하니 있었다.

"벌레래요. 나방이 제일 무섭지만, 다른 벌레도 모두. 그럼 첫째 딸의 요즘 소원이 뭔지 알아요?"

"……"

"걸그룹 '에이핑크' 공연 보러 가는 거래요. 같은 반 단짝 친구 넷이랑 같이. 솔직한 심정은 박보검 닮아서 인기 짱인 옆 반 반장도 같이. 아동심리 전공인 가사조사관이 애들과 금세 친해졌더군요. 두툼한 보고서 읽느라 재판부가 고생 좀 했어요."

한 부장은 원고의 눈을 지그시 바라보았다.

"아이들은 모두 하나하나의 새로운 세계예요. 원고가 평생 꿈꾼 마당 넓은 시골집은 아름답지만, 아이들의 꿈은 아니에 요. 아이들은 이미 자기 세계 속에서 자기 꿈을 꾸기 시작했 어요. 아이들은 아빠를 기다려주지 않고 훌쩍 먼저 커버리지 요."

원고의 송아지 같은 눈에서 눈물이 뚝뚝 떨어지기 시작했다.

한 부장은 촉촉해진 눈시울을 애써 감추며 나지막이 말했다.

"원고, 미안합니다. 원고는 자신의 고통 때문에 아이들의 세계를 지켜줄 마음의 여유까지 잃은 것 같습니다. 지금 법이 원고에게 해줄 수 있는 것은 없습니다. 그저, 법보다 훨씬 현 명한 시간의 힘이 이 가정의 상처를 치유해주길 기도할 뿐입 니다."

고개 숙인 피고의 눈에서도 눈물이 흘러내리기 시작했다.

상처 입은
치유자

사실 전적으로 박차오름 판사 때문이었다. 임바른 판사가 여성 법관들이 대부분인 젠더법연구회 소모임에 회원도 아니면서 참석한 이유는.

그다지 사교적인 편이 아닌 임바른 판사는 여성 법관 20여 명 사이에 청일점으로 앉아 있는 상황이 어색하고 불편하기만 했다. '그때 쓸데없는 소리만 안 했어도.' 임 판사는 무심코 상처 주는 말을 하고야 마는 자신을 자책하고 있었다. 속마음은 걱정이었는데.

"박 판사님, 재판은 기본적으로 남의 일이에요. 모든 일을 자기 일처럼 여기는 게 좋은 판사라고 생각해요? 그건 결국 당사자 중 어느 한쪽에 지나치게 감정이입하는 거잖아요."

"그럼 기계처럼 무심하게 '너 이겼어, 너 졌어'만 판정하면 되는 건가요? 임 판사님은 좋으시겠어요. 완벽하게 공정한 판사님이셔서."

기분이 상한 임 판사가 내뱉었다.

"기계처럼 무심한 판사가 분노조절장애 판사보다는 낫겠죠."

"뭐라고요? 절 무슨 정신이상자 취급하시는 거예요?"

"그건 아니지만, 좀 지나치잖아요. 판사가 그렇게 번번이 사건 당사자랑 싸우면 되겠어요? 우리는 심판이에요. 직접 링에 오르고 싶으면 선수가 되시라고요."

박 판사는 어제 들어간 조정기일에서 피고와 대판 싸우고 돌아왔다. 자취하던 여대생이 이 핑계 저 핑계를 대며 월세 보증금을 돌려주지 않는 집주인 노인을 상대로 낸 소송이었다. 가까스로 취업이 되어 이사를 가야 하는데 보증금을 주지 않아서 두 시간씩 전철을 타고 출퇴근하고 있단다. 집주인은 돈이 없으니 방이 나가면 준다고 시간을 끌더니 소송이 제기되자 여대생이 방을 험하게 써서 장판과 문이 망가졌으니 감정하여 수리비를 공제해야 한다며 다투고 있었다.

박 판사가 처음 흥분한 것은 집주인 노인의 이 한마디였다. "어린년이 버릇도 없는데다가 헤프기까지 하니 뭣에 쓰겠노. 사내놈이 들락날락하더만. 담배도 피워대서 방안에 담배 내가 찌들고. 에이, 내 집에 저런 더러운 년을 들인 게 잘못이지."

박 판사가 어디서 모욕적인 발언을 하냐고 화를 냈더니 노인은 젊은 여자 판사가 여자 편만 든다며 청와대에 진정하겠다, 신문사에 알리겠다 난리를 쳤다. 그 와중에 울던 여대생이 뱉은 말이 결정타였다. 혼자 사는 집주인 노인네가 밤에 술만 마시면 여대생 방문 앞을 서성거려 무서워서 잠을 잘 수가 없었단다. 한번은 새벽에 누군가 방문을 여는 기척에 깨서는 잠기지 않는 방 문고리를 손으로 붙잡고 밤을 새운 일도 있다. 다음날 사람을 불러 잠금장치를 이중 삼중으로 했더니 그걸 가지고 문을 망가뜨렸다고 난리란다.

이 말을 들은 박 판사는 노인을 불같이 노려보면서 자리에서 벌떡 일어나 여대생에게 왜 그때 바로 경찰에 신고하지 않았느냐고 버럭 소리를 질러 조정실은 아수라장이 되고 말았다. 그날부터 노인은 법원 정문에서 일인시위중이다. 손으로 삐뚤삐뚤 쓴 격문을 옆에 세워놓고. '동방예의지국의 법도가 땅에 떨어졌다. 장유유서도 모르는 새파랗게 어린 여자가 판사랍시고 노인을 무시하는 말세다. 젊은 여자 둘이 작당하고 혼자 깨끗이 사는 상이용사를 모함한다.'

수석부장판사는 법원장실에, 한세상 부장은 수석부장실에, 박 판사는 한 부장 방에 차례로 불려갔고, 그러잖아도 수석부장판사가 박 판사의 튀는 행동을 예의주시하고 있음을 잘 알고 있는 임 판사는 걱정으로 마음이 답답했다. 침울한 표정으로 돌아온 박 판사는 입을 꽉 다물고 무슨 소리를 들었는지 묻는 임 판사의 물음에 묵묵부답이었다. 그녀의 돌 같은 침묵에 서운해진 임 판사는 못나게도 분노조절장애 운운하는 한마디를 내뱉고 만 것이다.

눈치 없게도 이 순간에 옆방 정보왕 판사가 싱글거리며 들어와 기름을 부었다.

"정의의 사도 박 판사님이 이번에 또 한 건 했다면서?"

임 판사가 얼른 눈짓을 했지만 정 판사의 너스레는 멈추지 않았다.

"근데 박 판사 요즘 법원에서 너무 유명해진 거 아냐? 안티

186

가 생기는 게 유명인이라는 증거지. 너무 남성을 적대시하는 거 아니냐는 소리가 나오던데? 아마 지난번 형사판례연구회 때 박 판사가 성범죄 양형을 더욱 강화해야 한다, 합의를 양형에 반영하면 안 된다며 길길이 뛴 것 때문……"

"시끄러! 정 판사는 일 안 해? 왜 밤낮 남의 방에 와서 쓸데없는 소리야?"

임 판사가 말허리를 자르며 입을 막자 정 판사는 툴툴거리며 돌아갔다. 박 판사는 모니터를 바라보며 혼잣말처럼 중얼거렸다.

"남성을 적대시? 오밤중에 방 밖에 남자가 서성댈 때 혼자 사는 여자가 얼마나 무서운지 자기들이 알기나 해?"

"그거야 그렇지만 판사가 세상 모든 문제를 어떻게 다 해결합니까. 임대보증금 청구 사건 조정하러 들어갔으면 보증금 문제나 빨리 해결하고 나왔어야죠. 판사는 슈퍼맨이 아니에요. 혼자 세상을 구할 수 있는 존재가 아니라고요. 그렇기는커녕 한 번 실수하면 감당할 수 없을 만큼 욕을 먹는 게 우리라고요."

"……네 그렇죠. 그런 줄 알았으면 판사가 되지 말 걸 그랬나봐요. 세상이 온통 이 따위인데 이렇게 할 수 있는 일이 별로 없는 줄 알았으면 그렇게 죽도록 공부할 필요도 없었는데. 차라리 세상에 불이라도 지르고 싶어요."

뇌까리는 박 판사의 말이 임 판사를 소스라치게 했다. 임 판사가 이토록 걱정이 심한 건 이유가 있었다. 말은 안 했지만 시간이 지날수록 박 판사는 평정심을 잃고 있었다. 점점 더 사건 한 건 한 건을 그냥 넘기지 못했다. 아무리 잔소리를 해도 밤을 새우며 일하기 일쑤. 무리해서인지 언제부턴가 자꾸 혼잣말을 하는 버릇도 생겼다. 기록을 보면서 중얼중얼 알 수 없는 말을 되뇌다가 키보드를 부숴버릴 듯 세게 자판을 내리쳐서 임 판사가 놀라 쳐다본 적이 한두 번이 아니다. 쳐다보는 임 판사를 전혀 의식하지 못하는 것이 더 걱정이었다. 저 상태로 계속 일할 수 있을까.

임 판사가 저녁 때 젠더법연구회 영화 소모임에 같이 가자고 박 판사를 조른 것은 박 판사가 다른 여자 판사들과라도 친해져서 마음의 여유가 생기면 좋겠다는 생각 때문이었다. 영화가 재미있을 것 같은데 여성 법관들 모임에 혼자 가기 어색하니 같이 가달라고 졸랐지만 말이다.

사실 무슨 영화인지도 모르고 왔는데 알고 보니 다큐멘터리 영화였다. 청각장애인 부모 사이에서 건청인(청력 소실이 없는 사람)으로 태어나 자란 이길보라 감독이 자기 가족 이야기를 담은 〈반짝이는 박수 소리〉.

소모임 장소는 법원 회의실, 벽에는 역대 법원장 사진이 수십 장 걸려 있다. 한 명도 예외 없이 근엄한 표정의 남성들이다. 영화 상영을 위해 흰 스크린을 벽 앞에 설치했다. 그 근엄한 얼굴들을 덮어버린 스크린 위로, 두 손을 반짝반짝 흔들며 활짝 웃는 감독의 어머니 얼굴이 가득 비쳐졌다. 청각장애인들은 박수 소리를 듣지 못하니 박수 대신 저렇게 손을 흔드나 보다. 임 판사는 장중한 분위기의 법원 회의실 공기를 한순간에 바꾸어놓은 어머니의 웃음과 손짓을 홀린 듯 쳐다보았다. 과연 그 박수 소리는 반짝거리고 있었다.

영화가 끝난 후 각자 느낀 점을 돌아가면서 이야기하기 시작했다. 장애인 문제에 관심이 많은 판사가 손말과 입말의 차이를 설명해주었고, 이어 재판에서 수화 통역이 정확하게 이루어지는지, 장애인 재판시 절차적으로 보완할 점은 없는지에 대해 열띤 토론이 벌어졌다.

이길보라 감독은 고등학교 때까지 전교 일등을 놓치지 않은 우등생이었는데, 고등학교를 자퇴하고 인도로 삶에 대한 공부를 하기 위해 여행을 떠났다. 다큐멘터리 속의 그녀는 자기 자신과 동생이 장애인의 자식이기 때문에 비장애인 가정의 아이들보다 더 착한 모범생으로 살아야 한다는 압박을 느끼며 자랐다고 고백한다. 한 여판사는 이 장면을 가장 인상적인 장면으로 꼽으며, 소수자이기 때문에 더 사회가 요구하는 방향으로 살아야 하는 압박이 있고, 그건 여성에게도 마찬가지로 적용되는 것이라고 씁쓸하게 말했다. 임 판사가 전혀 예상치 못한 이야기였다. 여성 법관들은 모두 공감하는 분위기였고, 임 판사는 갑자기 이방인이 된 듯 어색함을 느꼈다.

박 판사는 아무 말도 없었다. 모임이 끝나고 다시 일하러 판사실로 돌아가는 그녀에게 누군가가 말을 걸었다.

"박차오름 판사님이죠? 반가워요. 시간 있으면 잠시 자판기 커피라도 할래요?"

민사합의부의 오정인 부장판사다. 의외였다. 사시 수석, 연수원 수석, 최초의 여성 지원장, 최초의 여성 행정처 심의관…… '1'이라는 숫자와 관련된 온갖 타이틀을 가지고 있는 오 부장은 늘 홀로 있는 점에서도 그 숫자와 비슷했다. 사십대 중반인 그녀는 독신이었고, 회식에도 나타나지 않았다. 서늘한 미모 때문에 더욱 눈의 여왕처럼 차가워 보였다. 그런 그녀가 먼저 말을 걸다니. 임 판사까지 엉겁결에 박 판사와 함께 오 부장 뒤를 따라 20층 휴게실로 올라가 자판기 커피를 받아들었다.

아무 말 없이 커피를 마시던 오 부장은 창밖 서울의 불빛을 물끄러미 바라보다가 툭 말을 던졌다.

"얘기 들었어요. 많이 힘들죠?"

박 판사는 움찔했지만 답하지 않았다. 오 부장은 아랑곳 않고 창밖 멀리, 예전에 백화점이 무너져내린 터에 지어진 고층 건물을 바라보며 독백하듯 말을 이었다.

"아까 모범생으로 살아야 하는 소수자의 압박감 얘기를 들으며 머리가 어질어질했어요. 난 우연히 공부 하나 잘하게 태어났다는 이유로 이 직업을 갖게 되었죠. 온통 남자뿐인 환경에서 약점 하나 보이지 않으려고 이 악물고 열심히 했어요. 그런데 하면 할수록 내가 이 일을 할 자격이 있나 하는 생각이 들어요. 사람들 속의 괴물을 들여다볼수록 내 안의 괴물이 또렷이 보이기 시작하더군요. 사람들은 내 겉만 보지 내 안에 똬리를 틀고 있는 것들은 보지 못해요. 난 엄격한 가정에서 모범생의 탈을 쓰고 자랐지만 속으로는 날 억누르고 괴롭히는 인간들 모두 죽여버리고 싶다고 생각한 적이 많았어요. 처지가 바뀌었으면 나 또한 내가 재판하는 범죄자들과 같은 짓을 저질렀을지도 모른다는 생각을 하곤 해요."

오 부장의 말을 듣던 박 판사는 서서히 무너져내리듯 눈물을 흘리기 시작했다. 한 번 무너지자 걷잡을 수 없는 듯 흐느끼는 박 판사를 오 부장은 조용히 지켜보며 기다렸다. 이윽고 박 판사의 입이 열렸다.

"부장님, 전 판사 자격이 없어요. 전 사람들이 무서워서, 단지 저를 지키기 위해서 판사가 되었거든요."

그리고 긴 이야기가 시작되었다. 자수성가한 사업가인 아버지는 집안의 제왕이었고, 누구도 그 권위에 도전하는 것을 용납하지 않았다. 여자애가 공부 잘해봐야 소용없으니 음대 가서 좋은 집안에 시집이나 가라는 엄명에 피아노를 시작했다. 아버지가 귀가하면 문 앞에 모든 가족이 정렬해서 군대 점호하듯 인사를 드려야 했고, 집안에 티끌이라도 있으면 단체기합을 받아야 했다. 어머니의 얼굴엔 멍자국이 끊이지 않았지만 가장 앞에서는 모두 방긋방긋 웃어야 했다. 사춘기가 되어 가슴이 부풀기 시작하자 피아노 선생의 끈적한 눈길과 손길에 시달려야 했고, 1년이 넘도록 참다가 겨우 아버지께 말씀드려 선생으로부터는 벗어났지만, 계집애 행동거지에 빈틈이 있어서 그런 일을 당한 거라고 매를 맞아야 했다.

192

음대에 입학한 후 아버지는 가장 가까운 친구였던 동업자의 배신으로 부도를 맞았고 집도 경매로 날아갔다. 왕국이 무너지자 신민들은 왕에게 침을 뱉었다. 갖은 아부를 떨던 임원들도, 온갖 핑계로 손을 벌리던 일가친척들도 언제 그랬냐는 듯 꼴좋다고 웃으며 돌을 던져댔다. 부도난 수표 때문에 감옥에 다녀온 아버지는 뒤주에 갇힌 사람처럼 단칸방 구석에서 종일 소주만 마시다 쓰러졌다.

"전 단지 제 한 몸 건사하려고, 살아남으려고, 누구도 날 건드리지 못하게 하려고 고시 공부를 했어요. 힘이 필요했거든요. 고시에 붙으면 그런 힘이 생길 거라고 생각했어요."

박 판사는 고해하듯 말을 이어갔다.

"그런데, 정작 판사가 되어 사건 기록을 보는데, 자꾸만 말을 걸어와요. 기록 속의 사람들이요. 보증금을 떼여 길에 나앉게 된 임차인이, 상습적으로 상사에게 성희롱당하는 말단 여직원이, 수술 받다 시신으로 돌아온 자식에 대해 제대로 된 설명 한마디 듣지 못한 어머니가, 빚 때문에 목을 맨 가장이."

자신도 모르게 그녀의 목소리는 높아져갔다.

"그래서 못 견디겠어요. 그 목소리들 때문에. 전 제 몸 하나 지키려고 판사가 됐는데 어느새 복수를 하고 싶어진 것 같아요. 그 목소리들이 제 목소리같이 느껴져요. 전 제가 당한 일들에 대해 세상에 복수하고 싶었던 거예요. 그런 제가 어떻게 판사를 할 수 있겠어요……"

박 판사의 흐느낌은 길었다.

오 부장은 조심스레 다가와 박 판사의 손을 잡았다.

"박 판사님, '상처 입은 치유자'라는 말을 들어본 적 있나요?"

박 판사의 두 손을 꼭 잡은 채 오 부장은 말을 이었다.

"박 판사님은 상처가 많은 사람이어서 누구보다 더 좋은 판사가 될 수 있을 거예요. 남의 상처를 누구보다 더 예민하게 느낄 줄 아니까요. 그저, 조금만 마음을 쉬게 해주세요. 자신의 상처에 튼튼한 새살이 돋아날 시간만 허락하세요."

박 판사는 오 부장의 품에 안겨 어린애처럼 울었고, 임 판사는 그런 둘을 가만히 바라보았다.

보따리에서 캐리어까지

저녁 퇴근길, 같은 아파트에 사는 판사가 손에 무거워 보이는 보따리를 들고 엘리베이터를 기다리고 있다면, 사람들은 거기에 무엇이 들어 있을 거라 상상할까. 사과 상자 하나를 5만 원권으로 가득 채우면 몇 억이라는데 저 보따리는 얼마짜리? 뭐 이런 생각을 하는 분들도 있을 것 같다. 그런 분들이 보따리 안을 보면 실망할 것이다.

수십 년 동안 판사의 퇴근길을 함께한 물건, 재판 기록 보따리다. 판사 임관 후 법원 마크가 찍힌 보자기를 받고 황당해했던 기억이 난다. 아니 무슨 장터 돌아다니는 보부상도 아니고 웬 보자기? 그러고 보니 퇴근길에 마주치는 부장판사들은 하나같이 사건 기록 보따리를 들어 한쪽으로 어깨가 축 처진 모습으로 터덜터덜 귀가하고 있었다. 이태리 풍으로 허리 라인이 잡혀 핏이 살아 있는 양복만 입으며 나름 패션에 신경쓰는 이십대 총각이었던 나는 도저히 보따리만큼은 들 수 없었다. 차라리 사무실에 남아 야근을 하면 했지 보따리는 들고 다니지 않으리라 결심했으나, 결국 보따리 대신 큼지막한 서류가방을 종종 사용하게 되었다. 하지만 보따리가 계속 사랑받는 이유가 있긴 있었다. 부피가 크고 네모난 물건을 담기에 보자기만한 것이 흔치 않다. 그런데 60여 년의 우리 사법부 역사와 함께해온 보따리의 위상이 최근 심각하게 흔들리고 있다. 전자 소송의 확대로 사건 기록이 전자화되어 컴퓨터로 기록을 보게 된 측면도 있지만, 또다른 큰 변화의 요인이 있다.

법원 지하 주차장에 차를 세우고 내리는데, 옆에 차를 세운 자그마한 체구의 젊은 여성 판사가 차 뒷좌석에서 무언가를 내리고 있었다. 바로 캐리어였다. 손잡이를 잡아 뺀 후 캐리어를 끌고 판사실 엘리베이터로 향하는 모습을 보며 순간 갸우뚱했다. 뭐냐고 물어보니 사건 기록이란다. 아하, 무거운 기록 보따리를 한 손에 들고 다니는 건 여성들에게 힘든 일이다. 고대 문명의 발상지인

메소포타미아에서 발명된 바퀴는 인류의 큰 진보를 낳았다. 여성 법관의 증가는 60여 년 만에 보따리에서 바퀴 달린 캐리어로 판사의 물건을 진화시킨 것이다. 물어보니 캐리어뿐만 아니라 백팩, 장바구니용 가방에 이르기까지 가져 가야 할 기록 분량과 교통수단에 따라 다양한 도구가 이용되고 있었다.

생각해보면 보따리 독재 시대가 길었을 법도 하다. 『역사 속의 사법부』에 따르면 광복 후 대한민국 사법부 출범 당시에는 여성 법관이 단 한 명도 없었다. 최초의 여성 법관은 1954년 임관한 황윤석 판사로, 이분이 작고한 1961년 이후 무려 12년 동안 또 여성 법관이 한 분도 없었다. 1973년 강기원, 황산성, 이영애 세 명의 여성 법관이 다시 탄생했다. 세월이 흐른 1985년에도 전국의 여성 법관은 11명에 불과했고, 1988년에서야 최초의 여성 부장판사(이영애 판사)가 탄생했다. 1994년 이후 비로소 여성 법관의 신규 임용이 가파르게 늘기 시작했다. 근래에는 신규 임용 법관의 절반이 여성이고 성적도 매우 우수하다. 2016년도 기준 전국 여성 법관은 808명으로 아직 전체 법관의 28퍼센트에 불과하지만 계속 증가하는 추세인 것은 확실하다. 참고로 사법발전재단 발간 『우리의 법원, 세계의 법원』에 따르면 2008년 기준으로 주요 국가 중 여성 법관 비율이 가장 높은 나라는 프랑스로 55.6퍼센트에 이르며, 독일이 33.2퍼센트, 중국이 23퍼센트, 우리나라가 21.1퍼센트, 일본이 14.6퍼센트였다고 한다.

법원 내의 소수자 집단이던 여성 법관들은 여성법 커뮤니티를 만들어 다양한 여성 문제를 연구하다가, 2007년 말 여성, 아동, 소수자가 겪는 법적 문제에 대한 연구를 목적으로 하는 젠더법연구회로 모임을 확대 개편하며 남성 법관들에게도 문호를 개방했다. 당시 나는 "소수자 보호와 실질적인 법 앞의 평등의 실현에 관심이 있는 모든 법관들의 참여를 항상 환영할 준비가 되어 있습니다"는 젠더법연구회 개설 공고를 읽고 감동한 나머지 제1호 남성 회원으로 가입하긴 했는데, 이후 자유게시판에 잡문이나 올리는 부실 회원이 되었다. 이제 남성 회원도 꽤 늘었다. 임바른과 박차오름이 참석한 이길보라 감독의 〈반짝이는 박수 소리〉 영화 감상 소모임도 실제 개최되었던 모임이다.

개설 초기인 2008년 가을 젠더법연구회 정기 세미나 때 나는 청일점으로 행사에 참석하여 '조직문화 개선'이라는 주제로 법관 집단 내 세대·직책·성별에 따른 갈등 요소, 그리고 상호 이해와 소통을 통한 조직문화 개선 필요성에 관해 발표했다. 그런데 세미나보다 세미나 후 만찬 행사가 내게는 충격이었다.

우리나라 최초의 여성 대법관인 김영란 대법관부터 갓 임관한 이십대의 새내기 판사까지 다양한 여성 법관들이 모인 만찬 자리였다. 보통 법원 행사는 이런 경우 대법관부터 서열순으로 높은 분들이 차례로 한말씀하시고 건배를 제의한 후 비로소 테이블 별로 술잔이 돌고 식사도 하고, 마지막에 다시 제일 높은 분이 폐회사를 해야 끝나는 것이 통례다. 나는 그래도 발표자라고 대법관 및 선임 부장판사들이 앉는 테이블에 있었는데, 아무도 대법관님께 한말씀하시라고 권하지 않는 거다. 모르는 사람이 얼핏 보면 동네 부녀회로 생각할 만큼, 대법관님도 부장판사들도 법원 일부터 소소한 일상사까지 편안한 수다 삼매경 속이었다. 주변을 둘러봐도 마찬가지. 알아서들 가스레인지 불을 켜고 불고기 뒤적거리며 막내부터 고참까지 웃으며 즐거운 담소를 나누고 있었다.

평소 권위주의적이고 경직된 조직문화를 개선해야 한다는 소신을 가는 곳마다 펴고 있던 나 혼자 이 분위기에 적응 못한 채 안절부절못하고 있었다. 아니 일국의 대법관이 임석하신 만찬 행사인데 대법관님이 한말씀하시기도 전에 각자 식사하고 떠들어도 되는 거야? 뭔가 해야 할 텐데…… 헤드 테이블로 술잔을 들고 와서 한잔 올리는 사람도 아무도 없네. 혼자 불안 초조해하다가 결국 선임 여성 부장판사에게 나지막이 "저, 그래도 대법관님 말씀을 들어야 하지 않을까요?" 속삭였다. 그러자 부장판사 왈, "에구 내 정신 좀 봐. 대법관님, 좋은 말씀 한마디해주세요". 김 대법관님은 웃으며 "공식 행사인 세미나 시작하고 마칠 때 얘기 다 했는데 밥 먹으면서 무슨 얘길 또 해요"라고 손을 내저었지만 거듭된 청에 결국 일어나서 후배 여성 법관들을 응원하는 따뜻한 한마디를 해주셨다. 박수가 쏟아지고, 다시 좌중은 폭풍 수다 모드.

순간 나는 '조직문화 개선'이라는 거창한 제목으로 발표한 나 자신이 부끄러워졌다. 그 자리에서 낡은 문화 속에 살고 있고 상호 이해와 소통의 방법을 배워야 할 사람은 오로지 나 한 명뿐이었다.

여성 법관의 증가는 보따리에서 캐리어로의 변화 이상의 큰 변화를 가져올 것이다. 제2호 여성 대법관인 전수안 대법관은 2012년 퇴임사에서 "여성 법관들에게 당부한다. 언젠가 여러분이 전체 법관의 다수가 되고 남성 법관이 소수가 되더라도 여성 대법관만으로 대법원을 구성하는 일은 없기를 바란다. 헌법기관은 그 구성만으로도 헌법적 가치와 원칙이 구현돼야 한다"고 위트 있게 일침을 가했다. 젠더법연구회의 청일점으로 행사에 참여했던 기억을 되새겨보면, 남성 법관이 소수가 되는 시대가 오더라도 그럭저럭 잘 적응할 수 있을 것 같다. 여성들의 문화는 '일사불란함'을 강요하는 것 같진 않으니 소수자에게 유리하지 않을까?

5부

"혹시 비상구 좌석 있으면 주시겠어요?"

박차오름 판사는 상큼하게 웃으며 물었다. 방콕 수완나품 공항 체크인 카운터다. 밤 비행기로 귀국하고 바로 출근해야 한다. 눈이라도 제대로 붙이려면 비상구 좌석에 앉아 다리라도 뻗어야 할 텐데. 모처럼의 사흘 연휴 동안 여행을 와서 정말 오랜만에 재판 생각 모두 잊고 푹 쉬었다. 매일 야근만 하지 말고 여행이라도 다녀오라고 임바른 판사가 일주일 내내 잔소리를 해댄 덕분이다. 혼자 정처 없이 수상 버스를 타고 차오프라야 강을 오르락내리락하며 바라본 풍경, 특히 새벽

사원의 일몰이 마음을 평화롭게 해주었다. 이제 전쟁터로 돌아갈 용기가 생겼다.

"어? 오름이 아니니? 여기서 다 보네."

"어, 민 선배!"

"민 선배가 뭐니. 넌 오빠라는 호칭에 거부감이라도 있는 애 같다."

박 판사는 씩 웃었다. 대학 때 수화 동아리인 '손말사랑회'를 함께했던 민 선배. 그는 '나이스하다'는 표현이 딱 어울리는 남자였다. 깔끔한 외모에 세련된 매너, 모나지 않고 너그러운 성품. 그의 친한 친구들은 다 스키나 스킨스쿠버 동호회에 모여 있는데 그는 손말사랑회에서 수화 공부에 열심이었다. 봉사 활동에도 가장 적극적이었다. 그 '적극성'의 규모는 대학 졸업 후 신문기사를 통해 비로소 알았다. 그는 지체장애인협회에 해마다 수억 원을 기부했고, 장애인고용공단에서 감사장도 받았다.

"너 비행기 내리면 바로 출근해야지? 이코노미는 너무 힘들 텐데. 퍼스트에 빈자리 많으니 나랑 같이 타자. 우리집 비행기인데 그 정도는 이 오빠가 모실게."

그렇다. 애교 있게 찡긋 윙크를 보내는 그는 이 항공사를 비롯하여 가전, 식품, 백화점, 대형병원, 건설 등 많은 대기업을 거느린 MJ그룹 회장의 아들이다. 지금은 부사장 직함을 가지고 있다.

"아니, 괜찮아. 비상구 좌석이라 편해."

그는 더 고집부리지 않았다. 대신 자기 티켓을 박 판사 옆자리로 바꿔 오더니 슬쩍 박 판사의 기내 가방을 가로채 끌며 원래 동행이었던 것처럼 태연하게 앞서 갔다. 이게 그의 방식이다. 그는 대학 때부터 줄곧 박 판사에게 호감을 표시해왔지만, 결코 부담스러울 만큼 노골적이거나 집요하지는 않았다.

이코노미석 줄은 끝도 없이 길었다. 귀국하는 패키지 관광객들이 가득했다. 향우회 깃발 아래 모인 아저씨들은 아직도 해외여행의 흥분이 가라앉지 않은 듯 시끌벅적했고, 효도관광을 온 듯한 노인들은 아예 바닥에 주저앉아 있었다.

민 선배를 알아본 항공사 직원들은 줄 끝에 서 있는 그를 보고는 안절부절못하는 눈치였지만 그는 개의치 않고 박 판사에게 법원 생활에 대해 이것저것 물었다.

기내로 들어와 널찍하고 여유로운 비즈니스석을 지나 다닥다닥 붙은 이코노미석으로 향했다. 이코노미석으로 가려면 늘 비즈니스석을 지나야 하지만, 퍼스트석은 아예 맨 앞에 분리되어 있어서 눈에 보이지도 않는다. 열심히 노력하면 너희도 언젠가는 비즈니스석에 탈 수 있을지 모르지만, 퍼스트석은 어차피 못 탈 테니 관심 갖지 말라는 배려일까.

탑승을 마친 후 승무원이 비상구 좌석 승객들에게 안내를 시작했다.

"이곳은 비상시 저희 승무원을 도와주셔야 하는 좌석입니다. 협조해주시겠습니까?"

"글쎄, 하는 것 좀 보고."

향우회 깃발 아래 있던 단체관광객 두 명이 왼쪽 비상구 좌석을 차지하고 있었다. 그들은 대단히 재치 있는 농담이라도 한 양 킬킬댔다. 승무원은 당황한 눈치였지만 설명을 이어갔다.

"……그리고 이 레버는 비상착륙시에 비상구를 열기 위한 것입니다."

"그래? 이따 비행기 뜨면 바람 통하게 한번 열어봐야겠네. 답답하네."

또 킬킬대는 그들에게 승무원이 정색을 하고 말했다.

"손님, 그렇게 말씀하시면 규정상 이 좌석에 앉으실 수 없습니다. 다른 좌석으로 안내해드리겠습니다."

움찔한 그들은 입을 닫았고, 승무원이 재차 묻자 마지못해 비상시 협조하겠다고 답했다.

이륙을 앞두고 승무원은 그들과 마주보는 보조석에 앉았다. 그들은 코앞에 있는 승무원을 투명인간 취급하며 투덜대기 시작했다.

"아따, 무서워서 못 앉아 있겠네."

"손님이 왕인데 왕이 농담 한마디했다고 대하는 꼴 좀 보소."

승무원은 고개를 옆으로 돌리고 입을 꾹 다물었다. 오른쪽 비상구 좌석에 앉아 있던 박 판사는 몇 번이나 이들에게 한마디하고 싶었지만 망설이다 못하고 말았다. 평소와 달리 알 수 없는 불편함이 느껴졌다. 이 항공사 경영자 집안사람과 함께 앉아 있기 때문일까.

민 선배는 아랑곳 않고 아까부터 하던 얘기를 계속하고 있다. 요즘 관심을 갖고 추진하고 있다는 사회적기업에 관한 얘기였다. 대학 졸업 후 스탠퍼드대에 유학을 다녀온 그는 미국 기업가들의 사회 공헌 활동에 관심이 많았다. 특히 장애인 복지에 관심이 많은 것은 선천적으로 걷지 못하는 여동생의 영향일 듯했다.

일요일 밤 귀국 비행기는 언제나 만석이다. 기내는 시끌벅적했고 승무원들은 지쳐 보였다. 비행기는 언제나 이륙 직후 기내식을 준다. 먹는 동안은 승객들이 조용해지기 때문 아닐지.

"쇠고기 요리와 생선 요리 중에 어느 것으로 하시겠습니까?"

"어느 게 더 맛있나, 아가씨는 어느 걸 더 좋아해?"

아까 그 인간들이 또 킬킬대며 바쁜 승무원을 붙잡고 있었다.

승무원의 고난은 끝나지 않았다. 잠시 후 이번에는 뒤쪽에서 앙칼진 여자 목소리가 들려왔다. 돌아보니 어두운 표정, 큰 몸집의 젊은 여성이다.

"지금 나 무시하는 거예요? 이까짓 이코노미 기내식 평소에는 줘도 안 먹어요. 나 평소에는 혼자 비즈니스 타고 유럽 자주 여행하고 그래요. 저녁을 못 먹어서 좀더 달라고 했더니 이렇게 사람을 우습게 만들어요?"

연신 죄송하다고 말하는 승무원의 얘기를 들어보니 쇠고기와 생선 두 가지 다 달라는 요구에 승객이 많아서 여분이 없을 것 같아 죄송하다고 답했다가 생긴 사달이다. 결국 사무장이 자기 몫의 식사를 들고 왔지만 승객은 자기를 거지로 아느냐며 더 길길이 뛰었다.

"자격지심이란 참 무시무시하지?"

모른 척 신문만 보던 민 선배가 작은 목소리로 속삭였다. 그가 펼친 신문 헤드라인에는 '헬조선' '금수저' '흙수저' 같은 단어들이 눈에 띄었다.

"난 평소 궁금한 게 있어. 한국 사람들은 후천적으로 노력해서 얻은 것만이 귀한 것이고 선천적으로 물려받은 건 부당한 것이라고들 생각하는 것 같아. 그런데 전지현, 김수현 같은 타고난 외모에 대해서는 우월한 유전자라며 숭배하지. 김연아, 류현진 같은 스포츠 천재도 여신이나 영웅 취급하고. 물론 이들도 노력은 했겠지만 과연 타고난 재능이나 극히 예외적인 미모 없이 성공할 수 있었을까? 게다가 현대 과학이 밝혀낸 바에 따르면 지능은 물론 인내심이나 집중력같이 노력에 필요한 기질조차 거의 절반 정도는 유전되는 거야. 슬프게도 대자연은 원리적으로 불공평해. 그런데 왜 사람들은 유독 타고난 것 중에 부에 대해서만 이를 갈고 저주하는 거지?"

박 판사는 아무 대답도 하지 않았다. 눈치 빠른 그는 얼른 화제를 돌렸다. 이번에는 글로벌한 에너지 위기와 환경 문제였다. 그는 위험은 있지만 원자력이 가장 현실적인 대안이라며 해외 논문을 여럿 인용했다. 어딘가 낯익은 논리였다. 전에 임 판사에게 들었던 이야기가 생각난 박 판사가 물었다.

"선배, 혹시 강요한 의원 알아요?"

"어, 우리 자형이잖아."

"……그랬네요. 혹시 MJ건설 플랜트 부문이 원전 사업에도 참여하고 있지 않나요?"

이번에는 그가 아무 대답도 하지 않았다.

그때 비행기가 덜컹했다. 사람들은 웅성거렸다. 에어 포켓이겠지 생각하고 '기류 변화로 인하여……'로 시작하는 기내 방송을 기다렸는데 아무 말이 없었다. 승무원들도 당황한 눈치였다. 한참 후 방송이 나왔다. 엔진 점검을 위해 방콕으로 회항한다는 것이었다. 승무원들은 작은 이상이 발견되었을 뿐이라고 설명하고 다녔다. 민 선배는 표정을 드러내지 않았다.

승무원들의 설명에도 겁에 질린 승객들의 표정은 풀리지 않았다. 아까와 달리 기내는 쥐죽은 듯 조용했고 승무원들의 지시는 즉각 이행되었다. 하지만 비행기가 안전하게 방콕 공항 활주로에 내려서자 기내는 다시 투덜대는 소리로 시끌벅

적해졌다. 공항 안으로 이동한 승객들은 항공사 직원을 에워싸고 삿대질을 시작했다. 육두문자와 고함이 이국의 터미널을 채웠다. 출발 전에는 며칠 더 놀고 가게 비행기 바꿔줄 수 없냐고 가이드에게 묻던 아까 그 향우회 두 명이 지금은 자기가 늦게 귀국하면 당장 한반도에 큰일이라도 날 것처럼 10분 내로 다른 비행기를 대령하라고 고함을 치며 직원 멱살을 잡았다. 통통한 사십대 남성인 직원은 땀을 뻘뻘 흘리며 연신 허리를 굽히고 있었다.

지상 직원들이 컵라면과 빵을 가져와 나눠주자 잠시 평화가 찾아왔다. 다리에 힘이 풀린 듯 의자에 축 늘어져 있는 사십대 직원에게 아까 가장 격렬하게 항의하며 여론을 주도하던 사내가 슬쩍 물었다.

"그런데 회사에서 지침이 내려왔수? 두당 얼마 정도 보상금 받을 수 있을까? 내가 사람들 너무 흥분하지 않도록 좀 도와줄까?"

멀찌감치 앉아 이 모든 풍경을 바라보고 있던 민 선배가 말했다.

"과연 헬조선이 맞긴 맞군. 오름아, 너 법원에 늦으면 안 되잖니. 나랑 같이 환승 카운터로 가서 타이항공 새벽 비행기

표를 끊어서 귀국하자. 서울에서 대체 항공편 오려면 시간이 오래 걸려. 승객들은 그때까지 한나절 공항 근처 호텔로 모실 거야."

박 판사는 검토해야 할 사건 기록들과 오후에 진행할 조정 사건을 생각하며 잠시 망설였다. 그때 민 선배의 한마디가 귀에 들려왔다.

"기업 오너로서 이런 생각하면 안 되겠지만, 솔직히 우리나라 고객들은 글로벌 스탠다드에 비춰보면 아직 미개하다는 생각이 들 때가 많아."

이 말을 들은 박 판사는 번쩍 고개를 들었다.

"선배, 나도 평소 갖는 의문이 하나 있는데 말이야, 왜 우리나라는 상장회사에도 기업 '오너'라는 말을 쓰는 거지?"

민 선배는 무슨 소리냐는 듯 박 판사를 쳐다보았다.

"회사법 어디를 봐도 주식회사에는 출자자인 주주가 있고 집행기관인 이사, 대표이사는 있지만, '회장' '창업자'에 관한 규정은 없더라고. 선배네 집안이 창업자이고 회사 주식을 꽤 갖고 있는 것은 알겠는데, 그렇다고 백 퍼센트 갖고 있는 건 아니잖아? 저번에 신문 보니 다 합쳐서 5퍼센트도 안 되는 것 같던데."

박 판사는 침착하게 말을 이어갔다.

"MJ그룹은 글로벌 기업이니 주주가 전 세계에 걸쳐 엄청 많지? 물론 선배네 집안이 지배 주주인 것은 알겠는데, 그렇다고 회사 재산이 주주 중의 하나인 선배네 집안 소유가 되는 건 아니지. 저 비행기도 선배네 집 비행기가 아니라 회사 소유라고. 민법 공부할 때 처음 배우는 것 중 하나가 자연인과 법인의 구분이거든."

"그건 너무 단순 논리야. 자본주의의 엔진은 기업가 정신이야. 창업자에게는 단순 투자자와 다른 인센티브가 주어져야지."

"물론이야. 그 인센티브는 기업 공개 후 발생하는 막대한 주가 상승으로 인한 이익, 대주주로서 이익 배당을 받을 권리, 그리고 경영자인 등기 이사로서 받는 보수겠지. 그게 글로벌 스탠다드 아니야? 미국은 창업주 가문도 경영에 참여 안 하면 이익 배당을 받을 뿐이고, 전 세계에서 온 탁월한 인재들이 최고경영자로서 막대한 보수를 받는다며. 그런데 우리나라는 기업 지배권 때문에 주식을 팔지는 않고, 회사에 이익이 생겨도 미래 투자를 위한 자금이라면서 배당은 안 하고, 법적 책임을 지는 등기 이사로 이름을 올리지도 않는 경우가 많더라고. 난 도대체 무슨 수입으로들 사시나 걱정했어. 요즘 뒤늦게 좀 알겠어."

박 판사는 민 선배를 똑바로 쳐다보았다.

"선배가 유학 다녀와서 차린 광고 회사, MJ그룹 광고 물량을 독점해서 이익도 엄청 내고 주가도 수십 배 올랐다며? 아까 승무원이 열심히 돌면서 판매하던 기내 면세품 판매 수입도 항공사가 아닌 선배네 가족 소유 별도 법인으로 들어간다고 들었어. 정말 치열한 기업가 정신이야. 선배네 같은 수준 높은 집안은 안 그러겠지만 회장 일가 가정부에 운전기사, 안마사까지 회사가 직원으로 고용해서 월급 주고, 생활비에 유흥비까지 모든 걸 법인카드로 비용처리하며 사는 경우도 있다더라. 정말 미개하지 않아? 글로벌 스탠다드에 비춰보면."

박 판사는 돌아서며 덧붙였다.

"아까 우월한 유전자 운운하며 궁금해하던 것 대답해줄게. 대자연은 불공평하지만, 최소한 치사한 반칙은 하지 않아. 그래서 사람들이 승복하는 것 아닐까. 그리고 잊고 있는 것 같은데, 난 선배가 말한 '미개한' 국민들이 내는 혈세로 월급 받는 공무원이라구. 회항 사고시 국내 항공사들의 보상 약관이 외국 항공사와 달리 고객들에게 불리하게 되어 있다는 기사를 본 적이 있어. 저분들과 함께 한번 꼼꼼히 따져봐야겠어."

그를 버려두고 박 판사는 성큼성큼 힘찬 걸음으로 모여 있는 사람들에게로 걸어갔다.

재산이
가족에 미치는 영향

'목사, 교수? 할렐루야. 이걸 어떻게 조정하라고……'

임바른 판사는 한세상 부장이 준 두꺼운 사건 기록을 책상 위에 올려놓은 채 땅이 꺼져라 한숨만 쉬고 있다. 민사 사건 중에서 가장 골치 아픈 사건 중 하나가 가족간 재산 분쟁 사건이다. 증거도 불분명한 경우가 많을 뿐 아니라 평생 쌓인 온갖 서운한 감정이 원한이 되어 있는 경우가 많다. 이에 못 지않게 힘든 사건이 사건 당사자가 목사나 교수인 경우다. 평생 자기 영역에서는 신처럼 군림하던 사람들이라 자기 확신 이 강하고 고집이 세서 판사 말이고 뭐고 남의 말은 도통 들질 않는다. 경험은 못해봤지만 판사 또는 전직 판사가 사건 당사자인 경우도 비슷할 것 같다. 노인들이 당사자인 경우도 쉽지 않다. 자기 하고 싶은 이야기만 하고 벌컥 화를 내기 일쑤다. 그런데 이 사건은 형제간 재산 분쟁인데, 소송을 주도하는 이가 육십대의 목사와 교수다. 이보다 더 완벽할 순 없다. 임 판사는 다시 한번 한숨을 쉬었다.

목사는 차남, 교수는 삼남이다. 이 둘을 중심으로 장녀와 차녀도 뭉쳐서 장남과 소송 전쟁을 시작한 것이다. 막내아들은 무슨 이유에서인지 참전하지 않고 침묵하고 있다. 사건의 핵심은 90세 노인인 아버지가 장남에게 공시지가만도 50억대인 땅을 증여한 것에 대한 다툼이다. 차남 이하 연합군은 장남이 치매 상태인 아버지를 꼭두각시로 이용하여 증여 서류에 도장 찍은 것이어서 무효라고 강력하게 주장하고 있다. 아버지가 사실상 치매 상태가 된 지 벌써 1년이나 되었다는 것이다. 아버지는 시골에서 상경한 후 자수성가하여 자동차 부품 공장을 설립했다. 번 돈을 수도권 일대 땅에 투자하여 수백억대 재산을 일군 아버지는 5년 전 아내가 죽은 뒤부터 급격히 쇠약해졌다. 독신인 막내아들, 그리고 가정부와 함께 살고 있던 아버지를 넉 달 전 갑자기 장남이 모시겠다며 데리고 가더니 노른자위 땅이 장남 앞으로 넘어갔다는 것이다.

임 판사는 마음을 다잡고 조정실에 들어갔다. 형제들은 입을 꾹 다물고 서로 외면하고 있었다. 임 판사는 한 부장이 코치한 대로 조정 시작 전에 화해 모드를 조성해보려고 최대한 몸을 낮추어 겸손한 말투로 이야기를 늘어놓았다.

"지금까지 길게 말씀드린 것처럼 이 조정이 법을 떠나 가족의 유대를 회복하는 계기가 되었으면 합니다. 사회의 존경을 받는 목사님, 교수님 들이시니만큼 합리적인 결론을 내리시리라 믿습니다."

임 판사는 자기 이야기가 조금 먹히지 않았을까 하는 기대감에 스스로 흡족해했다. 조정 잘하는 어떤 재판장은 조정하기 전에 미리 불교음악 〈회심곡〉을 한참 틀어놓아 분위기를 잡기도 한다던데 그럴 걸 그랬나? 목사님에겐 역효과이려나?

임 판사의 부질없는 생각은 곧바로 막을 내렸다. "판사님의 간곡한 말씀 잘 들었습니다. 하지만"으로 시작한 목사님의 웅변이 시작된 것이다.

"점잖은 집안에서 배울 만큼 배운 사람들이 오죽하면 이런 송사를 시작했겠습니까? 형님이 장남이라는 이유 하나만으로 평생 이 집안 재산을 맘대로 해온 역사를 한번 들어보시겠습니까?"

그 역사란 참으로 장구했다. 장남은 아버지가 운영하는 자동차 부품 회사에서 10년 넘게 경영 수업을 받으며 일하다가 자기 사업을 하겠다고 뛰쳐나와서는 끊임없이 새로운 사업을 시작하고, 또 말아먹어왔다. 그의 사업 리스트는 각 시대의 특징을 보여주는 교재와도 같았다. 벤처 열풍 시대에는 컴맹임에도 코스닥 상장의 부푼 꿈을 안고 '네트웍스' '시스템스'로 끝나는 복잡한 이름을 가진 IT 회사를 연이어 차렸고, 한류 바람이 불기 시작하자 연예기획사를 만들더니, 〈쉬리〉이후 대박 영화가 나오기 시작하자 시나리오도 보지 않고 입도선매식으로 영화에 '묻지 마 투자'하는 투자사 차리기, 아시안게임 유치 후 인천 지역 부동산이 들썩들썩하자 전세 끼고 다세대주택 매입하기…… 그의 사업 리스트는 투기적 사업이 성공할 확률은 극히 낮다는 점을 보여주는 교재이기도 했다. 그가 사업 하나 실패할 때마다 그의 아버지가 악착같은 부동산 투기로 불려놓은 강남의 상가, 술집 아가씨들에게 빌려준 오피스텔들, 남의 명의로 구입한 농지들이 사라졌다. 그는 나름 경제의 순환에 이바지해온 셈이다.

한국 자본주의 역사 강의를 듣는 기분으로 목사님의 웅변을 듣노라니 이번에는 미국 박사인 삼남 교수님이 신경질적인 말투로 끼어들기 시작했다. 요지는 차남 목사님도 집안 재산 빼먹기에는 결코 뒤지지 않았다는 것이다. 지금의 경건한 풍모와 달리 목사님은 소싯적 좀 노신 모양이다. 이십대 초반부터 박애 정신을 발휘하여 구호 사업에 전념하셨다. 단지 대상이 한정적일 뿐이다. 요정 또는 룸살롱 아가씨들의 설움을 달래기 위한 명품 선물과 가게 빚 갚아주기, 그녀들의 주거생활 안정을 위한 방 얻어주기. 그러다가 그녀들의 기둥서방도 구호하기 시작했다. 주먹다짐을 벌이다가 합의금을 물어주는 방식으로. 어디든 대학에 들어가지 않으면 호적에서 파버리겠다는 아버지의 불호령에 늦깎이로 들어간 학교는 정체불명의 신학교. 신학교 설립자의 사업 수완만큼은 제대로 배웠는지, 교회 형편이 어렵다며 눈물짓는 목사님의 손목에서 번쩍이는 시계의 금장은 명품에 대해 아무것도 모르는 임 판사 눈에도 범상치 않아 보였다. 씩씩거리고 있는 장남은 아우들의 이야기 사이사이에 추임새처럼 고함을 쳤지만 아우들보다 배움이 짧아서 그런지 외마디 고함에 그칠 뿐 길게 반론하지는 못했다.

이번에는 딸들의 반란 차례였다. 장녀와 차녀는 앞다투어

오빠와 남동생들이 아들이랍시고 집안 재산으로 호의호식하는 동안 딸들이 얼마나 차별받고 힘들게 살았는지 한 맺힌 목소리로 늘어놓기 시작했다. 삼남이 그나마 집안 아들 중 공부 좀 한다고 명문고 현역 선생들을 데려다 초고액 과외를 시켰는데도 원하는 만큼 성적이 나오지 않자 아버지는 대학 입학처와 은밀한 교섭에 들어갔다. 학교에 버스를 몇 대 사주거나 도서관 증축 기금으로 거액을 내야 한다는 말에 기가 질린 아버지는 그 돈이면 차라리 미국 박사를 사오겠다며 유학을 보냈다. 10여 년 만에 가까스로 박사를 따온 아들이 교수 명함이라도 갖게 하기 위해 결국 대학이 요구하던 버스 값 비슷한 돈이 들었다. 대학 재단은 일관성 있는 방침을 가지고 있었다.

딸들은 아버지가 모자란 아들들에게는 후했으면서 똑똑한 사위들을 냉대해서 살림 꾸려가기도 힘들었다며 눈물을 흘렸다. 그녀들의 주거지는 신문 기사에 자주 등장하는 고급 주상복합 아파트들이었다. 갈수록 장남 대 차남 연합군의 대결이 아니라 만인의 만인에 대한 투쟁이 되어가는 이유는, 문제되는 땅을 되돌려놓는 것은 시작일 뿐이고 결국 아버지 재산을 각자에게 어떻게 분배할 것인지가 최종 관심사이기 때문이리라.

길고 긴 이야기들을 들으며 혼미해진 임 판사의 뇌리에 떠오른 것은 엉뚱하게도 리처드 도킨스의 『이기적 유전자』 중 몇 대목들이다. 동물행동학자 도킨스가 든 예 중에는 새끼 새가 큰 소리로 울어대도록 하는 유전자가 우세하게 퍼져가는 과정이 있다. 둥지의 새끼 새들이 입을 벌리고 울어대면 어미 새는 벌레를 먹여준다. 새끼들이 실제로 배고픈 정도에 비례하여 소리를 지른다면 먹이는 공정하게 분배될 것이다. 하지만 더 큰 소리를 질러 더 많은 먹이를 먹는 새끼가 생존 및 번식에 유리하므로 결국 그 새끼의 유전자가 대를 이어 번성하게 되고, 둥지 안은 필사적으로 더 큰 소리를 질러대는 새끼들로 가득차게 된다.

새들의 지저귐은 갑자기 조정실 문을 열고 들어온 한 부장에 의해 중단되었다. 임 판사가 역부족일 것을 잘 알았던 한 부장은 지금쯤 당사자들의 고함과 하소연이 끝나가겠다 싶은 시점에 나타나 다음 기일까지 각자 집안 재산 분배에 관한 조정안을 만들어오라고 일갈하고는 기일을 마쳤다.

다음 기일까지 2주 사이에 형제자매들은 끊임없이 뭔가를 제출했다. 투서에 가까운 준비서면과 녹취록 들이었다. 지난번 기일에 자기 약점을 공격당했다고 느꼈는지 서로 상대방이 '인간된 도리'를 다하지 못했다는 공격을 시도하기 시작했다. 차남은 어머니가 돌아가신 후 장남이 불편한 아버지를 방치하다시피 했으며 자기가 모시겠다며 모셔간 후에도 실제로 똥오줌을 받아가며 아버지 병수발을 한 것은 막내라고 주장했다. 장남은 아우들이 자기를 욕하지만 막내가 아버지와 살면서 모셨을 뿐 다른 아우들은 아버지를 돌본 적 없고 평생 무섭던 아버지가 쇠약해져서 이빨 빠진 호랑이가 되자 면전에서 대놓고 무시하곤 했다고 주장했다. 딸들은 자기들이나 친정에 들러서 아버지 수발을 가끔이라도 했지 아들과 며느리 들은 아버지 정신이 흐릿해진 후에는 기다렸다는 듯이 발을 끊었다고 주장했고, 아들들은 딸들이 친정에 가끔 드나든 것은 사실이지만 그때마다 집에 있던 값진 물건들이 하나씩 사라졌다고 주장했다.

이 집안은 서로 통화할 때마다 통화를 녹음하는 가풍이 있나보다. 두툼한 녹취록이 여럿 제출되었다. 조정실에서와 달리 쌍욕이 난무하는 통화 내용에는 '형은 아버지 얼른 안 돌아가신다며 영감태기 명줄도 길다, 평생 기다리다 내가 먼저 늙어 죽겠다는 소리를 밥먹듯이 했잖아!' '그러는 너는 아버지가 탈세랑 근로기준법 위반으로 구속됐을 때 비싼 변호사 사서 뺄 궁리는 안 하고 대표이사부터 바꾸자고 안 했어?' 등의 주옥같은 내용이 가득하다.

서류들을 읽으며 임 판사는 다시 『이기적 유전자』를 떠올렸다. 도킨스는 끝없는 자기복제를 추구하는 유전자가 주인이고 생물은 유전자를 위한 숙주이자 생존 기계로 본다. 자식은 부모와 같은 유전자를 공유한다. 그런데 유전자 입장에서는 노쇠한 부모보다 기대수명이 더 길어서 번식할 기회가 더 많은 자식 쪽에 투자하는 것이 유리하다. 따라서 부모가 자식을 위해 희생하도록 하는 특성을 가진 유전자가 자식이 부모를 위해 희생하도록 하는 쪽보다 더 번성하게 된다.

딸들이 지난 기일에 며느리들을 공격했기 때문인지 며느리들이 억울하다며 써낸 서면들도 있었다. 자신들은 자식들 건사하면서도 시부모에게 할 만큼 했다는 이야기들로 시작하는데 묘하게도 뒤에는 시댁이 친정 식구들을 무시하고 박대해서 한이 맺혔다는 하소연으로 흐르는 공통점이 있었다. 역시 유전자를 공유하는 쪽과 공유하지 않는 쪽을 똑같이 '부모'라고 부르는 인간의 가족 제도는 생물체의 진화적 특성을 이기지 못하는 것일까.

조정실로 내려가는 엘리베이터 안에는 '법원 가족 체육대회'를 알리는 포스터가 붙어 있었다. 왜 이런 걸 개인 시간인 주말에 개최하는 걸까 생각하며 임 판사는 씁쓸한 표정을 지었다. '가족'이라. 좋지. 분위기 참 가족적이겠다.

조정실에는 뜻밖에도 90세 아버지도 출석해 있었다. 장남이 모시고 나온 것이다. 뭔가 유리한 이야기를 하시도록 준비가 되어 있나보다. 차남 연합군은 당황한 기색이 역력했다. 지난 기일에 나오지 않았던 중년의 막내아들도 구석에 조용히 앉아 있었다.

아버지는 이번에도 장남의 기대를 배신했다. 꾸벅꾸벅 졸고 있던 아버지는 인사를 올리는 차남에게 어눌하게 "그런데 선생님은 누구시오?" 하고 물었다. 딸들이 울음을 터뜨리자 노인은 초점 없는 눈으로 저 여자들이 누군데 우냐고 중얼거렸다. 당황한 장남은 어제까지만 해도 정신이 또렷하셨다며 변명을 했다.

임 판사는 당사자들이 들고 나온 조정안을 훑어보았다. 접점이 전혀 없어 보이는 안들 사이에 유일한 공통점이 있었다. 막내아들이 재산 분배에서 빠져 있다는 점이었다.

"왜 막냇동생분에 대한 조항은 없는 거죠?"

"아, 판사님은 모르시겠구나. 쟤는 양자예요, 양자. 아버지

공장에서 일하다 죽은 직원 아들인데, 오갈 데가 없어서 아버지가 데려다 키운 거예요."

"불쌍하면 그냥 데리고 계시다가 크면 내보내도 충분할 텐데 굳이 아버지 연세 50에 쟤를 친생자로 출생신고까지 하셨죠. 그때부터 노망이 시작된 건지."

바로 옆에 있는 막내가 보이지 않는 건지 모두들 거침이 없었다.

막내아들은 불편한 기색도 없이 돌부처마냥 앉아 있다.

"만약 쟤가 재산 욕심에 딴소리하면 정식으로 아버지 이름으로 소송 걸어서 재판상 파양 절차를 밟으려고 변호사도 알아봐놨어요."

"암, 그래야죠."

역시 피는 물보다 진하다. 모처럼 의견이 일치하여 고개를 끄덕이는 형제자매들의 얼굴은 닮아 있었다.

아버지 이름으로 소송 건다는 교수의 말에 구석에 묵묵히 앉아 고개를 숙이고 있던 막내가 처음으로 움찔했다.

"저기요."

그가 처음으로 입을 열었다.

재산 목록과 등기부등본을 뒤적이던 형제자매들이 그가 거기 있다는 것을 그제야 깨달았다는 표정으로 돌아보았다.

"소송이라뇨…… 어떻게 지가 아부지랑 소송을 해요."

어눌한 말투였다.

그러곤 잠시 정적이 흘렀다.

다른 쪽은 쳐다보지도 않고 노인의 얼굴만 찬찬히 바라보던 그가 이윽고 입을 열었다.

"원하시는 대로 호적 정리해주셔요."

중년의 사내는 노인 앞에 다가가서 무릎을 꿇고 손을 어루만졌다.

"지는 물러갈게요. 아부지, 부디 건강하셔요."

그 순간, 갑자기 노인은 일어나려는 사내를 막무가내로 붙잡고 소리치기 시작했다.

"날 두고 어딜 가! 집에 가자, 집에. 나 무서워."

사내는 노인을 끌어안고 굵은 눈물을 흘리기 시작했고, 다른 형제자매들은 그 모습을 멀뚱멀뚱 보며 어쩔 줄 몰라 하고 있었다.

임 판사는 제출된 조정안을 한쪽으로 치워버리며 생각했다.

도킨스는 이 장면을 뭐라고 설명할까.

신화가
불멸이 되는 과정

서초동 대지 다방

"네? 삼천이요? 그렇게 비싼가요? 요즘은 변호사가 많아져서 몇백이면 충분하다고 들었는데……"

"허허, 사업하는 양반이 세상 물정 모르는 소리를 하고 그러셔. 여자들 백도 싸구려 시장 가방하고 루이비똥하고 값이 같아요? 이 사건은 워낙 복잡하고 계약서 문구가 애매해서 판사 재량이 많이 들어가는 사건이라니까. 판사랑 원만하게 의사소통이 되는 일급 전관을 사지 않으면 판사가 힘들어

서 기록을 다 읽지도 않아요. 어차피 재량이니 결국 빽 싸움
이지."

"그래도 요즘은 세상이 투명해져서 전관 약발도 듣지 않는
다고 하던데…… 특히 민사는."

"누가 그래요? 단군의 후손 핏줄이 그리 쉽게 바뀔 것 같아
요? 사장님 공장 지으면서 인허가 받을 때 맨입으로 했어요?
이번 건 A화장품 납품 계약 따낼 때 맨입으로 따냈어요? 사
장님 회사네 화장품 용기가 신기술 첨단제품이라는 신문기
사, 공짜로 나간 거예요? 신문 보면 국회의원들 의사당에 앉
아서 인사 청탁 문자 보내고 있죠? 이 나라에 유일하게 평등
한 게 있다면 세상에는 공짜가 없다는 이치라고요."

"그래도 법원 돌아가는 건 좀 다르다고 하던데……"

"백 보 양보해서 판사 열 명 중에 아홉 명은 에프엠이라고
합시다. 그래도 한 명은 팔이 안으로 굽는다고 친한 사람에게
모질게 못하는 사람이 있지 않겠어요? 자기도 때가 되면 개
업할 입장이라 두루두루 인심 잃지 않으려는 사람도 있고. 그
런 판사에게 걸렸는데, 상대방은 판사랑 잘 통하는 변호사를
선임했다고 생각해봐요. 이겨도 좋고 아님 말고 하는 사건이
라면 상관없지만 사장님처럼 회사가 망하느냐 마느냐 하는

경우나 사람이 구속되느냐 마느냐 하는 경우에 한가하게 열 중 아홉은 에프엠이니 괜찮겠지, 할 수 있겠어요?"

"알았어요…… 그런데 삼천 중에 이천은 성공 보수라는 소리 아네요? 그거 무효라고 뉴스에 나오던데."

"성공 보수라니 큰일날 소리 하시네. 워낙 잘나가는 전관이니까 삼천은 기본으로 받는데, 다만 세상에 백 프로라는 건 없으니 만의 하나 결과가 안 좋으면 도의적으로다가 이천은 돌려드리겠다 이거지. 이번 납품 대금 못 받으면 회사 부도난다면서요. 지금 삼천이 문제예요?"

"진짜 김○○ 변호사가 재판부랑 잘 통한단 말이죠?"

"괴팍하기로 소문난 한세상 부장판사랑 유일하게 막역한 사이예요. 연수원 동기에 좌우 배석을 2년 같이하고, 단독 판사 때도 같은 방에서 3년이나 보냈다고요. 형제나 다를 바 없다니깐!"

법원 구내식당

"여하튼 김○○ 그 인간 이름만 들어도 이가 갈린다니깐!"

"부장님, 그 사무실 서면이 부실하기는 하지만 그래도 그렇게까지……"

"임 판사는 몰라서 그래. 무슨 재주를 부리는지 사건은 잔뜩 맡아서는 법정에서 물어보면 내용을 파악하고 있는 게 하나도 없어. 지난번 증인 신문하는 꼴 봤지? '증인은 원고는 그 자리에 없었지요?' 사무장이 덮어쓰기로 만든 신문 사항을 한 번 읽어보지도 않고 들고 와서 줄줄 읽으니…… 그런 사무실에 사건 맡기는 사람들도 이해가 안 돼. 변호사의 하루도 똑같이 24시간인데 사건이 많으면 건당 투입 시간이 줄어들 수밖에 없다는 이치를 모를까?"

"김 변호사님과 인연이 많으셨다면서요?"

"악연도 인연이라면 그렇지. 연수원 때부터 나 나이 많다고 왕따시키더니 좌우 배석 할 때는 부장에게 아부하면서 나 바보 만들고. 단독 할 때는 같은 방 쓰면서 서로 말도 안 했다니까."

"그래도 너무 미워하지는 마셔요."

"당연히 재판을 사감으로 하지는 않지. 당사자가 무슨 죄겠어. 그나저나 그 화장품 용기 납품대금 사건 임 판사 의견은 어때? 검토해봤어?"

"네. 부장님 말씀대로 기록은 두껍지만 대부분 직접 관련은 없는 자료들이라 보는 데 얼마 안 걸리던데요? 계약서 문구가 워낙 명확하게 되어 있고 원고가 납품한 용기가 불량인 것도 충분히 입증되어 있어서 달리 볼 여지가 없더군요. 피고회사 구매 담당자에게 뒷돈 주고 무리하게 수주했다가 피고내부 감사에 걸려 구매 담당자가 해고된 일도 나오고요."

김○○ 변호사 사무실

'한세상 그 인간은 하여튼 인간이 모질고 비뚤어졌어. 그정도 사소한 실수 가지고 법정에서 면박이나 주고. 도대체 함께 근무한 동료에 대한 최소한의 인간적인 예의도 없다니까. 모셨던 법원장 출신 변호사가 들어와도 소 닭 보듯 하고. 그러니 출세를 못하지. 누가 좋은 소리를 해주겠어? 결론이야법대로 하더라도 사람 사는 세상이 그게 아니지.'

'그나저나 브로커에게 소개료 30프로씩 떼어주면서 사무실 운영하려니 억울해 죽겠어. 재주는 곰이 부리고 돈은 누가 번다더니…… 게다가 세율은 좀 높아? 뻑하면 세무조사 나오고. 이건 만만한 게 자영업자야. 세금 때문에 국가랑 50대50으로 동업하는 꼴이니 이럴 줄 알았으면 개업 안 했지. 에휴,

1억씩 오르는 전세금에다 애 둘 사교육비만 아니었으면……'

'그런데, 정말 내가 이렇게 살아야 하는 걸까? 1년이 지나 전임지 사건 수임 제한이 해제되었다는 광고까지 신문에 내면서…… 하루면 끝날 영장 실질심사 사건 돈 천만 원씩 받으면서.'

'세상이 그런 걸 어쩌겠어. 자본주의에서 수요가 높으면 가격이 높을 수밖에. 시장 가격이 높게 형성되는데 나만 일부러 싸게 받을 이유도 없잖아. 어차피 시장 가격이 높은 시기도 아주 잠깐일 뿐이니 최소한은 벌어야 직원들 월급 주고 세금 내고 가족 건사하지. 평균 수명은 대책 없이 길어진다는데 노후에는 어떻게 사나……'

서초동 대지 다방

"우리 변호사님 재판장과 친한 거 진짜 맞아요? 재판장 완전 까칠하던데."

"아, 그럼 상대방이 눈 시퍼렇게 뜨고 있는데 법정에서 친한 척하겠어요? 원래 판사들은 결론에서 봐주기로 마음먹으면 재판중에는 더 까칠하게 하고 그러는 거예요. 책잡히지 않게. 모르는 소리 말고 진행 비용이나 좀 준비해주세요."

"네? 무슨 비용 말씀인지……"

"그걸 일일이 얘기해야 아세요? 상식이지. 우리 변호사님이 재판부 식사라도 한번 모셔야 하지 않겠어요? 대한민국에서는 일단 밥을 같이 먹어야 속내 이야기도 나오고 하는 거지."

"네, 그럼 얼마나?"

"뭐, 너무 많이는 말고, 한 삼백?"

"네? 밥 먹는데 무슨 돈이 그렇게?"

"아따 진짜. 사장님 진짜 사업가 맞소? 사람이 밥만 먹나!"

"……"

"그 비용은 현찰로 나한테 직접 주셔야 돼요. 변호사님은 판사 출신으로 백조처럼 고고한 분이라 이런 말씀을 직접 하시지는 못하는 입장이고, 나 같은 외근 사무장이 궂은일은 다 알아서 해야 하는 거지. 알았죠?"

법원 구내식당

"이야, 부장님 없이 젊은 판사들끼리 모여 점심 먹으니 구내 식당 밥맛이 평소와 다른데?"

"부장님들 모임이 더 자주 있어야겠어."

"자자, 7년근 배석판사로 묵어가다가 단독판사로 벼락출세 하신 선배 말씀이나 들어보자고. 형사 단독판사 하더니 어깨에 힘 좀 들어가신 거 아니유?"

"하여튼 정보왕 너는 매사에 오버라니까. 어깨에 힘이 아니라 담이 들었다. 두꺼운 깡치 사건 기록 들다가."

"아, 그때 고민하던 사기 사건? 어떻게 됐어요?"

"좀 애매하지만 피해액 전부는 아니어도 상당 부분이 변제 됐고 전과도 없고 해서 양형 기준상 집행유예 해야겠더라고. 아, 그런데 재판 막바지에 갑자기 내 고등학교 선배 변호사가 떡하니 선임계를 내는 거야. 달랑 마지막 공판 한 번 출석 해서 선처 바란다는 말 한마디 우물우물거리고 가던데? 원래 변호사가 변론 열심히 잘하더구만⋯⋯"

"이번 주 선고할 우리 부 화장품 용기 납품대금 사건도 부장님 동기 변호사가 선임되었더라고요. 밖에서는 동기나 함께 근무한 사이면 뭔가 영향을 미칠 거라고 확신하나봐요."

"그러니깐 말이야. 내 사건도 원래 집행유예 할 건이었는데 마치 막판에 친한 변호사 선임되어서 그렇게 된 것처럼 밖에서는 생각할 거 아냐. 그럴 돈 있으면 피해 변제나 더 하지. 참나. 괜히 기록을 다시 한번 구석구석 살펴보게 되더라니까. 집행유예 결론이 정확한 거였는지 재검토해보려고."

"그래도 역차별할 수는 없는 거잖아요. 당사자야 살기 위한 본능으로 지푸라기라도 잡는 건데."

"물론 임 판사 말이 맞지. 오해받기 싫다고 더 엄하게 하면 그것도 불공정한 거지. 원래 결론대로 집행유예 했어."

"피고인은 막판에 선임한 변호사 덕에 풀려났다고 철석같이 믿겠는데요?"

"연결해준 브로커가 생색깨나 내겠지. 거 봐라 하면서. 나는 전관 약발 잘 받는 판사로 서초동 바닥에 소문나고."

"에유, 형도 엄살이 심해. 이 한 건으로 그럴 리가요."

"기분이 그렇다 그거지 뭐. 재판에서는 공정성 자체보다 공정하게 보이는 외관이 더 중요하다는 유명한 말도 있잖아. 난 정년까지 판사 할 건데 괜한 오해 받을 일 생기는 거 싫어."

"오, 대법관을 노려보시겠다는?"

"이그, 정보왕, 또 오버한다. 그게 노린다고 되는 거냐? 그리고 일생 죽자 사자 일해서 대법관 되어봤자 연간 3만 건이 넘는 사건 더미에 수명만 축난다며. 무신 부귀영화를 보겠다고."

"그냥 평판사로 정년까지?"

"응. 뭐 대법관도 판사, 나도 판사지 뭐 개뿔 크게 달라?"

"엄밀히 말하면 법원조직법 제5조가 '대법원장과 대법관이 아닌 법관은 판사로 한다'고 하고 있으니 개념상 같은 판사는 아니……"

"으이그, 임바른, 역시 잘나셨어. 그럼 '같은 법관'으로 하자구. 법관 개념에는 다 같이 들어가는 거니까."

"근데 왜 형은 개업 생각이 없어요?"

"솔직히 형사재판 하다보니 세상에는 정말 악질 양아치들이 많더라고. 그런 놈들도 가리지 않고 변호해야 돈을 벌 텐데, 굳이 그러고 싶지가 않아. 밥 굶는 처지도 아닌데 뭐 하러 그래야 하냐고. 그렇다고 사건 가려가며 보람 있는 일만 하면 판사 월급만큼도 못 벌겠지. 그럴 바에야 판사로 보람 있게 일하는 게 낫지 않겠어?"

"말씀은 좋은데, 일에 치여 사는 처지에 보람은 사치스런 얘기 아녜요? 이건 뭐 눈 치우는 일 같아요. 한참 쌓인 눈을 가까스로 치우기도 전에 전보다 더 쌓이고."

"뭐, 그 와중에도 아주 가끔은 보람 있는 순간도 있으니까.

자기만족일 뿐인지도 모르지만."

"그나저나, 밖에서는 왜 아직도 전관 효험이 있다고 확신하는 걸까요? 큰돈을 써가며."

"녹용이나 해구신은 현대 의학으로 효험이 입증돼서 비싼 거겠어? 어차피 재판 결론에 무엇이 영향을 미쳤는지는 데이터로 검증이 되는 게 아니잖아. 자기가 질 만해서 졌다고 납득하는 사람이 과연 있을까? 다른 이유가 작용했다고 믿는 것이 훨씬 받아들이기 쉽겠지. 학원이 좋아서 명문대에 가는 건지 원래 갈 만한 애들이라서 가는 건지 정확히 알 수는 없지만, 일단 밑져야 본전이니 비싸도 유명 학원에 가려는 심리 같은 거 아닐까. 게다가 사건이 몰리는 전관 변호사는 승소 가능성이 높은 '될 만한' 사건을 골라서 맡을 수 있으니 성공률이 높을 수밖에 없고, 그로 인해 사건이 또 몰리는 나름의 선순환이 생기겠지."

"요즘은 그렇지도 않대요. 이제 예전처럼 세상이 어수룩하지 않아서 옛날에 속칭 '나이롱 뽕'이라 부르던 뻔히 이길 사건은 비싼 돈 주고 변호사 선임하지 않고, 정말 어려운 사건만 선임한다고 하던데요?"

"글쎄요, 이런 얘기도 결국 우리끼리의 아전인수인지도 몰라요. 과연 세상 사람들이 전부 바보여서 헛돈을 허황되게 쓰고 있는 걸까요? 그렇게 믿을 만한 근거를 극소수라도 우리 중 누군가는 제공해왔기에 그렇게들 믿는 것 아닐까요? 사과 상자에 든 사과 중 단 한 개가 썩었어도 그 상자는 썩은 사과가 든 상자니까요. 게다가 실체가 있든 없든 사람들의 그런 기대에 편승해서 큰돈을 번 사람들 역시 변호사 되기 전에는 판사였잖아요."

"……"

서초동 대지 다방

"큰소리치더니 결국 졌잖아! 당신들 모두 사기로 고발할 거야!"

"사장님, 이거 놓고 이성적으로 좀 애기합시다."

"뭐야 인마!"

"막말하지 마세요! 자자, 좀 차분히 앉아서 애기를 들어봐요. 우리는 최선을 다했지만, 상대방은 대기업 아닙니까. 우리나라 5대 로펌을 썼잖아요. 그 로펌에는 바로 여기 법원장 출신이 떡하니 버티고 있다 이 말입니다. 우리는 친분 있는 변호사 라인으로 밀었는데, 그쪽은 위 라인으로 조진 거지. 사장님이 돈만 더 썼으면 우리도 법원장 출신을 추가 선임할 수 있었는데 그렇게 안 하셨잖아요. 이건 정정당당한 싸움에서 무기 부족으로 진 거라고요."

"……"

"이판사판인데 달러 빚을 내서라도 항소심에서는 더 높은 고위직 출신으로 선임하시죠. 법조계 인맥은 다 내 손바닥 안에 있다니까."

잠시 후 서초동 대지 다방

"형님, 아까 떽떽거리던 사장은 잘 구슬러 보내셨수?"

"그럼. 이 장사 하루이틀 해?"

"저는 이번에 여자 판사가 담당하는 사건 하나 소개했다가 고객이 덜컥 법정 구속되는 바람에 아줌마한테 멱살 잡히고 머리털 뽑히고 봉변을 치렀잖아요. 여자 판사가 늘어나니 골치 아파요. 술 먹고 골프 친다는 명목으로 비용 청구하기도 애매하고."

"웃기고 있네. 여자라고 뭐 다를 것 같아? 우리 애 담임 아줌마가 그리 애를 구박하더니 애 엄마가 한 번 선물 사들고 다녀온 후론 햇살같이 따듯해지더만. 품목이 바뀔 뿐이야. 인간 속성은 다 거기서 거기라고."

"요즘은 분위기가 갈수록 까칠해져서 힘들긴 해요."

"걱정 마. 알아서 사고 쳐주는 판사 검사가 해마다 한두 명씩은 신문 방송을 장식해주시잖아? 판사 검사 구분할 줄 아는 사람도 얼마 없어. 실제로 썩었느냐가 중요한 게 아니야. 썩은 것처럼 보이느냐가 중요한 거지."

전관예우는 네스 호의 괴물인가?

「신화가 불멸이 되는 과정」 에피소드는 2015년 12월 27일자 한겨레 신문에 게재했던 원고다. 그후 2016년을 보내며 박차오름 판사의 "그렇게 믿을 만한 근거를 극소수라도 우리 중 누군가는 제공해왔기에 그렇게들 믿는 것 아닐까요? 사과 상자에 든 사과 중 단 한 개가 썩었어도 그 상자는 썩은 사과가 든 상자니까요"나 브로커의 "걱정 마. 알아서 사고 쳐주는 판사 검사가 해마다 한두 명씩은 신문 방송을 장식해주시잖아?" 같은 대사가 뭔가를 예언한 것 같은 느낌마저 들어 마음이 무거웠다.

법원과 국민들 사이에서 가장 인식 차이가 큰 것이 이른바 '전관예우'의 존재 여부일 것이다. 판사들 빼고는 거의 모든 국민이 존재를 확신하고 있는데 판사들만 없다고 하니 욕을 더 먹곤 한다. 수십 년째 있다 없다 말싸움이 이어지니 전관예우는 네스 호의 괴물이란 말인가. 나 역시 이 문제에 관해 객관적으로 입증된 데이터는 갖고 있지 않으므로 무얼 얘기해도 주관적인 의견에 불과하다. 그런 한계를 스스로 인정하면서 내 의견을 감히 밝히자면, 인식 차이의 원인은 간단하다. 판사들이 '없다'고 얘기하는 대상과 시민들이 '있다'고 얘기하는 대상이 서로 일치하지 않기 때문이다.

먼저, 판사들이 '없다'고 얘기하는 것은? '전관 변호사의 로비에 의하여 직접적으로 재판의 결론이 바뀌는 것', '판사가 재판 결론과 관련하여 전관으로부터 뇌물을 수수하는 것', '안 되는 것을 되게 해주고 되는 것을 안 되게 하는 것'이다. 이건 그냥 대놓고 범죄인 경우들이다. 놀랍게도 일상적으로 판결 결론에 대한 거래가 이루어지고 변호사가 의뢰인으로부터 받은 돈을 판사에게 전달한다고 철석같이 믿는 사람들이 적지 않다. 이런 이야기를 들을 때마다 판사들은 억울해하기 이전에 어이가 없다는 반응을 보인다. 법원의 문제점들에 대해 날카롭게 비판하면서 개혁을 주장하는 판사들도 마찬가지다. 직접 그런 일을 경험해보거나, 가까운 곳에서 목격한 일이 없을뿐더러, 그런 일이 흔히 벌어질 분위기 자체가 아니기 때문이다.

합의부 내에서 부장이나 주심 판사가 일반적인 처리례와 다른 무리한 의견을 주장하거나 갑자기 결론을 바꾸면 누가 봐도 이상하게 보인다. 그런 일이 일상적으로 종종 벌어지는 일이라면 소문이 날 수밖에 없다. 물론 판사 역시 인간일 뿐이므로 수많은 판사 중 그런 범죄자가 전혀 없으리라는 보장은 없지만, 최소한 그런 일이 사회에서 생각하는 것처럼 일상적으로 벌어진다고는 도저히 보기 어렵다. 판사들이 대단히 도덕적이고 훌륭한 사람들이어서가 아니라, 그런 행위로 잃을 것이 너무나 많기 때문이다. 직업의 가치는 봉급이 전부가 아니다. 법관직에는 독립성과 안정성, 과분할 정도의 사회적 존중과 명예라는 사회적 자본이 따른다. 이걸 잃을 리스크를 감수해야 비리를 감행하게 된다는 점에서 이 사회적 자본이 법관 직무 매수의 가격인지도 모르겠다.

법관직에 대한 사회적 평가, 명예가 낮아질수록 금전적 이익과 이를 맞바꾸려는 일탈 행위자는 늘어날 것이다. 시민들이 검찰과 법원을 구별 못해서 오해한다는 불만을 표시하는 판사들도 많다.

검사동일체 원칙에 따라 상명하복 체제이고 공개 법정이 아닌 밀실에서 수사가 이루어지는 검찰은 법원과 전혀 운영 원리가 다른 조직인데, 검찰에서 비리 사건이 발생할 때마다 법원도 마찬가지일 것이라고 속단한다는 것이다.

나 역시 다른 판사들과 같은 의견을 갖고 있었기에, 2008년에 국회에서 열린 전관예우 관련 토론회에 법원 측 참석자로 출석하게 되었을 때 이렇게 발언했다. '전관예우'에 관한 객관적 증거가 부족함에도 시장의 '전관선호'는 압도적으로 강력하고, 이는 한국 사회 전반의 정실주의 문화의 영향이다. 사회 전반이 연줄과 로비에 의해 운영되어온 역사 때문에 사법 역시 마찬가지일 것으로 예단하는 것이다. 전관 변호사의 승소율이 높다는 일부 통계를 증거로 제시하는 주장이 있는데, 우선 데이터 자체가 충분하지 않고, 통계에 영향을 미치는 외부 요인들이 간과되어 있다. 시장의 전관선호 현상이 압도적이므로 사건 브로커들이 사건을 전관에게 몰아주고 있고, 전관은 이런 상황에서 승소 가능성이 높은 사건을 골라서 수임할 수 있으므로 승소율이 높은 게 당연하다. 게다가 판사 일을 오래한 경험과 지식을 감안할 때 승소율이 연수원 갓 나온 변호사와 동일하다면 더 이상한 것 아닌가. 다만 법관 출신 변호사 중 일부가 브로커와 결탁하여 전문성과 무관한 분야에서 인맥을 과시하는 등 시장의 왜곡된 인식을 오히려 부추기면서 절박한 이들에게 거액 수임료를 받는다는 점이 부끄러울 뿐이다. 시민단체 대표 등 다른 참석자들은 이런 나의 주장에 대해 고개를 흔들며 답답하다는 표정을 지었다.

그로부터 7년이 흐른 2015년, 나는 서울시변호사회에서 내 책 『판사유감』에 관한 강연을 하게 되었다. 강연을 마친 후, 백여 분이 넘는 참석자들께 질문을 던졌다. "이번에는 제가 여러 변호사님들께 궁금한 것을 단도직입적으로 질문드립니다. 정말로 전관예우라는 것이 있습니까? 전 정말로 모르겠는데 하도 답답해서 여러분께 여쭙습니다." 잠시 황당해하던 청중은 곧 앞다퉈 손을 들어 말하기 시작했다. 노골적으로 결론이 바뀌는 경우를 직접 본 것은 아니지만 애매한 경우에 팔이 안으로 굽는 사례를 경험한 적이 있다. '전관예우'는 틀린 말이다. 꼭 '전관'이 아니더라도 고향 친구, 고교 동창 등 '친한 변호사'에게 잘해주더라. 판사들은 자꾸 결론에는 영향이 없다고 그러는데, 당사자들은 극도로 예민하다. 잘 안 받아주던 증인 신청을 받아주고, 기일 변경이나 변론 재개도 쉽게 해주는 등 절차에서 우대해주는 것만으로 이미 결론이 바

꿰었다고 생각한다. 아니다. 그런 정도가 아니라 분명히 납득 안 가는 결론을 편파적으로 내리는 경우를 겪었다……

그날 이후 나는 기회 있을 때마다 만나는 사람들마다 묻고 또 물었다. 그들의 대답은 이랬다.

판사들은 '전관예우'라는 사회의 비판을 너무 협소하게 이해하고 있다. 판사의 마음속에서 이루어지는 변화야 본인 말고는 아무도 알 수 없으니 결론이 바뀌었다는 객관적 증거를 대라는 요구는 무리다. 시민사회는 당연히 외부에 나타난 잘못된 모습을 보고 비판할 수밖에 없다. 어제까지 법관이던 사람이 변호사로 변신하자마자 재판장과의 친분을 과시하며 거액을 요구하고, 재판장에게 전화로 부탁해두었으니 걱정 말라고 큰소리치는데 어떻게 달리 생각하겠는가. 의심받을 소지를 제공해온 것은 법원 자신이다. 80년대까지만 해도 개업한 전관의 첫 사건은 웬만하면 봐준다는 말이 공공연히 횡행했고, 전관 변호사가 큰돈은 아니지만 판사들 점심 값 등에 보태라고 '실비' 명목으로 돈 봉투를 놓고 가는 일도 흔했다. 90년대 중반 이후 법조 비리 사건들이 터지면서 변호사에게 지속적으로 향응을 제공받거나 전세금을 빌린 판사들이 적발되자 비로소 과거의 잘못된 관행들이 없어졌지만 그것도 중앙과 지방의 속도차가 있었다. 물론 과거 한국 사회 전체에 부패와 정실주의가 워낙 만연해 있었기에 법원은 그 시대의 다른 분야보다는 상대적으로 훨씬 깨끗하다, 또는 밥은 얻어먹었지만 결론을 바꿔주지는 않았다는 '먹튀' 변명 등을 하곤 했지만 그건 비겁한 변명에 불과하다. 그리고 시민들이 '전관예우'라고 부르는 것은 실은 법원에 대한 불만을 폭넓게 지칭하는 것이다. 돈 있고 힘있는 사람에 대한 납득 가지 않는 양형, 결론에 이른 과정을 도무지 알 도리가 없는 불친절한 판결문, 억울한 사정을 충분히 경청하지 않는 재판, 이 모든 것들을 뭉뚱그려 그 배후에 '전관예우'가 있을 거라 분노하는 것이다. 그렇게라도 이해하지 않으면 납득이 안 되니까.

나는 그제야 법관들의 '없다'와 시민들의 '있다' 사이의 간극을 조금이나마 이해할 수 있었다.

그후 어느 날, 부장판사들끼리 식사하고 있는데, 한 분이 그해 개업한 동료 부장판사가 자기 법정에 왔더라는 얘기를 꺼내며 말했다. "에유, 이왕이면 결과가 좋을 만한 사건을 들고 왔으면 좋았을 텐데 안 되는 사건으로 왔더라고요." 순간, 나는 소름이 끼치는 기분을 느꼈다. 물론 이분이 거리낌없이 이 말을 꺼낸 것은 결과에 영향이 없었기 때문일 것이다. 하지만 저 '이왕이면'이라는 말 뒤에 있는 한솥밥 먹은 동료에 대한 '인지상정'은 사건에 따라서는 큰 영향을 미칠 수 있다. 저울추가 한쪽으로 기울지 않고 50대50으로 팽팽한 사건에서는 깃털 하나만 한쪽에 얹혀도 추가 기울지 않는가. 게다가 인간의 마음이란 원래 타인의 영향을 받도록 진화되어 있다. 경제학자 토비 모스코비츠와 존 베르트하임은 야구, 축구 등 스포츠의 홈 어드밴티지에 대해 연구했다.[*] 그 결과 통계적으로 어드밴티지가 존재함을 밝혀냈는데, 그 원인은 응원 때문에 선수들이 더 열심히 뛰어서가 아니었다. 선수들이 아니라 심판들이 열광적인 응원에 반응하여 자기도 모르게 홈팀에 유리한 판정을 하곤 한다는 것이다. 사회적 동물인 인간은 본능적으로 가까이 있는 사람들을 만족시키고 싶어한다. '인지상정'이란 심판에게 영향을 미치는 것이다. 판사도 인간이고 온갖 인지적 오류의 영향을 받는다. 이스라엘에서 판사 및 검사 들로 구성된 가석방위원회의 결정을 조사한 결과 점심식사 전에 비해 포만감을

● 스티븐 레빗·스티븐 더브너, 『세상물정의 경제학』, 한채원 옮김, 위즈덤하우스, 2015, 209~12쪽.

느끼는 식후에는 석방률이 현격히 높았다는 연구 결과도 있었다. 하물며 '정'과 '의리', '인간성'을 극도로 중시하는 전통적 한국 문화 속에서 성장한 사람들은 어떠랴. 더이상 '있다' '없다'에 매달릴 것이 아니라 친분으로 인해 판단에 영향을 미칠 가능성은 당연히 필연적으로 존재한다고 보고 이를 완벽하게 차단하는 것은 불가능하더라도 최소화하기 위한 다양한 장치를 모색하는 것이 합리적일 것이다.

바람의 방향이 바뀌고 있다는 몇 가지 징후가 있다. 「신화가 불멸이 되는 과정」 에피소드에 등장하는 젊은 판사들의 대화처럼 법원의 요즘 분위기는 많이 다르다. 실제로 집행유예로 이미 결론을 내렸다가 재판 종반에 인연 있는 전관 변호사가 선임계를 내자 괜한 오해를 받기 싫어 혹시 실형이 맞는 건 아니었는지 사건을 전면 재검토했다는 얘기도 들었고, 아예 부적절한 전관 로비를 시도하는 경우에는 잘못을 반성하지 않는다는 증거로 보고 형을 가중하는 게 맞다고 주장하는 판사도 보았다. 피고인 측이 재판장 지인을 동원해 선처를 호소하자 재판장이 아예 공개법정에서 이런 사실을 밝히며 불쾌감을 표시하고는 엄중 경고하는 일도 여러 번 발생했다. 서구식 합리주의, 개인주의가 익숙한 젊은 세대 증가는 한국식 인지상정을 난센스로 받아들이는 새로운 분위기를 만들어내고 있는 것이다. 실제로 나는 지인들이 전관 변호사를 선임해야 하느냐고 물어올 때면 요즘 분위기로는 역차별받을 가능성도 없지 않으니 헛돈 쓰지 말고 차라리 그 돈으로 피해 변제에 힘쓰라고 충고한다. 피해 변제는 양형 기준상 백 퍼센트 참작되기 때문이다.

물론 극약 처방 한두 가지로 일시에 해결할 수 있는 문제는 아니다. 무리한 처방은 다른 부작용을 낳을 수도 있다. 분명히 과장되고 왜곡되어 있는 부분도 있고 판사들 입장에서 억울한 부분도 있다. 과거와는 많이 달라지고 있기도 하다. 하지만 '있다' '없다' '억울하다'는 더이상 판사들의 몫은 아닌 것 같다. 그저 묵묵히, 스스로를 경계하며 원칙대로 일하는 것만이 더디지만 올바른 길이 아닐까. 그 과정에서 맞아야 할 매라면 맞으며 말이다. 해방 이후 70년에 걸쳐 쌓인 불신을 어떻게 하루아침에 없애려 하겠는가. 적어도 한 세대, 30년은 신뢰를 쌓은 후에나 믿어달라고 말할 수 있지 않을까. 전국의 수많은 박차오름 판사들에게 희망을 걸어본다.

6부

강자에게 강하고 약자에게 약한 법원

"이건 뭐 만물상도 아니고…… 작은 지원도 아니고 큰 법원에서 이게 뭐야."

임바른 판사는 요즘 입이 한참 튀어나와 있다. 44부가 형사재판도 겸임하게 되었기 때문이다.

"허허, 한세상 부장님의 용단을 폄하하는 거야?"

정보왕 판사가 이죽거렸다.

"용단은 무슨. '누가 내 등 밀었어' 상황이지."

자초지종은 이렇다. 하반기에 형사부에 비상이 걸렸다. 피고인 수십 명, 피해자 수천 명인 초대형 금융 사기 사건이 접수된 데다가 일반 사건 접수도 대폭 증가한 것이다. 과부하가 걸린 형사부 판사들이 쓰러질 지경이다. 법원장 주최 회식 날, 한 부장은 건배 몇 잔 후 거나해진 상태에서 법원은 업무량 급변에 대한 유연한 대처가 부족한 것이 문제라고 점잖게 한마디했다. 그 말이 떨어지자마자 수석부장은 만면에 미소를 띠며 공감해주셔서 정말로 고맙다고 한껏 한 부장을 칭송하더니, 한 부장 부가 형사재판을 겸임하고 한 부장 부의 민사 사건 절반을 다른 민사부로 재배당하는 방식으로 민사부가 고통을 분담하는 안을 내놓은 것이다. 한 부장은 헛기침만 연발했다.

"저는 좋은데요? 이제야 진짜 판사가 된 것 같아요. 어린 시절부터 재판, 하면 형사재판만 머리에 떠오르잖아요. 죄에 대해 합당한 벌을 주는 것이 가장 판사다운 모습 아닌가요? 가슴이 두근두근해요."

박차오름 판사의 한껏 들뜬 어조에 임 판사와 정 판사는 쓴 웃음을 지으며 고개를 절레절레 흔들었다. 정 판사가 싱글거리며 물었다.

"박 판사, 뭔가 포부가 대단해 보이시는데? 대한민국 형사 사법을 내 손으로 바꿔놓겠다, 뭐 이런 기상이 엿보여."

박 판사가 펄쩍 뛰며 말했다.

"에유, 사고나 안 쳤으면 좋겠어요."

그러고는, 잠시 뭔가를 생각하다가 덧붙였다.

"솔직히 고시 공부를 하면서 내가 판사가 된다면 이렇게 해야지, 하고 다짐한 것이 한 가지 있긴 하지만요."

박 판사의 다짐이 무엇이었는지 알 기회는 곧 찾아왔다. 형사부 법관들의 형사재판실무연구회 세미나 자리였다. '사법신뢰 회복을 위한 공판중심주의 강화 방안'이라는 주제로 공판 절차 개선 방안에 관한 발표 및 지정 토론이 한참 벌어진 후, 수석부장판사가 참석자들에게 질문이나 덧붙일 의견이 있는지 물었다.

손을 번쩍 든 박 판사는 자리에서 일어나 마이크를 잡았다.

"44부의 박차오름 판사입니다. 제 생각에 우리 사법부가 국민의 신뢰를 받는 방법은 간단합니다."

좌중의 시선이 박 판사에게 집중되었다. 수석부장은 초임 판사의 당돌한 발언에 복잡미묘한 표정을 지었다.

"간단한 방법이 있는데 지금까지 복잡한 토론만 한참 했군요. 그래, 박 판사님. 그 방법 좀 알려주시겠습니까?

박 판사는 수석부장을 마주보며 다시 마이크를 들었다.

"네. 강자에게 강하고, 약자에게 약한 법원이 되면 됩니다."

그러고는 박 판사는 자리에 앉았다. 좌중은 웅성거렸다. 박 판사의 말을 되뇌어보며 고개를 끄덕이는 이도 있었고, 어이없다는 듯 박 판사를 쳐다보는 이도 있었다. 한 부장은 아무 말도 없이 눈을 지그시 감고 있었다. 수석부장은 나지막이 말했다.

"강자에게 강하고 약자에게 약한 법원. 그렇군요."

그러고는 혼잣말처럼 조용히 덧붙였다.

"그런데 무엇이 강한 것이고 무엇이 약한 것이죠?"

박 판사 발언을 마지막으로 세미나는 마무리되었다.

박 판사가 주심으로 배정된 첫 형사 사건은 준강간 사건이었다. 오십대의 유명 사립대학 교수가 대학원생 여제자인 피해자와 식사를 하면서 함께 술을 마셨는데, 피해자가 몸을 가누지 못할 만큼 만취하자 부축하여 인근 여관으로 데려간 후, 술에 취해 항거 불능 상태에 있는 그녀를 상대로 성행위를 하여 준강간했다는 공소사실이다. 이런 행위는 폭행이나 협박에 의한 강간은 아니지만 준강간죄에 해당돼 강간죄와 같이 처벌한다. 전국 방방곡곡의 나이트클럽, 술집에는 만취하여 제정신이 아닌 여성들을 어째 보려는, 그러면서도 자신이 강간범이라는 사실조차 알지 못하는 사내들이 우글우글하다.

교수는 세진대 재단 이사장의 장남이다. 피고인이 범행을 극력 부인하고 있는 상황에서 영장전담판사는 구속영장 신청을 기각했고, 교수는 불구속 기소되었다. 영장 기각 후 학생들이 학내에서 항의 시위를 벌였고, 신문에는 유전무죄 무전유죄 제목의 비판 기사가 연이어 실렸던 사건이다.

공판기일, 방청석에는 학생들과 여성단체 사람들이 가득했다. 대형 로펌 변호사들이 포진한 변호인석에 비해 젊은 공판 검사 한 명이 자리를 지키는 검사석은 초라해 보였다. 피고인은 당시 여관에서 성관계를 맺은 것은 사실이지만, 서로 합의하에 이루어진 일이라고 주장하고 있었다.

변호인은 증인으로 출석한 피해자에게 물었다.

"일식집 방에서 두 사람이 식사할 때, 증인은 피고인에게 '교수님은 학문적으로도 뛰어나시지만 남자로서도 매력 만점이세요'라고 말하는 등 여러 번 이성으로서의 호감을 표시하였다는데 사실인가요?"

방청석에서 야유가 쏟아져서 법원 경위가 수차 정숙을 외쳐야 했다. 방청객들은 연신 땀을 뻘뻘 흘리며 손수건을 꺼내 얼굴을 닦고 있는 비대한 몸집의 오십대 교수와 고개를 숙인 채 입술을 깨물고 있는 가냘픈 이십대 여제자를 번갈아 쳐다보며 어처구니없다는 표정을 짓고 있었다.

변호인은 무표정하게 다시 물었다.

"외모에 대한 취향은 각자 다르겠지만, 증인이 유학 가고 싶어하는 학교에 추천서를 써줄 수 있고, 장차 모교의 교수로 임용해줄 수도 있는 힘이란 꽤 매력적이지 않나요?"

법정은 발칵 뒤집어졌다. 항의와 야유가 쏟아졌다. 자리에서 벌떡 일어나 변호인을 향해 삿대질을 하는 이도 있었다. 한 부장은 장내를 정리하고 변호인에게 주의를 주었다.

변호인은 다시 질문했다.

"왜 다음날 곧바로 신고하지 않고 일주일이나 지난 후에 신고하셨지요?"

"……너무나 수치스러워서 용기가 나지 않았어요. 이후 일이 무서웠고요."

"당시 두 사람이 함께 여관에 들어가는 장면을 증인의 과 동기 여학생이 우연히 보고는 며칠 후 학과 내에 소문을 냈다지요?"

"네."

"같은 학교에 다니고 있는 증인의 남자친구도 이 소문을 듣게 되었고요."

"……네."

"그 직후에 신고하셨지요. 여러모로 곤란해진 증인의 입장이 신고에 큰 영향을 미친 것 같은데 아닌가요?"

장내는 다시 시끄러워졌다. 여관에 들어가는 장면을 봤다는 여학생과 여관 종업원에 대한 증인 신문을 위해 공판은 속행되었다.

다음날 점심시간, 구내식당 메뉴는 된장국에 꽁치구이였다. 박 판사는 열변을 토하느라 아직 밥그릇 뚜껑도 열지 않았다.

"어제 그 변호사를 보니 강자의 논리가 뭔지 잘 알겠더라고요. 여자는 강력한 힘을 가진 우두머리 수컷에게 꼬리치는 게 당연하고, 그러다가도 원래 주인인 남자에게 들키면 살려고 배신하는 존재다. 그런 게 약자의 생존 방법이다. 이런 생각이 깔려 있는 것 아닐까요? 하긴 교수인 것만으로도 대학원생에게는 생사여탈권을 쥔 존재인데, 재단 이사장 아들이라니 그냥 강자가 아니라 거의 신이네요. 사실 우리 국민들이 바라는 이상적인 법관이란 그저 왕족이든 고관대작이든 잘못하면 가차없이 작두로 목을 썽둥썽둥 자르는 포청천 아닐까요. 미국 연방대법원이 어떻고 독일 제도가 어떻고 밤낮 복잡하게 연구하는 거, 다 헛짓하는 거 아닐까요."

묵묵히 숟가락을 입으로 가져가던 한 부장은 불쑥 입을 열었다.

"아흔아홉 명의 도둑을 놓치더라도 한 명의 억울한 사람을 만들면 안 된다는 말, 사람들이 흔히들 하던데 난 그 말 들을 때마다 궁금한 게 있어."

임 판사와 박 판사는 한 부장을 쳐다보았다.

"사실 그 말은 원래 영국의 18세기 법학자 블랙스톤 경이 한 '열 명의 범인을 놓치더라도 한 명의 무고한 죄인을 만들면 안 된다'는 법언인데, 왜 사람들 입과 입을 떠돌면서 아흔아홉 명으로 대폭 늘어났을까? 그리고 도둑으로 죄명도 특정되고 말이야."

무슨 엉뚱한 소리냐는 듯 멀뚱멀뚱 쳐다보는 두 판사는 아랑곳 않고 한 부장의 말은 이어졌다.

"내 추론은 이래. 우선 '열 사람이 지켜도 도둑 한 명 막지 못한다'는 속담 영향으로 도둑이 들어오고, 『알리바바와 40인의 도둑』영향으로 도둑 숫자가 대폭 증원되기 시작해서 화끈하게 아흔아홉 명까지 늘어난 것 아닌가 하는 거지."

한 부장은 싱긋 웃고는 다시 말을 이었다.

"왜 하필 '도둑'일까에 대해 더 생각해볼 필요가 있어. 도둑이란 사람들이 생각하는 가장 흔한 범죄이면서, 아주 치명적인 피해까지는 주지 않는, 때에 따라서는 불쌍하기까지 한 경우도 있는 범죄지. 놓치더라도 받아들이기 그나마 좀 쉬운 범죄란 말이야. 만약 앞부분이 '아흔아홉 명의 연쇄살인범을 놓치더라도' '아흔아홉 명의 소아강간범을 놓치더라도' '아흔아홉 명의 회사 돈 빼돌리는 재벌을 놓치더라도'라면 사람들이 그 전제를 쉽게 받아들일 수 있을까? 사람들이 받아들이지 못한다면, 이런 경우에는 '대의를 위해 작은 희생은 어쩔 수 없다'로 원칙이 수정되어야 하나?"

어느새 한 부장의 시선은 박 판사에게 향해 있었다. "박 판사, 강자와 약자에 대해 얘기했었지. 내가 재판한 사건 중에는 가난한 환경운동가가 피고인인 경우가 있었어. 그 사람은 토목공사 현장에서 오수를 함부로 흘려보내 주변 환경을 오

염시키고 있다면서 건설업체를 찾아가 항의했었어. 그러고
는 자기가 발행하는 지역 환경 신문에 광고를 내라고 요구했
어. 응하지 않으면 시리즈 기사를 쓸 것을 암시하면서. 이 경
우 누가 강자고 누가 약자지? 어떤 영세주거지역 재개발 사
건에서는 재개발지구 한가운데 위치한 열 가구가 시세의 열
배 보상금을 요구하며 몇 년을 법정 투쟁하는 사이 자금 부담
으로 시행사가 부도나고 수천 가구가 집 없이 떠도는 신세가
되었어. 자, 이런 경우는 누가 강자고 누가 약자지?"

"부장님, 그건 강자 약자의 문제가 아니잖아요. 제가 말씀
드린 건 돈과 권력을 가진 자는 관대하게 처벌받고 가난하고
힘없는 자는 그렇지 못하다는 국민들의 분노라는 거, 잘 아시
잖아요."

"그래? 그럼 이렇게 물어보지. 사회는 사실 불평등하지.
그것도 구조적으로 불평등해. 그런데 그 불평등한 구조는 범
죄가 이루어지는 과정에도 그대로 반영돼. 돈과 권력을 가진
자는 실제로 자기 손을 더럽힐 필요가 없어. 보스 대신 기꺼
이 손을 더럽힐 머리 좋은 참모와 충성스러운 행동대원이 줄
을 서 있거든. 보스는 그저 부하들의 제안에 대해 '법의 테두
리 내에서 적절히 하라'고 하면 족해. 말리는 척하기도 하지.

부하들은 법정에서 다 자기들이 알아서 한 과잉충성이고 보스는 아무것도 모르신다고 목 놓아 외쳐대지. 수사기관에서 일부 자백한 것도 법정에 오면 줄줄이 번복되고, 공판중심주의는 수사기관 자백이 아니라 법정에서의 진술로 유죄를 밝힐 것을 요구하지. 이런 상황에서 판사는 무얼 할 수 있지? 강자에게는 유죄추정의 원칙을 적용해야 할까?"

"그, 그건 아니지만, 최선을 다해서 진실을 밝혀야죠. 형사재판부는 실체적 진실 발견을 위해 노력할 책임이 있잖아요. 그리고 부장님도 잘 아시다시피, 판례가 범행을 공모하는 것에만 참여하고 범죄 실행을 담당하지 않은 사람도 함께 형사책임을 지도록 하는 공모공동정범을 인정하는 것처럼, 그런 불평등한 구조에 법적으로 대응할 방법을 찾아야죠."

"때로는 보스는 진짜로 전혀 알지 못하는 경우도 있지. 알 필요조차 없이 부하들이 다 알아서 하고 책임도 지도록 구조를 만들어놓아서. 이익은 보스에게 귀속되지만 말이야. 이 경우 보스에게 형사 책임을 지울 수 있을까?"

"쉽지는 않지만 포괄적인 공모는 없었는지, 그리고 확정적인 것은 아니더라도 미필적 고의라도 인정되지는 않는지 꼼꼼히 따져봐야죠. 그리고 그렇게 힘들게 유죄가 입증된 사건에서 어이없이 관대한 양형을 해서는 안 되고요."

"양형, 물론 중요하지. 그럼 다시 물어볼게. 1억을 사기 치거나 횡령한 사람이 피해액을 모두 갚으면 보통 집행유예를 해주지. 그런데 횡령, 배임 액수가 백억인 재벌이 피해액을 모두 갚으면? 그리고 심리해본 결과 액면상 피해액은 백억이지만 자기 개인 호주머니로 들어간 돈은 거의 없고 상황이 어려운 계열사 지원 등 장부상 오간 돈이 대부분이라면? 그나마도 대부분 변제했고. 그래도 백억이니까 징역 백 년 해야 정의로운 판결인가?"

"부장님! 그건 너무 한쪽 면만 말씀하시는 거예요. 경영자의 자의적 판단으로 그룹 전체가 부실화돼서 근로자들과 사회에 큰 피해를 낳을 위험성도 고려해야죠."

거의 언쟁이 되어가는 상황을 임 판사가 겨우 말렸다. 박 판사는 판사실로 돌아와서도 계속 씩씩거렸다.

"부장님은 궤변을 늘어놓고 계셔요. 우리 책임은 그런 모든 어려움에도 불구하고 정의를 세우기 위해 노력하는 것 아니에요?"

재판부 내에 냉랭한 분위기가 감도는 사이, 준강간 사건 다음 공판기일은 다가오고 있었다.

메멘토 모리

변호인석에 첫 기일에는 보이지 않았던 얼굴이 눈에 띄었다. 백발의 노老변호사였다. 로펌의 고문이자, 전직 대법관이다. 임바른 판사는 살짝 놀랐다. 법정에 직접 출석하는 일은 거의 없는 변호사이기 때문이다. 짚이는 것이 있어 기억을 더듬어보니 노변호사는 세진대학 출신 법조인 중 대표 격인 인물이다.

먼저 실시된 여관 종업원에 대한 증인 신문은 큰 소득 없이 끝났다. 돈 받고 방 키를 내주었을 뿐 피해자 모습은 제대로 못 봤다는 진술로 일관했기 때문이다. 검사가 경찰에서 진술

할 때는 여자가 고개를 푹 숙이고 남자에게 안기다시피 하여 비틀거리며 가더라고 진술하지 않았느냐고 추궁했다. 종업원은 천연덕스럽게 대답했다.

"에유, 밤에 한잔하고 여관 들어오는 커플 열 중 아홉은 그런 모습이에요. 경찰에서 한 얘기는 그만큼 별 특별할 것 없었다는 소리죠. 완전 뻗은 여자를 남자가 업고 가거나 질질 끌고 갔으면 제가 유심히 봤겠죠. 그날 본 커플은 여자가 좀 비틀거리긴 해도 제 발로 걷는 것 같던데요?"

다음으로 피고인과 피해자가 여관에 들어가는 모습을 목격했다는 피해자의 대학원 동기 여학생이 증인석에 앉았다. 여학생의 증언은 조금 달랐다. 피고인이 피해자를 부축하다시피 하여 끌고 가고 있었고 피해자는 머리를 피고인의 어깨에 기댄 채 힘이 하나도 없이 축 늘어져 있었다는 것이다. 변호인이 반대신문에 나섰다. 지난번에 피해자에게 공격적인 질문을 던지던 젊은 변호사다.

"증인은 학부 시절 학생운동에 적극적으로 참가했었지요?"

"네? 그게 이 사건이랑 무슨 상관이죠?"

"상관있어서 여쭤보는 것이니 답변해주시죠."

"네. 그랬었어요."

"증인은 당시 학교 재단에 비리가 있다고 주장하는 집회에 지속적으로 참여하였지요?"

"네."

"당시 재단 비리를 주장하다가 해고된 교수의 복직 투쟁에도 앞장선 바 있지요?"

"……네."

"재단 이사장 장남인 피고인에 대해 평소 그리 좋은 감정을 갖고 있지는 않을 듯한데, 어떤가요?"

"변호사님! 무슨 말씀을 하고 싶은 거죠? 제가 누굴 모함이라도 한다는 말씀인가요? 변호사라고 아무 말이나 해도 되는 건가요?"

"아무 말이나 할 여유는 없지요. 저는 피고인의 변호인으로서 증언의 신빙성에 대해 합리적 의심을 제기할 만한 말을 하기에도 시간이 모자랍니다."

시니컬한 말투에 옆자리에 앉은 노변호사가 눈살을 찌푸리고 젊은 변호사를 쳐다보았다. 눈초리를 느낀 젊은 변호사는 헛기침을 하며 자세를 바로 했다.

"증인께 다시 묻습니다. 아까 말씀하신 대로 피해자가 늘어진 채 피고인에게 끌려서 여관에 들어가는 상황이었다면 피해자의 신상에 위험이 있을 것을 걱정하는 게 당연하지 않나요? 동기 여학생이 위험에 처해 있는 상황에서 무얼 하셨죠? 보고만 있은 후, 며칠 지나서 친구에게 두 사람이 술 먹고 여관에 들어가는 걸 봤다고 얘기한 게 전부지요? 그 결과 학교에 소문이 다 났고 말이죠."

증인은 고개를 숙이고 입술을 깨물었다.

"그건 제가 잘못한 거예요…… 그때 도와줬어야 하는데."

"증인은 최소한 당시 뭔가 위험한 일이 벌어지고 있다고 판단하지는 않은 것 같은데 아닌가요?"

"……"

"답이 없으시군요. 증인은 피고인과 피해자가 함께 여관에 들어가는 상황에 대해 당시 전혀 다르게 해석하신 것 아닌가요? 증인은 평소 피해자에게도 그다지 좋은 감정을 갖고 있지는 않았다면서요. 실력도 없으면서 얼굴 하나 믿고 교수에게 아양 떨어서 유학 가려는 꼴이 역겹다, 난 어차피 학부 때 찍힌 몸이라 이 학교에서는 희망 없다. 증인이 동기 여학생들에게 이런 말을 한 적 있다던데 아닌가요?"

"……"

"정의감 투철한 증인이 당시 가만있었던 것은, 피고인과 피해자가 합의하에 여관에 들어가는 일도 얼마든지 있을 수 있는 일이라고 판단했기 때문 아닌가요?"

"그, 그건 아니에요. 그게 아니라……"

변호사는 유능했다. 증인은 이미 패닉에 빠져 횡설수설할 뿐이었다.

추가 증인이 한 명 있었다. 변호인 측이 신청한 증인으로, 일식집 여종업원이다. 그녀가 묘사한 식사 자리의 모습은 화기애애했다. 웃음소리가 끊이지 않았고, 피고인이 호탕하게 계속 건배를 외치면 피해자는 단숨에 잔을 비우곤 했다는 것이다. 방에 들어가보니 거나하게 취한 피고인이 폭탄주를 만들어 러브샷을 하자고 소리치자 여학생은 망설이지 않고 피고인의 팔에 자기 팔을 걸더라고도 했다. 나중에 피고인이 식사비를 계산하는 동안 여학생은 취기가 오르는지 빈 의자에 잠시 앉아 있었지만 피고인이 다가오자 일어나 함께 가게를 나갔다고 했다.

주의 깊게 듣던 박차오름 판사는 증언이 끝나고 증인이 자리에서 일어서려고 하자 한세상 부장에게 뭐라고 나직이 속삭였다. 한 부장은 고개를 끄덕인 후 말했다.

"주심판사가 증인에게 추가로 몇 가지 묻겠습니다. 증인은 자리에 앉으세요."

증인은 놀라 판사석을 쳐다보았다가 얼른 고개를 숙인 채 자리에 앉았다. 박 판사가 입을 열었다.

"증인, 증언하실 때 대답을 마친 후 무심코 고개를 돌려 방청석을 쳐다보시던데 누구를 보신 건가요?"

"네? 무슨 말씀이신지……"

"정확하게 세 번 그러시더군요. 누구를 보신 거죠?"

"아니, 저는 그런 기억이……"

박 판사는 방청석을 쳐다보며 말했다.

"증인과 함께 오신 분이 어느 분이죠? 끝줄에 앉으신 양복 입으신 분, 증인이 그쪽을 쳐다보는 것 같던데 증인과 어떤 관계시지요?"

중년 남성이 쭈뼛거리며 일어섰다. 그는 증인이 일하는 일식집 주인이었다. 박 판사는 다시 증인에게 물었다.

"증인, 사장님이 이 재판과 관련해서 뭐라고 얘기한 적 없나요?"

"에구, 사장님은 가게에 잘 나오지도 않으셔요."

"그건 제 질문에 대한 대답이 아니네요. 사장님이 재판 출석 전에 뭐라고 하신 적 없나요?"

"전 법원에 왔다갔다하는 것 자체가 싫은 사람이에요. 여기가 뭐 좋은 데라고."

박 판사는 전에 본 책을 떠올렸다. 전직 CIA 수사관이 심문 경험을 토대로 쓴 책인데, 인간은 숨기고 싶은 부분에 대해 직설적인 질문을 받으면 단순명쾌한 부정 대신 자기는 그런 사람이 아니라는 등 간접적인 변명으로 자기방어부터 하는 경우가 많다는 것이다. 반면 실제로 그런 일이 없는 경우에는 대체로 망설이지 않고 명쾌하게 부인한다.

박 판사의 날카로운 질문이 이어지자 결국 증인이 입을 열었다.

"그냥 이런 말씀은 하셨어요. 교수님이야 신사 중의 신사이신데 왜 이런 일이 생겼을까."

"사장님이 피고인을 잘 아시나보죠?"

"워낙 단골이시니까요. 이 대학 근처에서 저희 집이 제일 고급 식당이라 자주 오세요."

"큰 손님이군요. 게다가 대학 재단 후계자이기도 하고. 혹시 피고인 쪽에서 누가 찾아오지는 않았나요?"

"……"

박 판사가 재차 물으려는 순간, 변호인이 자리에서 일어섰다.

"피고인의 부인이 식당을 찾아간 일은 있습니다만, 그건 증인이 한사코 출석하지 않으려 한다고 하기에 출석을 부탁하러 간 것뿐입니다. 증언 내용에 대해 불법적인 청탁을 한 일은 없습니다."

"변호인, 지금 증인에게 묻고 있습니다!"

박 판사의 날카로운 음성에 변호인은 얼른 자리에 앉았다. 증인이 입을 열었다.

"변호사님 말씀이 맞아요. 제가 무서워서 나가기 싫다는데 그때 식사 자리 분위기에 대해 있는 그대로만 얘기해달라고 몇 번이나 말씀하셨어요. 사장님도 그러시고."

"증인, 있는 그대로 얘기한 것 정말 맞나요? 그럼 왜 그리 한사코 나오지 않으려 하셨죠? 아까 선서한 내용 기억하죠? 법정에서 거짓말하면 위증죄로 처벌받습니다. 혹시 사실과 다르게 말한 부분이 있더라도 증언을 마치기 전에 바로잡으면 처벌받지 않아요."

뚫어져라 쳐다보는 박 판사의 시선을 견디지 못하고 증인은 고개를 숙였다.

"전 진짜 거짓말한 거는 없어요. 아까 드린 말씀은 다 사실이에요. 단지……"

"단지 뭐죠?"

"그냥 묻지 않으셔서 말씀 안 드린 게 하나 있는데요."

"말씀하세요."

"식사들 하실 때, 제가 소변이 마려워서 화장실에 갔었는데, 여학생이 화장실 바닥에 주저앉아 있더라고요. 토했었나 봐요. 제가 놀라서 흔들어 깨우니까 눈을 뜨고는 다시 방으로 들어가더라고요. 괜찮은가 걱정했는데, 나갈 때 보니 또 괜찮은 것 같기도 해서……"

그 외에 새로운 증언은 없었다. 피고인은 최후 진술 때 종전 주장을 되풀이했다. 자기도 취하고 피해자도 취했던 것은 사실이지만 정신을 잃을 만큼 만취한 건 아니었다, 술이 오르자 부끄럽지만 남자의 본능 때문에 흑심을 품게 된 것은 인정한다, 뭔가를 기대하고 술을 자꾸 권하고 여관 쪽으로 이끈 것도 인정한다, 하지만 절대로 필름이 끊긴 상태의 피해자를 끌고 간 것은 아니다, 취하기는 했지만 피해자도 못 이기는 척 자기가 이끄는 대로 따라오는 상황이었다. 한 부장은 선고 기일을 지정하고 재판을 마쳤다.

일주일 후, 피고인 측은 피해자를 위해 3000만 원을 공탁했다는 서면을 제출했다. 비록 준강간죄를 인정하는 것은 아니지만, 교수로서 취한 학생을 고이 귀가시키지 않고 부적절한 관계를 맺은 것은 맞으므로 도의적인 책임을 느껴서 공탁한 것이라고 쓰여 있었다. 박 판사는 분개하여 사실상 범행을 자백하는 것 아니냐고 말했지만 한 부장은 고개를 저었다. 한 부장은 몇 번이나 의문점을 제기하면서 기록을 구석구석까지 재검토하자며 최종 결론을 내지 못하고 있었다.

지친 박 판사는 임 판사에게 말했다.

"임 판사님, 좀 이상하지 않아요? 이런 생각, 하면 안 되지만, 저 자꾸 엉뚱한 생각이 들어요. 예전 판결문 검색해보니 그날 들어온 노변호사님, 우리 부장님 초임 배석일 때 함께 일한 재판장이셨더라고요."

"박 판사, 무슨 그런 소릴 해요? 우리 부장님이 그럴 분은 아니잖아요?"

"네. 저도 그냥 답답해서요."

선고를 사흘 앞두고 결국 한 부장도 마음을 정했다.

선고기일, 피고인은 창백한 표정으로 자리에서 일어서 있었고, 방청석에는 피해자와 그녀의 남자친구가 나란히 앉아 있었다. 길고 긴 설명 끝에, 한 부장의 한마디가 떨어졌다.

"이상과 같은 이유로, 피고인을 징역 4년에 처한다. 실형을 선고하므로, 피고인을 법정 구속합니다. 피고인, 구속 사실을 누구에게 통지하면 될지 말씀하세⋯⋯"

그 순간, 피고인은 나무토막처럼 쿵 소리를 내며 자리에 쓰러졌다. 당황한 교도관들이 달려와 다친 곳이 없는지 살펴보고 정신을 차리게 한 후 데리고 나갔다. 피해자는 무표정하게 이 모든 광경을 지켜보고 있었다.

선고를 마친 후 한 부장은 태연히 다른 재판을 진행했지만, 박 판사는 머리가 복잡해서 재판에 집중할 수 없었다. 피고인이 쓰러지는 모습, 백지장처럼 창백하던 얼굴, 그걸 지켜보는 피해자의 무표정한 모습이 뇌리를 떠나지 않았다. 최선을 다해 검토하여 '합리적 의심'의 여지가 없다고 판단한 사건이지만, '비합리적 의심'이 아무 이유 없이 뭉게뭉게 안개처럼 피어오르는 느낌 때문에 심장이 조여오는 것 같았다.

재판을 모두 마친 후, 판사실로 돌아오던 한 부장은 부장실 앞에서 잠시 멈춰 있더니, 잠시 들어오라며 방문을 열었다. 두 판사를 세워둔 채 자리에 앉은 한 부장은 책상 맨 위 서랍에서 뭔가를 꺼냈다. 두툼한 편지 몇 통이었다. 발신인 주소란에 비뚤비뚤한 글씨로 어느 교도소 주소가 쓰여 있었다. 잠시 침묵하고 있던 한 부장이 불쑥 입을 열었다.

"이 사람은 내게 사형을 선고 받은 피고인이오."

박 판사와 임 판사의 놀란 표정은 아랑곳 않고 한 부장은 독백하듯 말을 이었다.

"세 명의 여성을 잔혹하게 살해한 연쇄살인범으로 기소된 사건이었지. 증거는 완벽하게 갖춰져 있었어. 울부짖는 유족들을 보며 사형을 선고하는 것이 내 의무라고 생각했지."

"……"

"항소심 진행중에 세 명 중 두 명을 살해한 진범이 잡혔어. 결국 한 명만 이 사람의 소행이었지. 내 판결은 파기되었고, 징역 17년이 선고되었어. 이 사람은 해마다 1월 1일이면 내게 편지를 보내오고 있어. 7년째. 정중한 말투로, 언젠가 찾아뵙고 싶다는 인사말로 마무리하지."

임 판사는 문득 '메멘토 모리Memento mori'라는 라틴어 경구를 떠올렸다. '죽음을 기억하라.'

한 부장은 다른 봉투 하나를 꺼내 보였다. "이건 그때 항소심 선고 후 법원장에게 제출했던 사직서야. 극구 만류하면서 반려하시더군. 난 이 사직서와 해마다 날아오는 편지를 내 몸 가장 가까운 곳에 두고 일하고 있어."

한 부장은 박 판사를 응시하며 말했다.

"박 판사, 저번에 얘기한 강자와 약자 얘기, 틀리지 않았어. 박 판사의 생각, 옳아. 딱 한 가지만 빼고 말이야."

박 판사는 멍하니 한 부장을 마주보았다.

"법정에서 가장 강한 자는 어느 누구도 아니고, 바로 판사야. 바로 우리지. 그리고 가장 위험한 자도 우리고. 그걸 잊으면 안 돼."

한 부장은 다시 책상 서랍에 편지를 집어넣고 서랍을 닫았다.

개가 된 것은
너의 자유의지였노라

"내가 누군지 알아? 내가 누군지? 싸가지 없는 놈들."

늦은 밤 지하철, 한적한 객차 안에 존재론적인 질문이 역한 술 냄새와 섞여 퍼져나갔다.

야근으로 지친 임바른 판사의 멍한 머리는 그 질문에 조건 반사적으로 관련 검색어 찾듯 맥락 없는 답변들을 떠올리고 있었다. '내가 누구인지 말할 수 있는 자는 누구인가'부터 '네가 나를 모르는데, 난들 너를 알겠느냐'까지.

맞은편에 앉은 초로의 사내는 세상 모든 것에 대한 꼼꼼한 저주의 말을 세 정거장째 퍼붓고 있다. 그의 견해를 요약하면, 한국 사회는 위에서 아래까지 예외 없이 포유류 식육목 개과 동물들로 채워져 있다. 지친 임 판사는 '모든 크레타인은 거짓말쟁이다'라고 단언하는 크레타인을 떠올리며 '저 주장이 참이라면 한국어로 유창하게 욕을 퍼붓고 있는 자기 자신 역시 영장류가 아니라는 주장이고' 따위의 쓸데없는 생각에 빠져 있었다.

그때, 지하철 문이 열리며 한 젊은 여성이 들어와 자리에 앉았다. 친구들과 한잔했는지 얼굴이 발그레하다. 사내는 잠시 입을 다물고 여성을 위아래로 관찰하더니 레퍼토리를 바꾸었다. 동방예의지국이 어떻고 말세가 어떻고 하며 망국의 선비마냥 통탄의 말을 뱉어내는데, 눈길은 그녀의 미니스커트 밑으로 죽 뻗은 다리를 집요하게 훑어보고 있다.

겁먹은 여성은 못 들은 척, 자는 척하고 있지만 먹잇감을 찾은 사내는 아예 몸을 그녀 쪽으로 돌리고 자기 딸이면 다리몽둥이를 부러뜨린다는 등의 가정법 협박을 시작했다.

일상생활에서는 불개입주의, 평화주의로 일관하는 임 판사지만, 오늘은 왠지 참기가 힘들어서 한마디했다.

"아저씨, 그만 좀 하시죠."

질릴 정도로 예측 가능한 답이 즉각적으로 돌아왔다. 너 몇

살이냐. 어디서 어린놈이 싸가지 없이……

임 판사는 대학 신입생 환영회 때의 기억을 떠올릴 수밖에 없었다. 선배들은 긴장한 신입생들에게 짬뽕 그릇에 소주를 가득 부어 원샷 할 것을 요구했고, 신입생들은 차례로 입가에 술을 흘리며 시체처럼 널브러졌다. 집안 내력으로 술을 못하는 임 판사는 집행 순서를 기다리는 사형수가 된 기분이었지만, 자신의 알코올 분해 능력에 관한 변론을 하는 것이 구차하게 느껴졌다.

"마시기 싫습니다. 왜 마셔야 하죠?"

욱하는 심정으로 내뱉은 한마디는 무수한 '싸가지 없는 새끼'라는 메아리가 되어 돌아왔다. 임 판사는 가끔 세상에 존재하지 않는다는 '싸가지'라는 신비의 동물들이 모여 사는 나라에 가보고 싶다는 생각을 하곤 했다.

"약주 하셨다고 남에게 민폐 끼칠 권리가 생기는 건 아닙니다. 나이 어리다고 참아야 할 의무가 있는 것도 아니고요."

어차피 없다는 싸가지, 임 판사의 말투도 날카로워지고 있었다. 원시 시대로부터 진화된 인간의 생존 본능은 만취 상태에서도 작동한다. 사내의 시선은 여자의 허벅지를 떠나 임 판사의 얼굴과 몸집으로 향했다. 상대가 아무리 '어린놈'이더라도 위협적인 체구였다면 헛기침이나 하면서 자는 척했을 사내는, 상대가 책벌레 백면서생류에 속한다는 것을 삽시간에 파악하고는 비비원숭이처럼 공격적인 신호를 보내며 다가와 멱살을 잡으려 들었다.

……결국 한밤의 소동은 다음 역에서 지하철 경찰대가 출동해서야 마무리되었다. 경찰 제복 역시 위협적인 신호에 해당하지 않는지 사내의 고성과 몸부림은 멈추지 않았다. 오늘 밤 경찰서는 꽤나 시끄러울 듯하다. 단추가 떨어져나간 앞섶을 추스르며 돌아서던 임 판사는 구두에 느껴지는 물컹한 느낌에 진저리를 치며 뒤로 물러섰다. 누군가 역 구내에 술자리 안주의 흔적들을 철퍼덕 펼쳐놓았다. 임 판사는 지긋지긋하다는 생각을 하며 신경질적으로 바닥에 구두를 문질러 닦았다. 공들여 닦은 구두에 묻은 토사물은 마치 청결하고 안전한 문명 세계에 침입한 바이러스 같았다. 이 순간 임 판사가 느끼는 감정 역시 원시 시대로부터 진화되어온 것이다. 혐오감.

다음날 판사실, 임 판사는 읽던 신문을 신경질적으로 휙휙 접어 탁자에 내려놓았다. '국민에게 송구하다'는 굵은 글씨 밑에 유명 정치인이 고개를 숙이고 있는 사진이 있다. 기자들과의 술자리에서 손녀뻘인 여기자에게 성희롱과 폭언을 했다는 내용인데, '취중의 실수'라는 말이 두 번 반복되고 있다.

신문 읽기 전까지 사건 기록을 검토하고 있었는데, 오늘 오전에만 음주로 인한 심신미약 감경 주장이 세 건째다. 술에 취해서 제정신이 아니었으니 형을 감해 달라는 것이다. 여관으로 커피 배달을 시킨 후 다방 종업원을 성폭행한 트럭기사도, 사소한 말다툼 끝에 건설 현장 동료 노동자의 배에 식칼을 꽂은 사람도, 심지어 음주운전하다가 사고를 낸 후 도망간 의대생도 음주로 인한 심신미약 감경 주장을 하고 있었다. 어젯밤 임 판사가 취객에게 평소와 달리 예민하게 반응한 데에는 요즘 형사재판을 맡은 후 매일 검토하고 있는 내용들의 영향도 있는지 모르겠다.

4번 타자처럼 네번째 사건이 등장했다. 전과 26범의 70세 노인이다. 범죄경력조회서에 온통 폭력행위등처벌에관한법률위반, 공갈, 협박, 폭행이 가득했다. 죄명은 무시무시한데, 첨부된 자료에 적힌 사건 내용은 기대에 부응하지 못했다. 동네 담뱃가게에서 담배 집어가다가 말리는 할머니에게 쌍욕, 동네 식당에서 라면에 소주 먹고는 돈 없다며 탁자 뒤집어엎고 행패, 대낮 아파트 놀이터 벤치에서 술 마시다가 항의하는 아이 엄마 **뺨** 때리기, 영업하는 포장마차 앞에서 기겁한 여주인이 푼돈 쥐여줄 때까지 바지 내리고 소변 보기……

선고된 형량들은 숫자에 불과하지만, 읽다보면 그걸 선고한 판사들의 표정 같은 것이 느껴진다. 피해가 소소하니 도리 없지, 라는 느낌의 벌금 30만 원에서 시작해서 벌금액이 차례로 올라가다가 '더이상 못 참겠어!'라는 듯이 집행유예. 하지만 유예 기간 중에 재범하면 실형을 선고하겠다는 엄중한 경고인 집행유예는 어젯밤 출동한 지하철 경찰의 제복처럼 실제론 그다지 위협적인 신호가 아니었나보다. 집행유예 기간 중에도 어김없이 똑같은 죄명이 튀어나온다.

그런데, 엄중하게 경고했던 실형이 아니라, 또 벌금이다. 집행유예 기간 중에는 다시 집행유예를 선고할 수 없고, 실형 아니면 벌금을 선고해야 하는데, 실형을 선고하면 앞에 유예했던 징역형까지 되살아나므로 두 배의 실형을 복역하게 되는 셈이다. 물론, 집행유예로 기회를 주었는데도 이를 걷어찬 피고인의 잘못이지만, 뒤에 범한 범죄 자체만 떼어놓고 보면 그다지 무거운 것은 아니라서 차마 실형을 선고하여 앞의 집행유예까지 실효되도록 하지 못한 것이다. 다만 벌금의 액수는 비교적 컸다. 이 숫자 뒤에는 그걸 선고한 판사의 한숨 같은 것이 느껴졌다. 소소한 동네 말썽꾼인 노인네를 길게 징역 보내는 건 망설여지고, 어차피 벌금도 못 내서 벌금 대신 노역장에 유치되어 몸으로 때울 것이 뻔하니 석 달 정도 실형을 보낸다는 맘으로 벌금액을 정했을 것이다.

임 판사는 쓴웃음을 지었다. 숫자 뒤에서 판사들의 표정을 엿보며 굳이 이해하려 하는 것도 어차피 밖으로는 굽지 않는 동업자의 팔 같은 거다. 동업자조차 솔직히 답답해지는데 이런 범죄경력조회서로 국민들을 어떻게 설득한단 말인가.

집행유예가 세 번 반복되고 난 후에야 판사들의 인내심이 고갈된 모양이다. 징역 4월의 첫 실형 이후 숫자는 사채 원리금 늘어나듯 불어나서 징역 10월까지 늘어났다. 하지만 교도소의 교정 행정은 노인을 전혀 '교정'하지 못한 것 같다. 출소 후 석 달도 안 되어 이번에는 처음 등장하는 죄명으로 법정에 돌아왔다. 형법 제337조 강도상해. 무기징역 또는 7년 이상의 징역에 처하는 중죄다. 그런데 범행 내용은 죄명에서 상상되는 그림과는 조금 다르다.

노인은 전에도 수시로 무전취식을 일삼던 만만한 동네 식당에 들어가 막무가내로 소주를 시켜 세 병째 마시다가 여주인이 잠시 화장실에 간 사이 소주를 아예 박스째로 들고 나가려 했다. 그 모습을 본 여주인이 놀라서 붙잡으려 하자 노인은 손에 잡히는 소주병으로 여주인의 머리를 내려친 것이다. 단순 절도범이라도 체포를 면하기 위해 사람을 폭행하는 순간 형법 제335조의 준강도로 신분이 바뀐다. 그 폭행으로 사람이 다치면 처음부터 칼 들고 들어가 돈을 뺏으려다가 사람을 다치게 한 강도와 마찬가지로 형법 제337조의 강도상해죄가 성립하는 것이다. 다행히도 제대로 맞지는 않았는지 여주인의 상처는 깊지 않았지만, 노인은 이번에는 제대로 위험천만한 짓을 저지른 것이다.

하루종일 술 냄새가 풍기는 것 같은 사건 기록과 씨름을 했는데, 야근할 때만 되면 귀신같이 찾아오는 옆방 정 판사는 법원 앞 단골 카페에 가서 맥주 한잔만 하자고 졸라댔다. 박차오름 판사도 맞장구치는 바람에 따라나섰지만 임 판사의 머릿속은 여전히 사건 검토 모드다. 푸념하듯 두 판사에게 노인의 범죄 히스토리를 죽 설명하고는, 불만스러운 표정으로 내뱉었다.

"도대체 부장님이 이해가 안 돼. 실형이야 피할 수 없지만 형량이 너무 무겁게 될 테니 작량감경(정상을 참작하여 하는 감경)도 하고 음주로 인한 심신미약 감경도 하자시는 거야. 다행히 상처는 깊지 않아서 전치 3주 진단 정도지만, 그건 우연한 결과일 뿐이고 사람 머리를 병으로 내리친 사건 아냐? 일생 술 먹고 상습적으로 동네 사람들을 괴롭힌 사람인데, 술을 먹었다는 이유로 가중처벌은 못할망정 감경이라니 그걸 누가 납득하겠어?"

박 판사가 입을 열었다.

"그렇긴 해도, 경찰 수사 방법도 마음에 안 들어요. 제 주심 사건 중에도 이른바 '주폭' 사건이 여러 건 있는데, 어떤 건은 사소한 경범죄로 입건된 사람의 1년 전, 2년 전 행동까지 묶어서 사건을 키워놓았더라고요. 경찰이 동네 상인들에게 사진을 보여주며 이 사람에게 피해 입은 기억 없냐고 일일이 물어보고 다녔더군요. 경찰서 별로 실적 경쟁을 벌이는 것 같아요. 게다가 잡혀온 사람은 모두 이 사회 밑바닥의 취약 계층 사람들이라고요."

임 판사의 말투는 까칠했다.

"또 그놈의 사회적 약자 타령? 자기가 힘들면 남에게 합법적으로 피해 끼칠 권리라도 부여되는 건가요? 그건 응석 아닌가요? 우리 사회는 술 먹은 사람들의 응석에 너무나도 관대해요. 좋은 사람인데 술 때문에 실수했다, 사회가 팍팍하니 술에라도 의지해서 견디는 거다. 그런데, 모든 사람이 술 먹고 남에게 폭력을 행사하는 건 아니잖아요. 거의 대부분 남성, 그중에서도 소수의 사람들이 반복적으로 그러죠. 알량하지만 남자라는 권력, 나이 먹었다는 권력을 면허증 삼아 술을 핑계로 세 살 먹은 애처럼 떼쓰고 행패 부리는 거라고요. 그런 미성숙한 저지레를 왜 사회가 오냐오냐 받아줘야 하는 거죠?"

"이야, 임 판사, 금주령이라도 내릴 기세인데? 알 카포네가 밀주하던 시대가 도래하는 건가?"

정 판사가 끼어들었다.

"금주령은 아니 되옵니다! 소녀 굶어 죽습니다."

카페 여사장도 합세했다.

"그렇긴 한데, 아까 그 주정뱅이 노인네 사건은 심하긴 심하네요. 아니 여자 머리를 소주병으로 내리쳤다면서요. 술 먹고 상습적으로 사고 치는 인간을 술 먹었다는 이유로 감경해준다니 그게 무슨 소리예요? 그러니 판사님들이 화성에 사느냐는 소리를 듣지."

"법이 누군가를 처벌하는 것은 기본적으로 정상적인 판단

능력이 있으면서도 자기 의사로 죄를 선택했다는 점을 비난
하는 거예요. 그래서 어린아이, 정신병자나 중증 치매 환자의
행위는 형사처벌 대상으로 삼지 않고 보호처분이나 치료 대
상으로 삼는 거지요. 그래서 심한 음주로 일시적으로 정상적
인 판단 능력이 없거나 약한 상태에서 저지른 행위 역시 법적
으로 달리 취급할 수밖에 없는 거죠. 하지만 이번 사건은 달
라요. '원인에 있어서 자유로운 행위actio libera in causa'거든요."

"네? 그건 또 무슨 외계어예요? 원인이 어떻고 자유가 어
떻다고요?"

"쉽게 말하자면, 술에 취하면 비슷한 사고를 칠 가능성이
높은 것을 뻔히 알면서 술을 먹고 만취하여 결국 사고를 친
경우에는 심신미약 감경을 할 수 없다는 얘기죠. 형법 제10조
3항이 그렇게 정하고 있어요. 나중에 저지른 짓은 정상적인
판단 능력하에서 한 것이라 보기 어렵더라도, 자신을 그런 상
태로 만든 원인 행위 자체는 자유의지로 행한 것이니 책임지
라는 거죠."

"우와, 뭔지 잘 모르겠지만 멋있는 말 같은데요? 자유의지
가 어떻고 책임이 어떻고. 원인에 있어서 자유로운 행위라.
뭐 어쨌든 판사님들은 술 드셔도 샌님같이 얌전한 분들이니

자유롭게 술 더 시키셔도 되잖아요?"

여사장은 능청스레 메뉴판을 펼쳐보였다.

나약함이라는 죄

폭력 전과 26범의 '주폭' 노인은 의외로 왜소해서 죄수복이 헐렁해 보였다. 재판장인 한세상 부장이 한마디할 때마다 죽을 죄를 지었다며 연신 허리를 굽신거리고 있는 이 노인이 동네에서는 공포의 대상이었다니 놀라운 일이다. 한 부장이 피해자와 합의할 시간이 필요한지 묻자, 노인은 가진 것도 없고 밖에서 일을 봐줄 사람도 없어서 합의할 방법이 없다고 답했다. 국선 변호인도 피고인의 어려운 처지를 호소하는 것 외에는 특별한 변론을 하지 못했다.

재판 후 한 부장은 더욱 마음이 약해진 눈치다. 점심식사 때도 노인의 범행이 전형적인 강도상해라기보다는 취한 상태에서 행패 부린 것에 가깝지 않느냐는 말을 꺼냈다. 임 판사는 이런 한 부장의 태도가 불만이었다. 전과 26범인데 도대체 언제까지 관용을 베풀겠다는 건가. 그것 또한 법관의 권한을 남용하는 것 아닌가. 법이 무겁게 처벌하라고 정했으면 무겁게 처벌하는 것이 의무 아닌가. 기록을 넘기는 소리가 거칠어졌다.

기록에 조각조각 나타나는 노인의 삶은 전형적이었다. 형사재판을 담당하는 판사가 보기에 그렇다는 이야기다. 술에 절어 사는 폭력적인 아버지, 남편의 구타를 못 견디고 가출한 어머니, 가난 때문에 일찍 그만둔 학교, 일찍부터 시작된 소소한 폭력 및 절도 전과들, 배운 것도 특별한 기술도 없이 닥치는 대로 전국을 떠돌아다니며 하루 벌어 하루 먹는 식으로 살아온 나날들. 임 판사는 자신이 이런 스토리에 얼마나 무덤덤해졌는지 문득 깨닫고는 흠칫 놀랐다. 불과 몇 년 전 사법연수생 시절, 검찰 시보 때에는 달랐기 때문이다.

오토바이를 훔친 소년을 조사하고 있었다. 소년의 이야기를 들으면 들을수록 가슴이 답답해진 그는 지도 검사에게 가서 구속영장을 청구하지 말자고 주장하면서, 누구의 관심도 받지 못하고 방치되다시피 했던 소년의 어린 시절, 비참한 가난, 일찍 돌아가신 모친과 알코올중독인 부친, 친척들의 외면과 냉대를 열띤 목소리로 한참 이야기했다. 조용히 듣던 검사는 어느 순간 말허리를 자르고는 말했다.

"임 시보, 지금 이야기한 그 모든 이유 때문에 더더욱 걔를 구속해야 하는 거야. 도주 우려 높고 재범의 위험성도 매우 높다는 얘기니까."

임 판사는 그 말에 충격 받던 자신을 떠올렸다. 지금의 그는 그때의 지도 검사와는 다르지만, 그렇다고 그때의 자신과도 같지 않았다.

옆자리에서 자기 주심 사건들을 검토하던 박차오름 판사가 흥분된 어조로 말했다.

"어떻게 이럴 수가 있죠? 어쩌면 이렇게 어이 없이 사람이 죽을 수 있죠?"

초임 판사인 그녀는 아직 익숙해지지 않았나보다. 임 판사는 박 판사가 보던 사건 기록을 넘겨보았다. 아파트 안에 있는 조그만 정자에서 대낮부터 깡소주를 마시던 오십대 남자 세 명이 다툼을 벌였다. 체구가 가장 작은 사내가 만취해서

구토를 하자 나머지 두 사람이 냄새난다며 면박을 주다가 머리를 쥐어박기 시작한 것이다. 체구가 작은 사내가 횡설수설하며 소리를 지르자 덩치 큰 사내는 작은 사내의 머리를 붙잡고 시멘트로 된 정자 바닥에 쿵쿵 소리가 날 정도로 내리찧었다. 작은 사내가 입가에 침을 흘리며 조용해지자 취한 두 사내는 이제야 조용해졌다며 남은 소주를 마저 마시고는 자리를 떴다. 작은 사내는 다음날까지 엎드린 자세로 정자 바닥에 있었지만 누구도 들여다보지 않았다. '도대체 어떤 동네이길래⋯⋯' 하는 생각이 들어 아파트 이름을 다시 보니 낯이 익었다. 전과 26범 노인이 사는 아파트다.

이야기를 들은 박 판사는 갑자기 그 아파트에 한번 가보자고 난리였다. 임 판사는 영 내키지 않았지만, 결국 따라나섰다. 박 판사는 혼자라도 갈 기세였는데, 그녀를 혼자 그 동네에 보내고 싶지는 않았기 때문이다.

버스와 전철을 갈아타며 도착한 동네는 낯설었다. 서울에서 태어나 자랐지만 한 번도 가보지 못한 동네가 훨씬 많다는 걸 뒤늦게 깨닫곤 한다. 한 번도 가보지 못한 곳, 평소 생각조차 안 해본 곳이란 결국 나에게 있어 존재하지 않는 곳이 아닐까. 같은 서울이지만 내게는 존재하지 않는 장소, 평행우주로 들어서는 느낌이었다.

너저분한 쓰레기가 여기저기 눈에 띄는 길을 따라 걸으니 육교가 나왔다. 육교 밑에는 종이박스와 비닐로 얼기설기 몸을 웅크릴 곳을 만들어놓은 노숙인들이 여러 명 누워 있었다. 노숙인과 눈이 마주치자 임 판사는 얼른 고개를 돌렸다. 육교를 건너자 낡디 낡은 아파트가 있었다. 예전에 건설된 영구임대 아파트다. 기초생활수급자, 독거노인, 장애인 들이 주로 거주하고 있다. 낡고 작은 아파트지만, 노숙인들에게는 꿈의 궁전일 것이다. 입주 요건이 까다롭기 때문이다.

아파트에 들어서자마자 눈에 띈 것은 사건 기록에서 봤던 정자였다. 주변 환경과 어울리지 않는 팔각정 모양인데 기와가 다 벗겨져서 흉물스럽다. 정자에는 러닝셔츠 차림의 노인이 우두커니 앉아 있었다. 옆에는 소주병이 나뒹굴고 있고, 얼굴은 벌겋게 달아올라 있다. 확실히 이 정자는 취한 사람이 종일 엎드려 있다고 해도 아무도 이상하게 생각하지 않을 만한 곳이었다. 임 판사는 가슴이 답답하고 머리가 아파오는 걸 느꼈다. 자꾸만 뭔가 퀴퀴한 냄새가 나는 것만 같았다. 사실 임 판사는 냄새의 정체를 알고 있었다. 코가 아니라 머리가 느끼고 있는 그것은, 가난의 냄새였다.

임 판사는 자기가 가난하다고 생각하면서 성장했다. 셋집을 전전하느라 전학생으로 사는 데 익숙했기에 친구 사귀는 것에 서툴렀다. 어차피 언제 헤어질지 모르는데 누군가와 친해지는 건 위험한 일이다. 집에 빚이 왜 있는지는 모르지만 그 존재는 소년을 일찍 철들게 만들었다. 낡은 옷, 낡은 운동화, 모든 낡은 것에 익숙해지도록 스스로를 진화시킨 그가 유일하게 상처를 받은 일이 있다. 중3 때 교실에서 공부를 하고 있는데, 한 친구가 곁에서 물끄러미 보더니 뜬금없이 이런 말을 던진 것이다.

"바른아, 너희 집은 가난하니까 너는 정말 공부 열심히 해야겠다."

녀석의 집에는 친구들이 축구를 하고 놀 수 있을 만한 크기의 잔디밭이 있었다. 임 판사가 그때 상처받은 이유는, 비록 녀석의 말은 철없고 어리석었지만 나름의 진심 어린 걱정이 담겨 있다는 것을 잘 알고 있었기 때문이다. 그 철없는 선의는 진실에 가깝기에 비수가 되었다.

어린 시절, 그는 가난 자체보다 가난을 부끄러워한다는 것을 더 애써 숨기려고 했었다. 그게 더 부끄럽다는 것을 알 만큼은 조숙했기 때문이다. 그런데, 지금 이 동네에 서니 진짜 가난 앞에는 그런 자격지심이나 부끄러움 따위도 한낱 사치일 뿐이라는 것을 알 수 있었다.

단지 내에는 온통 노인들만 눈에 띄었다. 부지런한 박 판사는 어느새 한 할머니에게 말을 붙여서 이것저것 이야기를 나누기 시작했다. 젊은이와 대화하는 것 자체가 오랜만인 듯한 할머니는 신이 나서 이 아파트에 처음 입주했을 때부터의 역사를 늘어놓기 시작했다. 할머니의 이야기에는 점점 한숨이 섞이기 시작했다. 죽음의 역사로 접어들었기 때문이다. 숨진 채 며칠이 지나서 발견된 독거노인, 장애 있는 자식을 두고 투신자살한 노인. 그중에는 늙은 아들이 만취해서 쌈질하고는 벌금 낼 돈이 없어 몸으로 때우러 감옥에 간 사이에 목을 맨 95세의 어머니도 있었다. 그 늙은 아들은 지금도 사고 쳐서 재판 받고 있고 말이다.

두 사람은 무거운 발걸음으로 아파트를 나왔다. 낯익은 상호의 허름한 식당이 눈에 띄었다. 피해자의 식당이다. 안을 들여다보니 머리에 붕대를 감은 작은 몸집의 아주머니가 열심히 그릇을 닦고 있는 것이 보였다. 아무리 닦아도 빛이 날 것 같지는 않은 그릇이었지만. 식당 안에는 노인이 난동을 부린 흔적이 가득했다. 망가진 탁자와 의자들, 깨진 거울.

두 사람을 기자쯤으로 생각했는지 근처 포장마차 아주머니가 깡패 노인네 사건 때문에 왔냐며 말을 걸어왔다. 우동 한 그릇을 시켜놓고 이야기를 들었다. 처음에는 무전취식이나 좀도둑질 정도가 고작이던 노인의 행패는 언제부터인지 점점 심해졌다. 술을 달라, 용돈을 달라 동네 상인들에게 떼를 쓰는데, 말을 듣지 않으면 병을 깨거나 칼로 자해를 하니 무서워서 듣지 않을 도리가 없었다. 그것도 힘들게 장사하는 할머니나 아주머니들만을 골라서. 참다 참다 경찰에 신고했더니 고작 몇 달 감옥에 갔다 돌아와서는 신고한 년들을 다 죽여버리겠다며 칼을 허리춤에 차고 돌아다녀서 공포의 도가니였다는 것이다. 이사 갈 돈도 없고, 앉아서 굶어 죽을 수도 없으니 가게에 나와 앉아는 있지만 언제 무슨 일이 생길지 몰라서 다들 목숨 걸고 장사하고 있었다는 아주머니의 이야기 끝에는 울음이 섞여 있었다.

돌아오는 길은 길었다. 임 판사는 혼란스러웠다. 취하기라도 해야 하루를 견딜 수 있는 사람들도 있다. 노인의 행동은 악이라기보다 나약함일지도 모른다. 그렇다고 그게 면죄부가 될 수는 없다. 비슷한 상황에서도 강인하게 버티고 살아가는 이들도 있지 않은가. 그런데, 그 나약함과 강인함조차 주어진 것일 수도 있다. 과학은 인간 행동의 대부분은 유전자와 뇌내 신경전달물질의 작용으로 결정된다는 것을 밝혀내고 있다. 인구의 2퍼센트 정도는 유전적 변이로 인해 뇌내 세로토닌 조절 실패로 음주 후 폭력 성향을 나타낸다는 연구 결과도 있다. 원인에 있어서 자유로운 행위라. 그런데 무엇이 '원인'이지? 무엇이 '행위'고? 그리고 '자유'란 놈은 또 뭐고. 자유의지를 전제로 인간에게 책임을 묻는 판사의 일이란 실은 다 허깨비 짓 같은 것은 아닐까.

박 판사는 선고를 앞두고 며칠째 기록을 다시 넘기며 고민하는 임 판사를 안쓰럽게 지켜보았다. 임 판사는 검찰에 치료 감호를 청구하라고 할까도 고민해보았지만, 예산 부족으로 겨우 열 명 남짓의 의사가 1200여 명의 정신장애인을 담당하고 있고, 방호 인력도 부족해 탈주 사태까지 벌어지는 것이 이 나라의 현실이다.

결론은 바뀌지 않았다. 심신미약 감경은 이루어지지 않았고, 노인에게는 징역 3년 6월이 선고되었다. 그런데도 노인은 감사하다며 연신 허리를 굽혔다. 이 정도의 강도상해죄에 대해 보통 선고되는 가장 일반적인 형량일 뿐, 전혀 선처해준 것이 아닌데도 말이다. 검사가 주폭 엄단을 강조하며 징역

5년을 구형했기 때문일 것이다. 교도관에게 끌려나가는 노인의 얼굴을 보며 임 판사는 입술을 깨물었다. 그럼에도 불구하고 인간은 자신의 행위에 책임을 지기 때문에 존엄한 것이다. 최소한 그것이 인간 사회의 약속이다. 그런데, 나약한 인간을 수렁 속에 방치하는 사회는 어떤 책임을 지는 걸까.

그날 저녁, 형사재판부들끼리의 회식이 있었다. 임 판사는 평소 딱 잘라 거절하던 폭탄주를 받아 마셨다. 한 잔, 두 잔, 세 잔. 박 판사가 놀라서 말렸지만 소용없었다. 화장실에서 변기를 끌어안고 쓰디쓴 위액까지 토하던 것이 임 판사가 기억하는 마지막 토막이다.

지금 임 판사는 꿈속이다. 뭔지는 모르겠지만 행복한 꿈. 왼쪽 뺨에 따뜻하고 한없이 부드러운 온기가 느껴졌다. 영원히 이 꿈속에 있고 싶은 기분이었다. 그때, 뭔가 덜컹거리는 움직임이 느껴졌다. 지하철 안이었다. 한밤의 텅 빈 지하철. 그는 옆으로 몸을 굽혀 박 판사의 무릎에 머리를 기대고 있었던 것이다. 놀라서 억지로 일어나려는 그를 박 판사가 제지했다. 괜찮으니 그냥 있으라고. 더 자라고. 임 판사는 그 말에 최면에라도 걸린 듯 다시 잠에 빠져들었다.

조심스레 흔들어 깨우는 손길에 일어나니 집 근처 역이었다. 임 판사는 부끄럽고 면목이 없었다. 연신 미안하다고, 이제 알아서 가겠다고 되뇌었지만 박 판사는 고집스럽게 그를 부축했다. 임 판사는 어쩔 줄 몰라 하며 말했다. 이렇게 폐 끼치면 안 되는데.

하지만 다리에 힘이 없어서 자꾸 비틀거릴 뿐인 그를 팔을 뻗어 감싸며 박 판사가 말했다. 괜찮다고. 가끔은 폐 좀 끼쳐도 괜찮다고.

나쁘고 추한 사람은 없다.
나쁘고 추한 상황이 있을 뿐

주폭 노인 에피소드를 쓰며 계속 생각한 것은 '자유의지'라는 숭고하기도 하고, 허깨비 같기도 한 한마디였다.

법대생 시절, 처음 『형법 총론』을 읽으며 가장 매료된 부분은 범죄와 형벌의 본질에 관한 구파(고전학파)와 신파(근대학파) 형법 이론의 대립이었다. 구파는 인간을 자유의지를 가진 이성적 존재로 보는 계몽주의 철학에 기초를 두고 있다. 그 가장 순수한 형태가 칸트의 입장이다. 도덕적으로 행동할 자유가 있음에도 불구하고 범죄를 선택한 자, 다시 말하면 '네 의지의 준칙이 언제나 동시에 보편적 입법의 원리가 되도록 행위하라'는 정언명령에 위반한

자이기 때문에 형사책임을 지우는 것이고(도의적 책임론), 범죄자를 처벌하는 것은 그 비도덕적 선택에 대한 응보(응보형주의)다. 칸트는 일벌백계라는 공리주의적 목적조차 반대한다. 인간은 언제나 그 자체로 목적이 되어야지 타인이나 사회를 위한 수단으로 취급되어서는 안 되기 때문이다. 구파의 관점에 의하면 스스로 도덕적인 선택을 할 판단 능력이 없는 사람에게 형사책임을 지울 수는 없다. 그래서 형법은 '14세 되지 아니한 자'와 '심신장애로 인하여 사물을 변별할 능력이 없거나 의사를 결정할 능력이 없는 자'의 행위를 처벌하지 않는다. 술에 만취하여 일시적이나마 판단 능력, 의사결정 능력이 없거나 부족한 상태에 놓인 경우 처벌하지 않거나 형을 감경할 수밖에 없다. 다만 취한 상태에서 범죄를 저지를 것을 충분히 예상할 수 있었는데도 만취할 때까지 술을 마신 후 결국 범죄를 저지른 경우에는 예외로 한다. '원인에 있어 자유로운 행위'이기 때문이다. 어느 한 조각에라도 '자유의지'가 있어야 책임을 지운다. 자유에는 정말로 책임이 따르는 것이다.

19세기 후반 자본주의의 발달로 사회 문제가 심화되고 범죄가 증가하자 신파 형법 이론이 등장했다. 자연과학적 방법론을 도입하여 인간을 보다 실증적으로 바라보려는 입장이다. 인간의 자유의사는 환상에 불과하고(결정론), 범죄는 행위자의 소질과 환경에 따라 필연적으로 결정되는 것이므로 범죄자에게 도덕적 비난을 가하는 것은 난센스에 불과하다고 본다. 범죄자의 사회적 위험성 때문에 형사책임을 지우는 것이고(사회적 책임론) 형벌은 범죄로부터 사회를 방위하기 위한 수단이다(목적형주의). 따라서 정신질환자나 형사미성년자 같은 책임무능력자라 하더라도 사회적 위험성이 있다면 사회로부터 격리하는 보안처분을 해야 하고, 실제 저지른 범죄가 아직 무겁지 않더라도 장래 큰 범죄를 저지를 위험성이 있으면 중형에 처할 필요가 있다고 본다.

신파의 입장을 어느 정도 받아들여 보완하고 있지만 어느 나라든 기본적으로는 구파의 입장이 지금까지도 형법의 근간을 이루고 있다. 그래서 판사들은 '술 먹은 놈이면 오히려 가중처벌해야지 왜 형을 깎아주냐', '정신병자가 길을 돌아다니면 위험하니 가둬두어야 한다', '성범죄자의 재범을 막기 위해 거세해버려야 한다'는 등의 주장에 본능적으로 저항감을 느낀다. 하지만 유감스럽게도 과학의 발달은 인간의 뇌 속에서 '자유의지'가 차지할 공간을 자꾸만 협소하게 만들어가고, 유전자 염기서열, 뇌내 화학물질의 분비, 진화심리학적 적응 등을 대신 그 자리에 채워가고 있다. 자연과학적 방법론에 치중하는 신파 형법 이론은 미래 사회를 지배할지도 모른다. 전 국민의 테스토스테론 수치를 조절하여 폭력성을 제어하고, 유전적으로 범죄자가 될 가능성이 있는 자는 수정란 단계에서 미리 도태시키며, 영화 〈마이너리티 리포트〉에서처럼 몇 시간 후에 발생할 것으로 예측되는 범죄를 미리 막기 위해 아직 아무 짓도 저지르지 않은 사람을 체포하는 안전하고 평화로운 사회를. 인공지능이 사법을 담당한다면 이것이 최선이라고 판단하지 않을까.

하지만 나는 아직까지는 다른 측면에서 더 '자유의지'에 대한 회의를 갖게 되곤 했다. 이전에 근무했던 지방의 한 영구임대 아파트에서 살인 사건이 연이어 있었다. 사람 목숨이 파리 목숨 같았다. 큰 원한이 있는 것도 아닌데 대낮에 술 먹고 싸우다 죽고, 윷놀이하다 시비 붙어 싸우다 죽고. 특정 아파트 이름이 자꾸 눈에 띄어서 어느 날 주말에 찾아가보았다. 동네 전체가 희망이 하나도 없는 분위기였다. 아이 웃음소리 하나 없고, 가게에선 소주만 잔뜩 팔리고 있고. 형사재판을 하다보면 그런 생각을 한다. 법이나 재판이란 건, 절박한 처지에 놓여 있는 다른 세계의 사람들에게 안온한 중산층의 도덕을 강요하는 게 아닐까 하는 생각. 이들에겐 술 먹고 싸우는 게 일상이다. 사람은 절박한 처지에 놓이면 마음의 여유가 없어진다. 작은 일에도 울컥한다. 늘 자존감이 낮은 상태, 그런 환경에선 폭력 사건이 자꾸 발생할 수밖에 없다. 의구심을 갖게 된다. 이 사람에게 다른 선택지가 있었을까, 남한테 피해 안 끼치고 우아하게 살 만한 선택의 가능성이 과연 이 사람에게 있었을까 하는.

그렇다고 '사회구조적 모순'만을 기계적으로 되뇌며 범죄에 면죄부를 줄 수는 없다. '주폭'들은 대개 사회적 약자, 밑바닥에 있는 이들이지만 이들에게 피해 입는 사람도 똑같은 약자다. 약자가 약자를 괴롭히는 사건이다. 당하는 사람들은 젊은 여성이나 할머니, 영세 상인 들이다. 같은 환경, 같은 입장이라고 하여 모두가 같은 범죄를 저지르는 것도 아니다. 결국 범죄를 저지른 개인도, 그리고 그럴 수밖에 없는 구조를 만들고 방치하는 사회도 함께 책임을 지는 것이 맞지 않을까. 보여주기 식 '주폭' 일제단속만 하지 말고 예산을 더 투자해서라도 적극적으로 알코올중독 치료와 재활교육을 하고 직업 알선을 병행해야 한다. 대부분 외톨이인 이들이 사회적으로 유의미한 일을 하며 살아갈 공동체도 있어야 한다.

미래의 법원은 '문제해결 법원problem solving court'으로 가야 한다.

그동안은 팔짱 끼고 중립적으로 심판만 잘 보면 된다는 '고전적 법치주의'였다. 당사자들과 검사, 변호사끼리 싸우고 판사는 엄정 중립을 지켰다. 그것이 법원에 요구되는 전통적 역할이었다. 그런데 그것만으로는 해결할 수 없는 구조적이고 반복되는 문제들이 있었다. 소년 사건이나 주폭 사건, 마약중독 범죄, 가정 해체 같은 문제는 판단만으로는 원인이 해결되지 않는다. 당사자들도 문제를 해결할 능력이 없는 경우가 많다.

이런 경우 법원이 다른 전문가나 사회복지기관, 또는 정부와 힘을 합쳐 문제의 원인을 탐구하고 해결하는 방법까지 함께 제공하는 것이 필요하다는 게 '문제해결 법원'이란 움직임이다. 1990년대 이래 미국에서 마약법원, 소년법원 등이 생기면서 시작됐다. 판사가 소년범이나 마약중독자를 데리고 1~2년씩 계속 주기적으로 만나면서 상황이 호전되는지 보고받고 호전되면 그때 비로소 처분을 달리 한다. 미국이 선도하고 한국도 가정법원을 중심으로 벌써 수년째 그런 흐름이 있어왔다. 앞으로 더 나아가야 한다고 생각한다. 기본적으로는 '권력 분립'이지만 필요한 기능은 통합 내지 연대해서 문제를 해결해야 한다. 법원이 주민센터와 구청, 지역의 시민단체와 연계하여 구조적으로 반복되는 범죄의 원인을 탐구하고 치유하는 사회의 치료사 역할을 한다면 보다 적극적인 '사회 방위'가 아닐까.

판사로 일하다보면 인간이라는 존재의 밑바닥, 어둠을 많이 보게 된다. 처음엔 분노하고 우울해하거나 냉소적으로 되는데, 계속 보다보면 그 사람들이 이상하고 나쁜 게 아니라 그 사람들의 상황이 나쁜 거라는 생각이 든다. 나쁘거나 추한 사람들이 있는 게 아니라 나쁘거나 추한 상황이 있는 거다. 그런 상황은 누구에게나, 판사들에게도 올 수 있다. 그런 시기가 오면 원래 선량하고 관대한 사람도 독해지고 강퍅해진다. 그걸 생각하면, 인간에 대한 실망의 문제가 아니라 인간의 숙명에 관한 문제가 된다.

나쁘거나 추한 인간이 없다니 무슨 헛소리냐고 반발하신다면 솔직히 고백할 수밖에 없다. 나는 어느새 과학이 아니라 신념에 대해 얘기하고 있었다고. 그럼에도 불구하고 인간의 내면에 남아 있는 한 조각의 다른 선택을 할 수 있는 '자유의지'에 대하여, 자신의 행동에 대해 책임을 지게 함으로써 지키는 마지막 존엄성에 대하여, 정도의 차이는 있을지언정 누구나 나쁘거나 추해질 수 있다는 자각에 대하여. 이것조차 잃고 나면 어떻게 인간이 인간을 재판할 수 있겠는가.

추신: 해설이 너무 심각해진 게 민망하여 덧붙인다. 주폭 노인 에피소드 초고 마지막에는 주인공들의 사이가 좀더 진전되는 신이 있었다. 고민 끝에 결국 빼고 말았다. 일에 더 집중하라고 벙커 부장 노릇을 한 셈이다. 두 주인공에게 미안하다.

7부

초임 판사 박차오름이 맞은 새해는 혹독했다.

살을 에는 칼바람에 몸을 잔뜩 웅크린 채 종종 걸음으로 출근해서 판사실에 들어서니, 임바른 판사가 소파에서 심각한 표정으로 조간신문을 보고 있었다. 기사 제목이 먼저 눈에 들어왔다. '준강간으로 법정구속된 세진대 교수, 구치소에서 자살 시도.'

임 판사는 놀란 박 판사에게 자리를 비켜주었다. 박 판사는 귀신에 홀린 듯한 표정으로 기사를 읽어내려갔다. 만취 상태의 대학원생 제자를 여관으로 데려가 준강간한 사건의 피고인인 교수가 옥중 자살을 시도한 것이다. 박 판사가 주심이었던 사건이다.

교수는 법정 구속된 후 구치소에서 심각한 우울 증세를 보이며 식사를 거부하고 잠도 이루지 못하던 중 쓰러져 병사로 옮겨진 상태였다. 구치소 측은 병실에서 링거를 맞으며 안정을 취하도록 조치했는데, 교수가 러닝셔츠를 찢어 만든 끈으로 병실 내 선풍기 걸이에 목을 맨 것이다. 순찰 근무자가 발견하여 응급조치를 취한 후 인근 병원으로 옮겨 치료하고 있지만 위독한 상태다. 항소심 첫 공판이 2주밖에 남지 않은 상황에서 이런 일이 벌어진 것이다.

박 판사의 뇌리에는 징역 4년에 처하고 법정 구속한다는 한세상 부장의 말이 떨어지자마자 백지장처럼 창백한 얼굴로 나무토막처럼 쓰러지던 교수의 모습이 떠올랐다. 그걸 지켜보는 피해자의 무표정한 얼굴을 볼 때 심장을 조여오던 정체를 알 수 없는 불안감도 되살아났다. 신문을 잡은 손이 부들부들 떨리기 시작했다.

"너무 상심하지 말아요. 증거와 법에 따라 최선을 다해 판단한 거잖아요. 그리고 자살 시도가 피고인의 억울함을 증명하는 것도 아니에요. 명문 사학재단 이사장 아들에 교수로 평생 아쉬운 것 없이 살아온 사람이 준강간 사건으로 실형을 선고 받아 구속되었다는 것 자체만으로도 인생이 끝났다는 절망감에 빠지지 않겠어요? 그런 부분까지 책임질 수는 없는 거죠."

임 판사는 열심히 위로하려 들었지만, 일은 그런 식으로 돌아가지 않았다. 다행히도 교수는 고비를 넘겨 회복 단계에 접어들었지만, 이번에는 교수의 항소심 변호인이 불을 지르기 시작했다. 공판을 앞둔 변호인이 이례적으로 기자회견을 자청한 것이다.

"국민 여러분! 편향된 시각을 가진 판사가 예단을 가지고 증인을 위증죄로 협박하며 미리 정해진 결론으로 몰아가서 존경받던 교육자를 죽음의 구렁텅이로 몰아넣은 사건입니다. 항소심에서 반드시 정의가 살아 있음을 밝히고 말겠습니다!"

세진대 재단 측이 새로 선임한 항소심 변호인은 마치 선거 유세장인 듯 팔을 휘두르며 목청을 높였다. 전직 국회의원 출신의 변호사다. 카톡으로 가슴 털 사진을 보낸 직장 내 성희롱 사건의 대리인이기도 했다. 분명 그 사건 의뢰인 부인이 강제추행으로 고소한다고 했었는데, 수완 좋게도 위기를 넘긴 모양이다.

변호인의 주장은 근거가 부족해 보였다. 박 판사가 위증죄에 관해 경고하며 증인의 수상한 행동 및 의심되는 점을 추궁한 것은 마땅히 해야 할 재판 진행이다. 하지만 변호인은 자꾸 모든 것에 '이례적'이라는 딱지를 붙이며 의혹을 불러일으키려 하고 있었다. 초임 배석판사가 재판장을 제쳐놓고 증인신문에 나서는 건 이례적이다(박 판사는 소송법에 따라 재판장에게 알리고 신문했다), 여관에 들어가는 모습을 봤다는 증인은 재단 비리를 주장하는 집회에 앞장서던 극렬 운동권인데, 이런 편향된 증인의 말을 결정적 증거로 삼은 것은 이례적이다(이 증언은 당시 1심 변호인에 의해 효과적으로 탄핵되어 재판부 판단의 주요 근거가 되지 못했다), 설령 유죄가 인정된다 하더라도 폭력이 행사되지도 않은 준강간 사건인데 피해자를 위해 3000만 원이나 공탁한 점을 전혀 참작하지 않고 징역 4년이라는 무거운 형을 선고한 것은 이례적이다(피고인이 잘못을 반성하지 않고 있는 이상 일방적인 공탁은 의미가 없다고 봤을 뿐이다).

처음에는 자살 시도로 인한 동정적인 분위기를 틈탄 근거 없는 의혹 제기로 보였지만, 상황은 바뀌어갔다. 변호인이 한 부장이 아니라 박 판사를 타깃으로 삼은 데는 이유가 있었다. 박 판사는 여러모로 '이례적인' 판사였던 것이다.

'미스 함무라비'라는 제목을 뽑은 것은 B신문이었다. B신문은 이례적으로 상세하게 변호인의 기자회견 내용을 다룬 후, '단독'이라는 타이틀을 붙여서 박 판사에 관한 기사를 실었다. 「SNS에서는 이미 스타」, 「지하철 성추행범과 직접 몸싸움 벌여」, 「초미니 차림으로 출근하여 법원 발칵」, 「고속도로 출구를 막고 다른 차량과 시비」 등의 내용에 이어 「당시 성추행범으로 몰렸던 교수 억울함을 토로」라는 짧은 인터뷰, 「뛰는 판사가 사법 신뢰에 미치는 악영향」, 「사회 전반에 만연한 남성 혐오 풍조 우려」 등 훈계조의 기사가 이어졌다.

다음날부터 B신문 경제면에 "세계로 웅비하는 세진대학교"라는 카피를 단 전면 광고가 연일 실리기 시작한 것과 B신문 사주의 손자가 세진대학교에 체육특기자로 입학한 것 역시 이례적인 일이었지만 이런 일은 눈에 잘 띄지 않았다.

사람들의 눈에 잘 띈 것은 결국 사진이었다. 타이트한 미니스커트와 아찔한 스틸레토힐 차림의 박 판사 뒷모습 사진을 내건 B신문 인터넷판 기사는 모든 포털 사이트에서 대문에 걸린 채 놀라운 조회수를 기록하기 시작했다. 바쁜 사람들은 스마트폰으로 깨알 같은 글까지 일일이 읽을 시간은 없었다. 사진과 '판사'라는 직함의 언밸런스함이 먼저 눈길을 끌었고, 이후 엄지로 휙휙 내린 화면에서 기억에 남은 것은 결국 몇 가지 강렬한 키워드뿐이었다. '피고인 자살 시도' '남성 혐오' '행동파 여판사' '몸싸움' 같은 몇 가지 키워드는 사람들의 머릿속에서 자동적으로 연관성 있어 보이는 스토리를 만들어내기 시작했다. 인간의 뇌는 원래 그렇게 작동하도록 진화되었기 때문이다. 변호인 기자회견 때 부족해 보이던 의혹 제기의 근거는 이제는 충분하고도 넘치는 것처럼 보이기 시작했다.

전에는 지하철 성추행범 니킥 동영상과 함께 '#정의의_여신' '#눈에는_눈_이에는_이' '#미스_함무라비' 등의 해시태그를 붙여서 슈퍼 히어로 취급을 하며 낄낄대던 사람들이 이번에는 B신문 기사 링크와 함께 '#남혐_판사' '#튀는_판사'를 열심히 붙이고 있었다.

신문 기사 댓글란은 사법부 성토장이 되었다. 한편으로는 평소 쌓여 있는 불만과 증오가 쏟아져나오고, 또 한편으로는 너무 젊고 경험 부족한 사람들에게 시험 한 방으로 무거운 책임을 맡겨온 시스템에 대한 진지한 비판이 이어졌다. 사진에 나타난 뒤태를 품평하며 킥킥대는 목소리 역시 함께 무성

했고.

박 판사를 변호하고 싶었던 한 유명 지식인이 박 판사를 기득권의 성채에 용기 있게 맞선 잔 다르크로 과장해 묘사하자 불씨는 엉뚱한 곳으로도 번지기 시작했다. '박차오름 고향' '박차오름 정치 성향' '박차오름 운동권' 등이 연관 검색어로 등장하기 시작한 것이다. 아무래도 그 지식인은 잔 다르크는 개선할 때 못지않은 환호를 화형당할 때도 들어야 했다는 사실을 잊고 있었나보다.

박 판사의 출근길은 갈수록 불편해졌다. 사람들의 호기심 섞인 눈길이 쏟아졌을 뿐 아니라, 법원 정문에 박 판사의 이름을 내건 일인시위 피켓이 다시 등장했기 때문이다. 전에 자취하는 여대생 월세 보증금을 돌려주지 않아서 소송을 당했던 노인이다. 당시 박 판사가 조정 과정에서 여자 편을 들어 자기를 모함했다며 며칠 시위를 벌이다 말았던 노인인데, 이번 일로 박 판사가 유명해지자 다시 법원 정문으로 출근하기 시작한 것이다. 물론, 노인에게는 여러 언론과 인터뷰할 기회가 풍성하게 생겼다.

여기까지가 자살 시도로부터 항소심 첫 공판까지 2주 사이에 벌어진 일들이다. 이 와중에도 한 부장은 평소와 조금도 다름없이 무뚝뚝하게 진행할 사건 얘기만 했고, 박 판사와 임 판사도 묵묵히 일을 하고 있었다. 어차피 진실은 법정에서 가려질 것이고, 일단 사건이 1심 재판부의 손을 떠나 항소심으로 간 이상 진실을 가릴 법정은 항소심의 것이기 때문이다.

항소심 첫 공판에 언론의 관심이 집중되었다. 몸무게가 한참 빠진 듯하고, 목에 상처 자국이 뚜렷한 교수는 죄수복 차림으로 휠체어를 탄 채 법정에 출석했다. 그는 거의 말이 없었지만, 변호인은 물을 만난 고기처럼 법정을 휘저었다.

인상적이었던 것은, 첫 공판을 마치며 재판장이 남긴 말이었다.

"본 재판부는 그 어떤 예단이나 치우침 없이, 공평무사하게 재판할 것입니다."

너무나 당연한 말이고 옳은 말이었지만, 그 당연한 말을 굳이 덧붙임으로써, 그리고 "본 재판부는"이라는 주어와 조사의 결합으로, 법정에 가득한 취재진에게 1심 재판은 그러지 못했다는 인상을 주었고, 이는 곧 기사에 반영되었다. 기사에 나온 항소심 재판장의 이름은 '성공충'이었다.

이제 법원 구내에서도 박 판사를 힐끔거리는 눈길과 수군대는 소리가 늘기 시작했다. 옆방 정보왕 판사는 자기도 바쁠 텐데 틈만 나면 놀러 와서 평소와 다름없는 썰렁한 농담을 늘어놓곤 했다. 임 판사는 쓴웃음을 지었다. '이 인간은 공부는 잘했지만 누구를 위로한다든지 하는 종류의 일에는 별로 재능이 없어. 나랑 마찬가지로.'

그런데, 정 판사조차 태연한 얼굴로 놀러 올 수 없게 만드는 일이 벌어지고 말았다. 항소심 제2차 공판기일에 출석한 피해 여학생이 진술을 번복한 것이다.

휠체어에 앉은 초췌한 교수를 뒤로한 채, 피의자 취조하듯 공세적인 변호인의 증인 신문이 이어지자 여학생은 울음을 터뜨리며 사건 당시 술에 많이 취해 있기는 했지만, 정신을 잃을 정도는 아니었다는 점을 인정했다. 일식집에서 폭탄주를 많이 마셔서 화장실에서 토한 후 잠시 쓰러져 있었던 것은 사실인데, 그러고 나자 정신이 조금 났다는 것이다. 교수가 평소 자신에게 이성으로서의 관심을 갖고 있는 것을 눈치 채고 있었기에 취한 교수가 자꾸 여관 쪽으로 이끌자 두려움과 거부감을 느꼈지만, 술김에 눈 딱 감고 교수의 요구에 응하면 유학 문제, 장학금 문제 등 평소 절박하게 고민하던 문제들이다 해결될 수 있다는 유혹도 느낀 것이 사실이어서 망설이다가 어느새 여관에까지 들어가게 되었고, 이후에는 자포자기하는 심정이었다는 것이다. 동기 여학생이 여관에 들어가는 모습을 목격하고 학교에 소문을 낼 것이라고는 꿈에도 상상을 못했고 말이다.

여학생은 눈물범벅이 된 채 변호인의 꼬리를 잇는 집요한 추궁에 차례로 수긍하는 방식으로 1심에서의 모든 진술을 번복했다. 학교에 소문이 나고 남자친구까지 알게 되자 곤경을 모면하기 위해 정신을 잃은 상태여서 아무것도 기억나지 않는다고 변명한 것뿐인데, 일이 눈덩이처럼 커져만 가서 돌이킬 수가 없었다. 교수님이 옥중에서 자살을 시도했고 중태라는 뉴스를 본 후 하루도 잠을 제대로 이룰 수 없었다. 무고죄든 위증죄든 달게 받겠다······

다음날, 박 판사가 요즘 검토하고 있는 살인 사건 피고인이 제출한 국민참여재판 신청서가 법원에 접수되었다. 아내가 남편을 죽인 사건이다. 국선 변호인은 남편의 폭력에 저항하는 과정에서 발생한 일이어서 정당방위에 해당한다고 주장하고 있다. 당초에는 국민참여재판을 희망하지 않고 재판부의 판단을 바란다는 의사 확인서를 제출했던 사건인데, 첫 공판

기일을 일주일 앞두고 돌연 의사를 번복하여 국민참여재판을 신청한 것이다. 박 판사는 비참한 기분이었다. 박 판사가 '남성 혐오' 판사로 몰리는 지금의 분위기에서 몸을 사리느라 오히려 피고인에게 불이익을 줄지도 모른다는 의심을 받은 것이다. 신뢰를 받지 못하는 판단자는 존립의 근거가 없다.

똑똑똑, 한 부장 방을 노크하고 들어서는 박 판사의 손에는 뭔가가 들려 있었다. 흰 봉투였다.

튀는 판사와
막말 판사

"이게 뭐요?"

"……"

한세상 부장은 고개를 푹 숙이고 있는 박차오름 판사의 손에서 봉투를 낚아채서는 종이 한 장을 꺼내들었다. 그러고는, 거칠게 갈기갈기 찢었다.

"사직서? 일신상의 사유? 이것 봐, 박 판사. 당신 지금 판사 된 지 이제 겨우 열 달 좀 넘었어. 이런 거 쓸 만큼 머리가 굵었다고 생각해?"

"부장님, 제 성급한 판단으로 피고인에게 끔찍한 고통을 주었으니 책임을 져야……"

한 부장이 성난 어조로 말을 중간에 끊었다.

"책임? 어디서 그런 건방진 소리가 나와! 지금까지 혼자 재판하고 있다고 생각했어? 여긴 합의부야. 세 명의 판사가 토론해서 하나의 결론을 내는 곳이라고. '제 성급한 판단'이라니, 그럼 재판장인 나와 우배석인 임 판사는 허수아비인가?"

"죄송합니다. 그런 뜻은 아니고요."

"게다가 성급한 판단은 지금 하고 있고만. 아직 그 재판은 끝나지 않았어. 그리고 판사는 신이 아니야. 결과적으로 결론이 틀렸다 해도, 결론에 이르는 과정에 최선을 다했고 잘못을 범하지 않았으면 되는 거야."

"……전 제가 최선을 다했는지, 잘못을 범하지 않았는지도 자신이 없습니다."

"그에 대해 책임을 져야 한다면 초임 판사인 박 판사가 아니라 재판장인 내가 더 져야지. 쓸데없는 소리 집어치우고 돌아가서 다음주 선고할 판결 초고나 빨리 가져와! 인터넷에서 떠들어대는 소리나 들여다보느라 계속 자기 할 일 소홀히 하고 있으면 내가 나서서라도 그만두게 만들 거야!"

막무가내로 소리치는 한 부장의 기세에 눌려 박 판사는 힘

없이 돌아섰다. 방으로 돌아와서 국민참여재판 관련 자료들을 펼쳐보았지만, 좀처럼 집중이 되지 않았다. 평소 같으면 눈을 반짝거리며 공부하고 있었겠지만 지금은 그럴 수가 없었다. 언론과 네티즌의 관심이 박 판사에게 집중되다보니 때마침 박 판사가 속한 부에서 아내가 남편을 살해한 사건을 국민참여재판으로 진행한다는 것 역시 뉴스가 되었다. 사건 내용 자체도 충분히 관심을 끌 만했다. 불륜을 들켜 남편에게 추궁당하던 아내가 남편을 칼로 찔러 살해한 사건이니까.

임 판사는 박 판사 눈에 띄지 않도록 모니터를 살짝 돌려서 관련 기사와 댓글들을 읽고 있었다. 신경쓰지 않으려고 해도 잘 되지 않았다. 여론은 험악했다. 그런 여자가 판사로 있는 부에 그런 사건을 배당한 것 자체가 일방적으로 아내 쪽에 유리하게 하려는 것 아니냐, 전관예우일 거다, 배심원이 있어봐야 들러리고 결론은 정해져 있을 거다, 간통죄 없애더니 바람 피운 년이 도리어 서방에게 칼을 꽂는 지경까지 왔다…… 박 판사와 피고인을 싸잡아 성적 모욕을 가하는 댓글까지 읽으며 임 판사는 이를 악물었다. 법적 조치를 취할까 잠시 생각했지만, 쓰나미 같은 지금 상황에서는 신중해야 할 것 같았다.

저녁시간, 내심 박 판사를 혼자 남겨두기 싫었지만 오래전부터 약속한 고교 동창들과의 식사 자리에 가볼 수밖에 없었다. 일 때문에 바빠서 두 번이나 연기한 죄가 있어서다.

"오, 임 판사님! 이제야 귀한 얼굴 한번 보여주시누만!"

"이거 판사 된 친구 놈 얼굴 보기 너무 어려운데?"

왁자지껄하게 쏟아지는 타박 속에 삼겹살 지글거리는 소리가 뒤섞여 정신이 없었다. 허튼 소리가 한참 오간 후, 소주가 한 잔 두 잔 들어가자 동창들은 처음에는 임 판사 눈치를 보느라 꺼내지 않던 진짜 궁금한 것들을 묻기 시작했다.

"요즘 유명한 그 함무라비 판사, 실물도 예쁘냐? 늘 미니스커트 입고 출근하냐?"

"너랑 혹시 썸 안 타냐? 뭐하고 있냐, 처녀 총각이 한방에서 밤늦게까지 일하면서."

"그 여판사 진짜 그리 과격하냐? 거의 탈레반이라며?"

임 판사가 불편한 표정을 감추지 못하자 한 친구가 화제를 돌렸다.

"야, 이번에 국민참여재판 한다며? 나 그거 한번 보러 가고 싶더라. 미국 영화 보면 멋있잖아. 국민이 직접 재판한다, 그거 진짜 민주적이고 좋잖아. 역시 선진국이라 달라."

아까 읽던 댓글들이 식사 자리에서도 머릿속을 떠나지 않아서였을까. 임 판사는 별 얘기도 아닌 친구의 말에 뾰족하게 대꾸했다.

"글쎄다. 그 선진국 국민들께서 직접 하신 재판 때문에 폭동까지 일어났었지 아마? 로드니 킹을 무자비하게 구타한 백인 경찰들에게 자비롭게도 무죄 평결을 내린 배심원들 때문에. 그뿐이야? O. J. 심슨 사건은 또 어떻고. 한번은 어느 학회 때 LA에서 일하는 재미교포 변호사들과 만난 적이 있는데, 물어보더라. 한국 법원은 왜 굳이 주도적으로 미국 배심제를 도입했냐고. 정작 미국에서는 배심원들의 인종적 편견과 미숙한 판단 때문에 불만이 많다면서."

"문제점도 좀 있겠지만, 그래도 국민이 직접 결정한다는 건 좋은 거잖아. 난 솔직히 판사도 국민이 직접 선거로 뽑으면 좋겠어."

"그래? 그럼 넌 국민이 직접 선거로 뽑은 국회의원과 대통령들에 대해 늘 엄청 만족해왔겠구나. 현명한 국민들이 늘 옳은 선택을 했을 테니까 말이야. 판사도 그런 분들 중에 진실한 분들로 뽑으면 되겠네."

"너 어째 말이 좀 삐딱하다?"

"그래? 내가 원래 비뚤어진 놈이었잖니, 예전부터. 말이 나왔으니 말인데, 국민 다수의 의견에 따라 결정하면 늘 옳다고들 생각하는 거야? 진짜로? 유대인은 열등한 인종이니 살처분해야 한다는 것이 독일 국민 다수의 뜻이었고, 흑인은 백인과 같은 버스를 타면 안 된다는 것이 가장 민주적이라는 나라 국민 다수의 뜻이었지. 여자아이를 강제로 할례하고 민간인을 납치해서 참수하고 고대 유적을 파괴하는 행위들도 진심으로 옳은 일이라 믿으며 열광하는 사람들의 지지 위에서 벌어지지. 난 말이야, 소수의 악마들이 선량한 국민들을 총칼로 위협해서 인류의 어리석은 악행들이 벌어졌다는 식의 얘기는 모두 사기라고 생각해. 실은 선량하고 평범한 다수의 사람들이 열광적으로 동참했었다고. 권력은 언제나 부패하니까 분리하여 서로 견제해야 한다는 권력분립론은 누구나 얘기하지만, 실은 아무도 입 밖에 내지 않는 게 있어. 국민 역시 견제 받아야 한다고. 인간이라는 존재 자체에 대한 철저한 불신 위에 국민, 의회, 정부, 법원, 언론, 정당 모두 서로가 서로를 견제하도록 정교하게 설계된 것이 민주주의라는 제도인 거야."

"뭐 인마? 요즘 영화 보니까 '대중은 개돼지'라고 내뱉는 신문쟁이 놈이 나오더라. 너도 알량한 판사질 한다고 국민이 우스워 보이냐?"

잔뜩 취한 동창의 주먹이 날아와서 신들린 듯 이어지는 임 판사의 독백을 멈추게 했다. 자리는 파장이 되었고, 임 판사는 찢어진 입안에 흐르는 찝찔한 피를 삼키며 어두운 거리를 걸었다.

다음주, 예정되어 있던 남편 살해 사건 공판기일은 국민참여재판 준비를 위한 공판준비기일로 바뀌어 진행되었다. 여론의 주목을 받는 사건이어서 그런지 공판 검사와 국선 변호인 양쪽 모두 의욕적이었다. 쟁점은 살인의 고의 인정 여부, 그리고 정당방위 성립 여부였다. 변호인은 남편의 폭력에 생명의 위협을 느낀 피고인이 자신을 방어하기 위해 우발적으로 찌른 것이라고 주장하고 있다. 한 부장은 2월 말 인사철에는 재판부가 변경될 가능성이 높으므로 그전에 재판을 마치기 위해 다소 촉박하지만 국민참여재판 기일을 3주 후로 지정했다.

문제는 그다음에 진행한 강간 사건 공판기일 중에 발생했다. 대학생이 모바일 채팅으로 만난 가출 소녀를 재워준다며 자취방으로 데려가 강간한 사건이다. 종일 찌푸린 표정이던 한 부장이 재판을 진행하다 말고 갑자기 기록을 탁 덮으며 방청석에 앉아 있는 대학생의 모친을 자리에서 일으켜세웠다.

"어제 탄원서 냈죠?"

"네에."

모친은 머리를 깊이 조아렸다.

"앞날이 구만리 같은 젊은이에게 기회를 달라고요?"

"네, 부디 한 번의 실수로 인생을 망치지 않게……"

그 순간, 한 부장은 법대를 오른손으로 내리치며 버럭 소리를 질렀다.

"남의 눈에 피눈물 나게 할 일만 구만리 같은 자식을 세상에 내놓고 그게 할 소리요? 열다섯 살 여자애한테 당신 자식 놈이 한 짓을 알기나 해?"

임 판사는 놀라서 한 부장을 쳐다보았다.

"판사이기 이전에 딸 둘을 키우는 아빠로서 내 이런 놈들은 화학적 거세가 아니라 그걸 아예 싹둑 잘라버리고 싶어. 어디서 뻔뻔하게 한 번의 실수 운운이야!"

박 판사가 한 부장의 왼팔 법복 자락을 살며시 잡으며 간절하게 말리려들었다.

"부장님, 제발 고정하세요."

순간, 한 부장은 팔을 거세게 뿌리친 후 박 판사를 노려보며 법정이 쩌렁쩌렁 울리도록 고함을 쳤다.

"어디서 건방지게 재판장이 말하는데 배석이 끼어들어!"

임 판사는 눈앞이 아득해지는 것 같았다. 그러잖아도 관심의 초점이 되어 있는 재판부인데 이 무슨 난장판이란 말인가. 원래 입이 좀 거칠고 요즘 스트레스를 많이 받고 있는 것은 충분히 알고 있지만, 그래도 이건 평소의 한 부장답지 않았다. 도를 넘었다.

다음날부터 '상습 막말 판사'라는 제목 아래 한 부장의 얼굴이 언론을 도배하기 시작했다. 속시원한 일갈이라는 의견도 있었지만, 법정에서 있을 수 없는 막말이라는 의견이 우세했다. 더구나 한 부장은 과거에도 법정에서 거친 언사로 물의를 일으킨 적이 두 번이나 있었다. 이번에는 법적으로 대등한 합의부 구성원인 배석판사를 비하하고 무시하는 독재자라는 비난까지 쏟아지기 시작했다.

어수선한 가운데 시간은 쏜살같이 흘러 3주가 지났다.

오전 열시, 법정에는 법원이 관할 구역 내 주민 중에서 무작위로 추출한 백 명이 넘는 배심원 후보자들이 가득했다. 연령도 직업도 다양한 사람들이 조금은 불안한 표정으로 재판부의 입정을 기다렸다.

세 명의 판사가 법대 위로 모습을 나타냈다. 셋 중 둘은 요즘 유명세깨나 치르고 있는 얼굴들이다. 호기심 어린 눈길이 법대 위로 모였다. 그들의 기대와 달리 한 부장은 진중한 말투로 입을 열었다.

"국민참여재판은 사법권도 주권자인 국민으로부터 나온다는 것을 재확인하는 중요한 제도입니다. 참석하여주신 데 대하여 감사드립니다. 여러분 중에서 아홉 분의 배심원과 한 분의 예비 배심원을 선정하겠습니다."

배심원 선정 절차가 시작되었다. 한 부장은 배심원 결격 사유에 해당하는 몇 가지를 물었다. 법조인이나 법원 공무원, 경찰관 등은 직업상 다른 배심원들에게 과도한 영향을 미칠 수 있으므로 배심원이 될 수 없다. 문제는 "기사나 보도를 통해서 이 사건을 알고 있는 분이 있습니까?"라는 질문이었다. 절반 이상이 손을 들었다. 한 부장은 살짝 한숨을 쉬며 말했다.

"워낙 알려진 사건이라 도리가 없군요. 그렇다면, 이 사건을 판단함에 있어 이미 읽은 기사가 아니라 앞으로 이 법정에서 제시되는 증인의 증언과 같은 증거에만 기초해서 판단할 수 있겠습니까?"

우렁찬 "예!"라는 답이 돌아왔다.

공통 질문이 끝나자 참여관이 번호가 적힌 탁구공이 든 상자에서 공을 무작위로 꺼내었다. 번호에 맞춰 후보자 열 명이 앞으로 나와 배심원석에 앉았다. 검사와 변호인은 후보자들에게 몇 가지 질문을 던졌다.

— 범죄 피해를 받아본 경험이 있으신가요?

— 자녀가 있으세요?

— 간통죄 폐지에 반대하셨던 분 있으세요?

— 사형 제도에 관한 의견은 어떠세요?

검사와 변호인은 각각 다섯 명까지 무이유부기피 신청(이유를 밝힐 필요 없이 배심원에서 제외시키는 신청)을 할 수 있다. 검사는 피고인에게 동정적일 가능성이 높은 후보자를, 변호인은 피고인에게 적대적일 듯한 후보자를 골라 기피 신청했다. 처음 뽑힌 열 명 중 절반이 자리로 돌아가고 다시 무작위로 뽑힌 후보가 그 자리를 채운 후 다시 질문에 답했다. 이번에는 세 명이 기피당했다. 같은 일을 반복한 끝에 결국 열 명이 확정되었다.

배심원들은 엄숙한 표정으로 앉아 재판부 쪽을 바라보았지만, 머릿속은 복잡했다.

'어이구야, 잘못 걸렸네. 종일 이 자리에 앉아서 징역살이해야 하는 거야? 전립선 때문에 화장실 자주 가야 하는데.'

'무서워. 살인범이 나 쳐다보면 어떡해. 꿈에 나올 것 같아. 무서워.'

'근데 법정에 왜 망치가 없지?'

'잘됐어. 조심조심 애매하게 답하길 잘했어. 내가 어떻게든 매 맞는 아내들의 고통을 배심원들에게 설득해서 분위기를 바꿔놓겠어. 이 사건은 기념비적인 사건이 될 거야.'

'잘됐구만! 서방질한 년이 적반하장으로 남편을 찔러 죽이는 패륜을 내 어찌 가만두리. 모든 게 거꾸로 돌아가는 이 엉터리 같은 놈의 세상을 바로잡고 말겠어!'

정당방위인가
천벌 받을 패륜인가

"여러분 중 한 분은 예비 배심원으로서 아홉 명의 배심원 중 직무를 수행할 수 없는 분이 발생할 경우 그 자리를 이어받게 됩니다. 방금 추첨으로 예비 배심원을 선정했습니다만, 어느 분이 예비 배심원인지 지금은 알려드리지 않습니다. 일단 열 분 모두 배심원이라는 생각으로 재판에 집중해주시기 바랍니다. 사건 심리가 모두 끝난 후, 배심원 평의에 들어가기 직전에 누가 예비 배심원인지 알려드리겠습니다. 그리고 평의가 시작되기 전에는 사건에 관한 견해를 밝히거나 다른 사람과 의논하시면 안 됩니다. 재판 절차 외에 따로 사건에 관한 정보를 알아보셔도 안 됩니다."

설명을 마친 한세상 부장은 잠시 멈춘 후 자세를 바로 하며 말했다.

"배심원들은 모두 일어나십시오. 1번 배심원께서 대표로 선서하여주시기 바랍니다."

낡은 양복을 입은 육십대 노인이 자리에서 벌떡 일어났다. 노인의 얼굴은 잔뜩 상기되어 있었다. 선서서를 낭독하는 노인의 목소리가 너무 우렁차서 방청석에서 킥킥대는 소리가 들렸다. 학교 숙제로 법정 방청중인 고등학생들이다. 하지만 노인은 아무것도 들리지도 않고 보이지도 않았다. 오로지 법정 내 백여 명의 사람들의 시선이 자신에게 집중되어 있다는 것만 느껴졌다. 얼마만인지조차 모르겠다. 누군가가 나를 쳐다봐주는 것이. 내 말에 귀를 기울여주는 것이. 어젯밤 늦게까지 단벌 양복을 다림질한 보람이 있었다.

"피고인은 피해자가 일층 문을 열고 들어오는 소리를 듣고는 부엌으로 달려가 총 길이 23센티, 칼날 길이 12센티의 과도를 가져와 방구석의 빨래 더미 밑에 숨기고는 피해자가 나타나자 피해자의 복부를 일회 깊이 찔러 복부 자상에 의한 과다출혈로 사망하게……"

검사가 공소장을 낭독하는 동안 노인은 피고인을 노려보았다. 서방 죽인 년이 무슨 할말이 있다고 뻔뻔스럽게……

사실 사건 내용은 뉴스에 여러 번 나와서 이미 잘 알고 있었다. 요즘은 인력소개소에 가봤자 일거리가 들어오지 않아서 종일 폐지 주우러 돌아다니는 것이 고작. 텔레비전 보는 것이 큰 소일거리다. 이 재판에 배심원으로 불려오게 되다니 정말 신기한 일이다. 하늘의 뜻인지도 모르지.

아나운서가 고래고래 큰 소리로 흥분하여 전하던 사건 내용 중 노인을 가장 격분시킨 것은 죽은 남편이 건설 현장 따라다니며 일하는 동안 피고인은 집에서 어린이 전집 판매 영업사원과 바람을 피웠다는 부분이었다. 웃기는 건 애도 없는 부부였다는 점이다. 애도 없는 집에 어린이 전집 판매원이 드나드니 금세 동네에 소문이 났고, 소식을 들은 남편이 열불이 나서 한달음에 집으로 달려와 여자를 닦달하다가 그만 일이 난 것이다. 세상에 바람피운 년이 방에 칼까지 숨겨놓고 있다가 서방을 찔러 죽이다니 이런 천벌을 받을 년이 어디 있단 말인가.

변호사란 놈은 자꾸만 여자가 얻어맞은 사진이랑 진단서 나부랭이를 보여주며 물 타기를 하려드는데, 아니 그럼 제놈은 마누라가 집구석에서 외간 사내놈과 눈이 맞아 더러운 짓을 한 걸 보고도 주먹이 나가지 않을 것 같은가? 정말 이건 남편이 때려 죽였어도 할말이 없는 사건 아닌가? 세상이 도대체 어떻게 돌아가는 건가. 자꾸만 20년 전에 집안에 돈 될 것 다 들고 집을 나가버린 여편네 생각이 나서 견딜 수가 없었다.

노인은 심사가 불편했다. 변호사는 자꾸만 과거지사를 들추며 죽은 남편을 알코올중독 환자에 상습 폭력배로 몰아가고 있었다. 옆에 앉은 2번 배심원 여자는 자꾸만 눈물을 질질 짜고 있다. 점심식사 때 들으니 피고인과 비슷한 또래인 삼십 대 후반의 애 엄마인 모양이다. 검사는 도대체 왜 저런 여자가 배심원석에 앉도록 놔둔 건지 모르겠다. 일처리 하는 꼴하고는.

9번 배심원은 증거 조사 절차가 길어지자 자꾸 판사석을 힐끔거렸다. 요즘 SNS에서 유명한 미니스커트 여판사를 바로 옆에서 보다니 신기했다. 저 법복 밑에도 혹시? 인증샷 찍어서 게시판에 올리면 조회수가 수십만일 텐데. 군대 가서 뺑이치다 온 후 구직 활동을 빙자한 백수 생활이 벌써 2년째. 느는 건 엄지로 자판 찍는 스피드뿐이다.

박차오름 판사는 아까부터 자꾸만 손이 덜덜 떨려와서 들키지 않으려 애쓰는 중이었다. 국선 변호인이 스크린에 띄운 피고인의 얼굴 사진들을 본 다음부터다. 기괴한 추상미술 작품같이 부풀어오르고 터지고 시퍼렇게 된 그것이 사람의 얼굴이라니. 그 얼굴 위에 자꾸만 엄마의 얼굴이 겹쳐지는 것을 막을 수가 없었다. 어린 딸을 옆에 앉힌 채 피아노를 치며 천사 같은 목소리로 노래를 부르던 얼굴. 눈두덩이 시커멓게 부풀어오른 채 아빠 앞에 무릎 꿇고 빌고 있는 얼굴. 매사에 정확한 아빠는 엄마를 때릴 때도 불필요한 동작의 낭비가 없었다. 감정의 낭비 또한 없었기에 아빠의 폭력에는 표정이 없었다. 그저 신이 내리는 재난 같은 것이어서 감히 이유를 알려 하거나 피할 생각도 들지 않았다. 아빠는 구타 후에는 천천히 공을 들여 엄마의 상처를 치료해주곤 했다. 방금 지나간 재난과는 무관한 사람인 것처럼. 엄마는 얌전히 앉아서 치료를 받으며 눈물을 흘렸다. 불가해하고 무자비한 신의 자애로움에 감사하는 사람처럼.

사진에서 시선을 돌려 방청석 쪽을 바라보니 맨 앞줄에 앉은 피해자의 어머니가 눈에 띄었다. 텅 빈 눈이다. 아들을 잃은 어미의 눈. 마치 마른 걸레를 힘껏 더 쥐어짠 듯 야위고 비틀린 몸으로 방청석 의자에 힘겹게 기대앉아서는 하염없이 법정에서 벌어지는 연극 같은 풍경을 바라보고 있었다. 생면부지의 타인들이 아들의 죽음에 대해서 왈가왈부하는 풍경.

박 판사는 이런 눈을 본 일이 또 있다. 첫 출근 때 법원 앞에서 일인시위중이던 할머니의 눈이다. 박 판사는 그때 할머니 옆에 앉아서 대형 병원에서 수술중에 아들을 잃고 제대로 된 설명조차 듣지 못한, 그리고 병원을 상대로 소송을 했지만 증거가 없어서 지고 만 사연을 몇 번이고 들어드렸었다. 이미 종결되어 확정된 재판 기록을 찾아서 읽고는 할머니에게 힘 닿는 데까지 설명해드리기도 했다. 법적으로는 더이상 방법이 없었지만 최소한 어찌된 일인지라도 알려드리려고 말이다. 가을쯤부터 법원에 나오지 않던 할머니를 일주일 전부터 다시 보게 되었다. 할머니는 박 판사를 공격하는 일인시위를 벌이고 있는 노인과 싸우러 나오고 계신다. 마치 친손녀를 지키려는 것 같은 기세로 노인과 삿대질을 하며 싸움을 벌이더니 박 판사를 모함하지 말라는 피켓까지 만들어 와서 맞 시위를 벌이고 있다. 박 판사가 말려도 소용이 없었다. 박 판사는 법대 위에 앉아 엄숙한 표정을 짓고 있지만 길 잃은 아이처럼 두렵고 무기력했다. 지금 재판하고 있는 사건, 엄마가 겪어야 했던 일들, 자기를 둘러싸고 지금 벌어지고 있는 일들이 뒤섞여서 박 판사를 내리누르고 있었다.

1번 배심원 노인은 5번 배심원을 못마땅한 눈으로 노려보았다. 대학원생이라는 저 여자애는 증인 신문 때마다 메모지에 뭘 잔뜩 써서는 질문해달라고 판사에게 제출하는데, 들어보면 죽은 남편을 나쁜 놈으로 몰아가는 변호사의 장난질에 맞장구치는 내용이다. '매 맞는 아내 증후군'이니 '학습된 무기력'이니 하는 요상한 말을 써가며 잘난 척, 아는 척을 하는 어투라 더욱 심사가 뒤틀린다. 노인은 종일 폐지를 줍고 소주 한잔 걸친 채 지하철을 타고 집에 갈 때면 종종 젊은 애들에게 말을 걸곤 한다. 옷차림이 그게 뭐냐고 야단치기도 하고, 애국애족에 대해서 훈계하기도 한다. 그럴 때마다 저런 잘난 계집애들은 무슨 동네 미친개 보듯 질색을 하며 다른 칸으로 옮겨가버리곤 한다. 어차피 가만히 있으면 아무도 눈길을 주지 않는 투명인간이니 미친개 취급이라도 받는 것이 나은 건지도 모르겠다. 혼자 사는 쪽방으로 돌아오면 잠이 오지 않아 고물 텔레비전을 친구 삼아 시간을 보낸다. 아나운서가 목청 높여 시원시원하게 떠들고 흥분하는 뉴스쇼를 한참 보고 있으면 아직은 세상에 속해 있다는 느낌이 든다. 아직은.

노인은 변호사가 피고인의 친정 여동생이니 이웃이니 하는 한통속들을 불러내어 고인을, 열심히 일한 한 집안의 가장을 모욕하는 소리들을 듣고 있기가 힘들었는데, 검사가 최후 변론에서 조목조목 변호인의 주장을 반박하자 속이 다 시원했다. 검사는 먼저 살인할 고의가 없었다는 주장에 대해, 설사 계획적인 살인이 아니었다 하더라도 칼로 사람의 중요한 장기가 모여 있는 복부를 깊이 찌른 이상, 범행 순간 상대가 죽을 수도 있다는 가능성을 알면서도 이를 용인한 것이어서 미필적 고의가 인정된다는 부분을 공을 들여 설명했다. 그러고는, 변호인 측의 정당방위 주장에 대해 반박하기 시작했다.

"대법원 판례를 보면 '정당방위가 성립하려면 침해 행위에 의하여 침해되는 법익의 종류, 정도, 침해의 방법, 침해 행위의 완급과 방위 행위에 의하여 침해될 법익의 종류·정도 등, 일체의 구체적 사정을 참작하여 방위 행위가 사회적으로 상당한 것이었다고 인정할 수 있는 것이어야 한다'고 하고 있습니다. 비록 피해자가 쓰러진 피고인을 걷어차는 등 심하게 구타한 것은 사실입니다만, 피해자는 맨손이었고, 만취 상태여서 비틀거리기도 했습니다. 흉기를 든 것은 피고인입니다. 상대방의 소중한 생명을 빼앗는 것 외에는 달리 자신을 방어할 방법이 없는 급박한 상황이었다고 보기 어렵습니다. 게다가

이 사건의 원인을 제공한 것은 바로 피고인입니다. 불륜 행위를 저질러 부부간의 신뢰를 무너뜨렸습니다. 이를 알게 된 피해자가 흥분하여 어느 정도 폭력적으로 행동하였다 해도, 이를 빌미로 오히려 피해자의 목숨을 앗아간 행위는 우리의 사회통념상 결코 정당화될 수 없습니다. '사회적으로 상당한 것'으로 인정할 수 없다는 뜻입니다. 피고인은 피해자가 올라오는 소리를 듣고는 과도를 가져와 숨겨놓기까지 했습니다. 순수한 방위 행위였는지조차 의심이 가는 측면입니다. 이런 행위를 정당방위로 인정해주면 이를 악용하여 적반하장의 패륜적 범행이 발생할 가능성도 있는 것입니다."

검사는 배심원들 한 명 한 명을 차례로 쳐다보며 진지하게 말을 이어갔다.

"원론적인 말씀도 드려보겠습니다. 배심원 여러분 중에는 평소 우리나라에서는 정당방위가 너무나 좁게 인정되는 것 아니냐는 불만을 가졌던 분도 계실 것입니다. 실제로 상대가 사망한 사건에서 정당방위가 인정된 사례는 거의 없다시피 합니다. 그런데, 정당방위가 폭넓게 인정되는 것이 정말로 더 안전하고 평화로운 사회일까요? 자기 집 뒷마당에 행인이 실수로 들어오기만 해도 엽총을 꺼내들어 겨누는 미국 영화 같은 살벌한 세상을 원하십니까? 정당방위는 복수와 마찬가지로 인간의 자연스러운 자기보호 본능에 부합합니다. 하지만, 남용되면 사회의 평화와 법질서를 저해할 위험 또한 있는 것입니다. 그렇다고 자기 목숨이 위태로운 상황에서 무기력하게 앉아서 당할 것을 강요하는 것은 아닙니다. 물론, 자신을 지키기 위해 맞서 싸워야지요. 단지 그 결과에 대해 사후적으로 평가할 때 경우에 따라 일부의 책임을 지울 뿐입니다. 우리나라는 정당방위를 좁게 인정하고 있지만 양형에 있어서는 범행에 이르게 된 경위를 충분히 참작하고 있습니다. 그 정도가 우리 사회의 평화를 지키는 데 나은 것은 아닐까요? 여러분 중에도 피고인이 피해자에게 구타당하던 당시의 상황을 심각하게 평가하는 분들이 계시겠지요. 그렇다고 하더라도, 상대방의 생명을 앗아간 사건입니다. 그런 중대한 결과가 발생한 사건에서는 더더욱 정당방위를 손쉽게 인정해서는 곤란한 것입니다."

검사는 대학원생인 5번 배심원의 눈을 오래도록 주시하며 말을 마쳤다.

변호인은 공판 내내 하던 주장들을 되풀이했다. 새로운 것은 "당시 피고인이 반격하지 않았다면 피해자는 피고인을 때려 죽였을 것입니다. 그랬다면 흉기를 사용한 것도 아니고 하니 살인의 고의가 없다며 폭행치사나 상해치사 정도로 기소되었겠지요. 피해자의 불륜을 알고 격분했다는 범행 동기와 만취 상태였다는 점까지 참작하여 관대한 처벌을 받았을 것입니다. 그런데 살기 위해 본능적으로 반격한 피고인의 행위는 파렴치한 살인죄로 평가받아야 합니까? 우리는 어떤 시대에 살고 있습니까?"라는 일갈이었다.

피고인은 고개를 숙인 채 울기만 할 뿐 좀처럼 말을 잇지 못하다가 겨우 "죄송합니다", 울음 섞인 작은 목소리를 냈다.

최후 변론까지 모두 끝났다. 이제 배심원들의 시간이다. 한 부장은 배심원들에게 평의 절차 및 주의사항에 대해 상세히 설명한 후, 이렇게 말을 맺었다.

"배심원 여러분, 오랜 시간 정말로 수고 많으셨습니다. 마지막으로, 예비 배심원이 어느 분인지 알려드리겠습니다. 1번 배심원입니다. 예비 배심원은 평의에 참여하지 않습니다. 절차가 모두 끝날 때까지 별도의 방에서 대기하여주십시오. 그동안 수고 많으셨습니다."

처음부터
다시 토론합시다

"유무죄에 대한 평결은 배심원 여러분의 만장일치로 이루어져야 합니다. 만약 여러분이 만장일치에 이르기 위해 최선의 노력을 기울였음에도 끝까지 의견 일치가 되지 않을 때는 다수결에 의한 평결을 하실 수 있습니다. 하지만, 그 경우에는 평결에 앞서 반드시 재판부의 의견을 들어야 합니다. 평의를 시작하기 전에 우선 잘 상의하셔서 배심원 대표를 뽑으시기 바랍니다. 번호가 가장 앞인 2번 배심원이 사회자가 되어 대표를 뽑는 방법을 권해드립니다."

한세상 부장과 두 판사가 먼저 퇴정하여 판사실로 향한 후,

참여관의 인솔하에 배심원들은 평의실로 향했다. 1번 배심원만 홀로 남겨졌다. 재판 내내 곧게 펴져 있던 허리가 다시 구부정하게 굽은 그는 아무도 상대해주지 않는 독거노인으로 되돌아갔다. 잠시나마 세상에 속해 있다는 벅찬 느낌은 온데간데없고 익숙한 고독만 텅 빈 법정에 함께했다. 실무관이 노인을 대기 장소로 안내했다.

평의실. 배심원들은 종일 엄숙한 표정으로 앉아 있어야 했던 갑갑함에서 벗어나 기지개도 켜고 서로 힘들지 않았느냐며 이야기도 주고받았다. 별도로 뽑기도 번거로우니 그냥 2번 배심원을 배심원 대표로 하자는 데 금세 좌중의 의견이 일치되었다. 2번 배심원은 싫다고 한사코 손사래를 쳤지만 도리가 없었다. 공판 내내 눈물을 닦던 삼십대 후반 여성이다. 대표로 추대되었지만 소극적으로 앉아만 있는 그녀를 대신하여 5번 배심원이 논의를 주도하기 시작했다. 증인 신문 때마다 적극적으로 질문사항 메모지를 재판부에 전달하던 대학원생이다.

"우리, 순서대로 먼저 살인의 고의가 인정되는지부터 토론해봐요. 어떻게들 생각하세요? 고의가 인정될까요?"

"에이, 그래도 그 아줌마가 계획적으루다가, 고의적으루 막 그런 건 아니잖아유. 난리통에 어쩌다보니 확 찌른 거지. 안 그류?"

순댓국집 주인이라는 오십대 남성이다. 5번 배심원 대학원생이 웃으며 말했다.

"에구, 아저씨, 재판 내내 검사가 설명하던 거 안 들으셨어요? 꼭 계획적으로 범행한 경우만 고의가 인정되는 게 아니라, 그 순간에 이러면 사람이 죽을 수도 있겠다 생각하면서도, 어쩔 수 없지 하고 일을 저지른 경우 미필적 고의가 인정된다잖아요."

순댓국집 주인이 머리를 긁적였다.

"그류? 학생은 어찌 그리 복잡한 내용을 잘 알아들었슈? 법대생이유? 그니깐 그 말인즉슨, 꼭 사람을 아주 고의적으루 죽인 경우가 아니래두 살인죄가 되기두 한단 말이쥬?"

"전 사회학 전공이에요. 그리고 거기서 고의적이라는 말은요······."

대학원생은 참을성 있게 다시 설명했다. 그녀의 설명 때문인지 다른 배심원들은 미필적 고의 인정에 이의가 없었다. 대학원생은 미소를 지으며 다음 쟁점으로 넘어갔다.

"이 사건에서 우리가 관심을 기울여야 할 것은 정당방위의 인정 여부예요. 우리나라 사법부는 이런 사건에서 가정 내 약자인 여성이 당하는 폭력과 억압이라는 구조적인 문제에 대해서 너무나 둔감해요. 가부장제 이데올로기에서 자유롭지 못한 거죠. 그래서 우리가 변화의 계기를 만들어야 해요."

"이데올로기유? 이게 무슨 사상범 사건인가유?"

눈을 껌뻑거리는 순댓국집 주인의 질문에 대학원생은 미간을 찡그렸다.

"그런 말씀이 아니고요, 우리 사회의 남성우월주의 프레임에 갇힌 채 이 사건을 바라보면 안 된다는 얘기예요. 죄송한데, 논의를 좀더 진행해도 될까요?"

그녀의 말투에 희미하게 섞인 짜증을 느꼈는지 순댓국집 주인은 입을 다물었다. 다른 배심원들은 가타부타 반응을 보이지 않았다.

왜인지 초조해진 대학원생의 말이 빨라졌다. '외상 후 스트레스 장애', '매 맞는 아내 증후군', '국제 앰네스티 보고서' 등의 용어가 반복되자 9번 백수 청년은 하품을 하기 시작했다.

오십대 남성이자 중학교 교감 선생인 배심원이 대학원생의 말을 가로막았다.

"먼저 윤리도덕의 문제를 생각합시다. 혼약을 깨뜨리고 불륜을 저지른 사람을 약자나 피해자로만 볼 수 있습니까? 남편은 피해자가 아닙니까? 법은 잘 모르지만 정당방위라고 하려면 사회적으로, 윤리적으로도 정당하다고 할 수 있어야지요. 사실 간통죄를 없애버린 것부터 잘못된 일이오. 가정을 파괴당한 사람의 분노를 법이 처벌하지 않는다고 하니, 그 분노가 어디로 가겠소. 이런 비극이 생길 수밖에."

대학원생이 반론했다.

"불륜과 생명을 위협하는 폭력에 대한 정당방위는 별개 문제예요. 논리적으로 생각하셔야죠. 그리고 애초에 먼저 상습적으로 불륜 행위를 하고 다닌 건 남편이에요. 노래방 도우미, 동네 과부, 초등학교 동창 등등 동네에 소문난 바람둥이였는데, 뻔뻔하게도 그걸 아내에게 감추려들지도 않고 당당했다는 거예요."

"그런 얘기는 아까 못 들은 것 같은데?"

교감 선생이 고개를 갸우뚱했다.

"전에 어떤 기사에서 본 적이 있는데 국선 변호인이 그 부분을 제대로 못 짚길래 답답해서 제가 좀전에 다시 검색해봤어요."

한편, 판사실에서는 임바른 판사가 쉬는 시간을 이용해 인
터넷 검색에 몰두하고 있었다. 박차오름 판사 관련 기사와 반
응들이다. 박 판사를 옹호하는 할머니의 일인시위가 화제다.
할머니는 기자들의 마이크 앞에서 눈물을 훔쳐가며 박 판사
와의 사연을 이야기했다. 아들 잃은 할머니를 헌신적으로 도
운 초임 여판사의 미담 기사가 하나둘 늘어가는 사이에, 「미
스 함무라비 판사와 세진대학의 악연」이라는 기사도 눈에 띄
었다. 할머니 아들이 수술 받다 사고를 당한 곳이 세진대학병
원이라는 점에 주목한 기사다. 물론 박 판사도 세진대학 이사
장 아들의 준강간 사건 재판 때 이 이야기를 꺼낸 적 있긴 하
지만, 워낙 큰 수술을 많이 하는 유명 병원이기도 하고, 서로
아무 연관도 없는 사건들이라 무심히 넘겼었다. 하지만 어떤
기자의 창의적인 펜은 마치 두 사건 사이에 대단한 인과 관계
라도 있는 것처럼 얼기설기 의혹을 제기하고 있었다. 임 판사
는 한숨을 쉬었다. 검색 목록 맨 위에 '단독, 세진대학병원에
서 만난 의외의 얼굴'이라는 제목이 뜨길래 클릭하려는데, 한
부장이 판사실 문을 열었다.

"갑시다. 배심원 대표가 할말이 있다는군."

2번 배심원의 얼굴은 잔뜩 상기되어 있었다.

"재판장님, 평의하기 전에는 배심원끼리 사건에 대해 얘기하면 안 된다고 하셨죠? 만약 누가 평의 전에 자꾸 다른 배심원을 설득하려고 하면 어떻게 되는 거죠?"

"누가 그랬지요?"

"5번 배심원이요. 점심식사 때와 휴정할 때 저한테 와서는 우리가 힘을 합쳐야 한다고 자꾸 얘기하더라고요. 어차피 꼴통 영감들하고는 말이 안 통할 거라면서."

5번 배심원은 당황해서 얼굴이 흙빛이 되었다.

"그리고요, 재판 외에 따로 사적으로 사건에 대해 알아보면 안 된다고도 하셨는데, 스마트폰으로 검색한 얘기를 토론 때 한참 하기도 했어요."

"5번 배심원! 그게 사실입니까?"

"……"

"중대한 의무 위반이 발견된 이상, 더이상 배심원으로 직무를 수행할 수 없습니다. 5번 배심원을 해임합니다. 귀가하세요."

한 부장이 단호하게 선언하자 5번 배심원은 망연자실한 채 고개를 떨구었다.

"5번 배심원의 공석은 예비 배심원이 대신하도록 하겠습니다. 실무관은 어서 1번 배심원을 모시고 오세요."

평의실. 다시 평의가 시작되었다. 1번 배심원 노인은 아직도 조금 어리둥절한 상태였다. 선서를 할 때만 해도 기세가 대단했었는데, 혼자 따로 대기하면서 풀이 죽은 데다가, 한참 진행되던 논의 중간에 끼어들게 되어 어렵기도 했다.

2번 배심원은 여전히 상기된 얼굴이었다.

"정말 아까 그 여학생 얘기 듣느라 힘들었어요. 온갖 아는 척은 다 하면서 어쩜 아들 잃은 엄마 마음은 하나도 모르죠? 저도 사고로 남편 잃고 혼자서 중학생 아들 하나 키우고 있어요. 이 녀석이 벌써 사춘기라고 여자친구 꽁무니만 따라다니는데 얼마나 밉고 서운한지……"

그녀의 눈에 또 눈물이 맺혔다.

"전 걔 없으면 못살아요. 며느리 손에 아들을 잃은 그 할머니 얼굴 다들 보셨지요? 그게 산 사람 얼굴인가요? 이건 두 사람을 동시에 죽인 사건이라고요. 전 그 할머니 볼 때마다 울음이 나서……"

몇몇 배심원이 고개를 끄덕거렸다.

평의 내내 별말이 없던 오십대 주부 배심원이 입을 열었다.

"맞아요. 아들 죽은 것도 억장이 무너지는데, 아들 죽인 며느리가 정당방위라고 하면 그 할머니 죽으라는 소리나 다름 없어요. 이 사건 텔레비전에도 나오고 유명한 사건인데 우리 가 그렇게 판결했다가는 나가서 돌 맞을 걸요?"

교감 선생이 맞장구쳤다.

"온정주의로 흐를 사건이 아니지요. 평소 가정폭력이 있었 다지만, 그렇다고 남편을 찔러 죽일 것이 아니라, 법적으로 정당하게 해결했어야죠."

"법적으로요? 어떻게요?"

삼십대 어린이집 교사인 여성 배심원이 반문했다.

"아까 피고인이 그랬잖아요. 남편이 서랍장 구석에 숨겨놓 은 이혼신고서 찾아내서는 반죽음이 되도록 때렸다고요. 집 을 나갔더니 남편이 술 먹고는 기름통 들고 친정에 찾아가서 딸 찾아오지 않으면 불 질러서 다 죽여버린다고 난리를 쳐서 무서워서 들어왔다고도 했잖아요. 비명 소리 듣고 이웃이 경 찰에 신고했는데 출동한 경찰이 부부싸움에 개입할 수 없다 면서 돌아갔다는 얘기, 아까 다들 안 들으셨어요?"

"그래도 변호사를 찾아가던지 정신 차리고 제대로 된 방법 을 찾으면 있었을 텐데요."

"가진 것 없고 배운 것 없는 아줌마가 매일 죽도록 두들겨 맞으면서 어떻게 제정신을 차리죠?"

2번 배심원이 끼어들었다.

"칼을 미리 준비한 건 어쩌고요. 남편이 문 여는 소리 듣고는 칼을 가져와서 숨겨놨다잖아요. 그게 어떻게 정당방위예요. 일 터진 김에 죽여버리려는 거지."

"아, 그 전날도 늦게 들어왔다고 죽도록 맞았다잖아유. 남편이 낌새를 채고 있었던 거쥬. 남편이 쿵쾅거리며 문 걷어차고 들어오는 소리 듣는 순간 이제 죽었구나 싶지 않았겠슈?"

순댓국집 주인이 흥분한 어조로 대꾸했다.

"아까 사진 안 봤슈? 그게 사람 꼴이유? 남편이 주먹질을 하다가 여자가 넘어지니까 등산화발로 배를 몇 번이나 힘껏 걷어찼다잖아유. 남자는 팔십몇 킬로고 여자는 사십몇 킬로라는데, 생각 좀 해봐유. 좀만 더 있었으면 어찌 됐겠슈? 남편이 너무 세게 걷어차려다 헛 차서 자빠졌다가 일어나는 사이에 여자가 칼을 꺼내들었으니 망정이지."

1번 배심원 노인이 몸을 부르르 떨었다. 40년 전, 자신의 배로 날아들던 군홧발을 떠올렸기 때문이다. 행동이 굼뜨고 자신감이 없던 노인은 고문관으로 불리며 툭하면 고참들에게 구타당했다. 고양이가 쥐를 가지고 놀듯 심심풀이로 괴롭히는 고참들 사이에서도 유독 집요하게 괴롭히는 병장이 한 명 있었다. 도대체 왜 그렇게 자기를 싫어하는지 이유조차 알 수 없어서 더 두려웠지만 피할 방법이 없었다. 사소한 실수를 이유로 엎드려뻗쳐를 시킨 후 엉덩이를 각목으로 내리치던 병장은 노인이 못 견디고 바닥에 나뒹굴자 군홧발로 배를 걷어차기 시작했다. 살려달라고 빌어도 소용없었다. 광기 어린 병장의 얼굴을 보며 느꼈던 죽음의 공포는 평생 잊히지 않았다.

"하긴, 그 아줌마, 옷 입은 채로 소변을 봤다면서요. 저도 그 심정 알아요. 중학교 때 왕따였거든요. 일진 애들한테 맞다가 너무 무서워서 소변을 지렸더니 더럽다고 웃으면서 발로 마구 짓밟는데, 정말 그땐 창피한 것도 모르겠고 살려만 주면 고맙겠더라고요."

내내 시큰둥하게 앉아서 스마트폰만 만지작거리던 9번 백수 청년이다.

분위기가 이상하게 돌아가자 교감 선생이 나섰다.

"자자, 이러다 날 새겠소. 벌써 여덟시가 다 되어가요. 기다리는 사람들 생각도 해야지. 어차피 만장일치는 틀린 것 같으니 다수결로 합시다. 판사 의견 들어야 한다니 듣고 바로 표결하자구요. 그게 낫겠죠?"

토론에는 적극 참여하지 않았지만 교감 선생이 뭐라 할 때마다 고개를 끄덕거리던 육십대 여성 배심원이 또 고개를 끄덕였다. 배심원 대표인 2번 배심원은 메모할 준비를 시작했다.

그때, 노인의 목소리가 터져나왔다.

"안 됩니다! 더 합시다! 우리 처음부터 다시 토론합시다! 사람이 죽느냐 사느냐 하는 문제 아니오. 시간이 얼마가 걸리든, 힘 닿는 데까지 토론합시다. 그게 도리 아닙니까."

밤 열시 반, 배심원들의 토의는 하염없이 길어지고 있었다. 임바른 판사는 다시 기사를 읽기 시작했다. 아까 읽으려던 「단독, 세진대학병원에서 만난 의외의 얼굴」이라는 기사다. 박차오름 판사와 일인시위 할머니의 사연이 화제가 되자 H신문 기자가 할머니 아들이 수술 받다 사망한 사고에 관해 알아보려고 세진대학병원을 찾아간 모양이다. 할말 없다는 병원측의 완강한 태도에 성과 없이 돌아서던 기자는, 낯익은 얼굴이 특실에서 나오는 것을 발견했다. 세진대학 이사장 아들의 준강간 사건 항소심 공판을 취재했던 기자는 단번에 그 얼굴을 알아보았다. 항소심에서 진술을 번복한 피해 여학생이다.

직감적으로 뭔가 이상하다는 느낌을 받은 기자는 여학생을 뒤따라가 말을 걸어보았지만 그녀는 대꾸 없이 사라졌다. 병실로 돌아온 기자가 가까스로 알아낸 것은 최근에 여학생의 어머니가 이 병원에 입원했고, 병명은 뇌종양이라는 사실이다. 세진대학병원에는 대기 환자가 끝도 없이 밀려 있다는 국내 최고의 뇌수술 전문가인 C교수가 재직중이다. 기사는 여기까지였다. 임 판사는 흘깃 박차오름 판사를 쳐다보았지만, 뭐라 말하기에는 내용이 부족한 기사였다. 머릿속이 복잡하기만 했다. 그때, 실무관이 손에 서류 봉투를 든 채 나타났다.

"판사님, 배심원 평결이 나왔습니다."

임 판사는 봉투를 받아들고 박 판사와 함께 얼른 부장판사실로 들어갔다. 의자에 몸을 파묻은 채 눈을 감고 뭔가 생각에 빠져 있던 한세상 부장은 천천히 눈을 뜨고 평결서 봉투를 받아들었다. 한 부장은 봉인된 평결서를 개봉하여 꺼내들고는 한참을 쳐다보았다. 재촉하듯 바라보는 임 판사와 박 판사는 아랑곳 않고 조각상처럼 굳어 있던 한 부장은 이윽고 나지막이 내뱉었다.

"……무죄네. 만장일치로."

임 판사와 박 판사는 잠시 말을 잃었다. 재판 전에 이미 피고인에 대한 비난 여론이 기세등등하던 사회 분위기를 생각해보면 놀라지 않을 수 없었다. 재판 도중에도 곱지 않은 눈초리로 피고인을 노려보던 배심원들이 눈에 띄지 않았던가. 토론 과정에 무슨 일이 있었기에.

"배심원들은 정당방위를 인정했군. 자네들 의견과 같이. 그리고 내 의견과는 달리."

한 부장은 평결서를 내려놓고 두 판사를 쳐다보았다.

"이제 공은 우리에게 넘어왔어. 배심원들의 판단을 최대한 존중은 하지만, 최종 판단은 우리가 해야 하니까. 난 여전히 반대야. 검사도 지적했지만 우리 대법원은 정당방위를 매우 좁게 인정하고 있어. 이런 유형의 살인 사건에서 인정한 예가 없지. 우리가 무죄를 선고해도 상급심에서 파기될 가능성이 압도적으로 높아. 그렇게 되면 잠시 석방되었던 피고인은 다시 구속되는 이중의 고통을 겪게 되겠지. 무죄로 한껏 자극된 비난 여론은 더더욱 가혹해질 것이고. 임 판사는 말 안 해도 잘 알지?"

"네, 부장님."

임 판사는 잠시 호흡을 골랐다.

"하지만, 그런 사정을 감안해서 관대한 형량의 유죄 판결로 타협하는 것이 정도일까요? 법원은 법대로 판결하면 그뿐입니다. 형법이 정한 정당방위의 요건에 해당한다고 판단하면 그렇게 판결할밖에요. 부장님, 과거에 어땠든 판례는 새롭게 바뀝니다. 하지만, 그러려면 먼저 새로운 의견이 올라가야죠. 깨지더라도."

임 판사를 응시하던 한 부장은 이번에는 박 판사에게 물었다.

"무죄 판결이 과연 사회를 설득할 수 있을까? 남편을 죽인 '불륜녀'라며 대중의 분노가 하늘을 찌르고 있어. 물론 법률가들의 합리주의로는 불륜과 위급 상황의 정당방위는 서로 다른 문제라고 선언할 수 있지. 하지만 그걸 일반 국민들도 납득할 수 있을까? 출구 잃은 분노는 결국 사법부에 대한 비난으로 돌아오겠지."

박 판사는 잠시 생각한 후 답했다.

"눈에는 눈, 이에는 이, 목숨은 목숨으로 갚는 것이 사람들이 가장 자연스럽게 받아들이는 정의에 대한 생각이겠죠. 저도 마찬가지예요. 부장님, 저 이래 봬도 '미스 함무라비'라고 불리고 있잖아요."

그녀는 살짝 웃었다.

"그런데요. 생각해보면 함무라비 시대에 '눈에는 눈, 이에는 이'라는 건 지금과는 다른 의미였을 것 같아요. 평민이나 노예가 귀족이나 힘있는 사람의 털끝 하나만 실수로 건드려도 목이 날아갈 수 있던 때 아닐까요. 그런 시대에 피해와 동일한 만큼의 처벌만 허용한다는 것은 사람들의 복수를 엄청나게 제한한 것이겠죠. 문명이란, 그리고 법이란 결국 자연 상태의 본능을 절제하는 방향으로 발전했지 그 반대 방향으로 발전한 건 아닐 거예요."

두 젊은 판사를 바라보던 한 부장은 눈이 부신 듯 천천히 눈을 감았다.

"역시 그렇군. 내가 잘 결심한 것 같구면."

한 부장은 어리둥절한 표정의 두 판사에게 미소를 지었다.

"어차피 곧 알게 될 테니 얘기하지. 이 책상 서랍 안에 있던 내가 예전에 쓴 사직서, 기억들 하지? 한 달 전에 제출했네. 이번에는 반려당하지 않았어. 오늘이 내 마지막 재판이야."

"부장님! 그게 무슨 말씀이에요!"

박 판사가 비명에 가까운 소리를 질렀다. 임 판사도 놀라 입을 열었다.

"부장님, 왜 그런 결정을…… 준강간 사건 때문이라면 아직 재판이 다 끝난 게 아니고 최근 이상한 점도 발견되었다고……"

한 부장은 고개를 저었다.

"아냐, 그냥 여러모로 부족한 인간이 너무 오래 이 자리에 버티고 있었구나, 싶어서일 뿐이야. 아니, 그 이전에 너무 지쳤어. 진작 그만뒀어야 하는데."

미소 짓는 한 부장의 홀가분한 표정을 보며 임 판사는 문득 막말 사건 당시 법정에서 박 판사에게 고함을 지르던 한 부장의 모습을 떠올렸다. 그 사건 후로 준강간 사건 무죄로 인한 비난 여론의 초점은 박 판사에서 한 부장으로 서서히 옮겨갔었다. 모든 책임은 독불장군인 막말 부장판사에게 있지 새파란 초임 여판사에게 있을 리 없다는 인상을 강하게 심어주었기 때문이다.

'부장님은 그때 이미?'

임 판사가 멍하고 있는 사이 박 판사는 눈물을 펑펑 흘리며 한 부장의 팔을 붙잡았다.

"부장님, 왜 그러셨어요. 안 돼요. 저희는 어쩌라고요."

한 부장은 씩 웃었다.

"뭘 어째. 재판 열심히들 해야지. 그리고 내가 변호사 되어 법정에 나타나면 전관예우나 좀 해줘."

박 판사는 울다 말고 능청스러운 한 부장의 말에 어처구니가 없다는 듯 살짝 그를 노려보았다.

"부장님!"

"자, 됐고, 얼른 눈물 닦아. 판결 선고하러 내려가야지."

법정은 눈물바다였다. 피해자의 어머니는 가슴을 치며 대성통곡을 했고, 피고인은 고개를 떨군 채 소리를 죽여 흐느꼈다. 눈물 많은 2번 배심원도 어느새 따라 울고 있었다. 순댓국집 주인의 눈에도 백수 청년의 눈에도 눈물이 맺혔다. 방청석의 웅성거리는 소리도 끊이지 않았다. 한 부장의 입에서 "피고인은 무죄"라는 한마디가 떨어진 후부터 어떤 이들은 기쁜 표정으로, 어떤 이들은 성난 표정으로 옆 사람과 수군거리기 시작했다. 그 와중에 엄숙한 표정을 지은 채 밑으론 몰래 박 판사를 향해 손가락 하트를 보내는 방청객이 있었다. 옆방 정보왕 판사였다. 힘들어하는 박 판사가 마음에 걸리는지 야근할 때마다 방으로 놀러오더니, 오늘은 재판이 늦어지자 법정으로 찾아온 모양이다. 임 판사는 고개를 절레절레 흔들었다.

점점 커져가는 피해자 어머니의 통곡 소리가 자정을 향해
가는 심야의 법정을 무겁게 내리누르고 있었다. 지친 배심원
들은 방청석 쪽을 보지 못하고 고개를 떨구었다. 1번 배심원
노인은 착잡한 표정으로 눈을 감았다.

판결 선고를 모두 마친 한 부장이 자리에서 일어나자 법정
의 모든 사람들이 따라서 자리에서 일어섰다. 법정 출입문 쪽
을 향해 몸을 돌리던 한 부장은 잠시 멈칫하더니 반대 방향으
로 몸을 돌렸다. 임 판사와 박 판사도 놀라서 따라 몸을 돌렸
다. 한 부장은 배심원석을 향해 천천히 허리를 굽히기 시작했
다. 두 판사도 뒤따라 고개를 숙였다. 배심원들도 당황하여
허둥지둥 맞절 하듯 고개를 숙였다. 고개 숙인 1번 배심원 노
인의 눈에 눈물이 맺혔다.

도서관 창밖 나무의 잎사귀마다 빗방울이 맺히기 시작했다.
봄을 재촉하는 비다. 나무마다 한껏 뿌리로 물을 빨아들여 가
지 끝으로 보내며 푸른 봄날을 준비하고 있었다. 정독도서관
뜨락에는 회화나무, 은행나무, 벚나무가 가득했다.

하지만 창 안쪽 열람실은 소란스러웠다. 한 안경잡이 소년
이 추리닝 차림에 떡진 머리의 고시생과 말싸움을 벌이고 있
고, 소년 옆에는 긴 머리에 치렁치렁한 치마를 입은 소녀가
어쩔 줄 몰라 하며 서 있다.

"어린놈이 어른한테 예의도 없이 따박따박 말대꾸야! 도서

관 자리를 너네가 전세 냈냐? 이게 왜 쟤 자리야!"

"그 자리는 얘가 방학 내내 도서관 문 열기 전부터 와서 기다려서 앉는 자리예요. 독서교실 때문에. 아저씨가 치워버린 책 밑에 독서노트 보이죠? 'OO여중 1학년 1반 박차오름'이라고 쓰여 있는 것 안 보이세요?"

책상 위에는 낡은 법서와 문제집들이 너저분하게 쌓여 있고, 구석에는 독서노트와 분홍색 필통, 그리고 소설 『앵무새 죽이기』가 밀쳐진 채 있었다.

"일찍 와서 앉는다고 자리 소유권이 발생하냐? 도서관은 공공시설이야. 자리만 맡아두고는 종일 바깥에서 수다 떨고 노닥거리라고 세금으로 도서관 지은 줄 아니?"

"종일이라뇨! 점심시간이라 잠깐 내려가서 도시락 먹고 왔는데요. 30분도 안 걸렸을 거예요."

"뭔 소리야! 내가 여기 앉은 지 한 시간이 훨씬 넘게 지났는데."

"그, 그건, 쟤가 워낙 수줍어하는 성격이라 말을 못하고 발만 동동 구르느라……"

"자기 자리면 바로 얘기를 했어야지! 권리 위에 잠자는 자는 법의 보호를 받지 못하는 거야. 너네 같은 꼬마들이야 무슨 소리인지 알아듣지도 못하겠지만, 민법에는 취득시효라는 것이 있어. 남의 땅이라도 그 사실을 모르는 사람이 평화롭게 20년간 점유하고 있으면 땅 주인이 되는 거야. 자기 땅을 방치하고 나 몰라라 했던 원주인은 땅을 뺏기는 거고. 알겠냐?"

"그런 날강도 같은 법이 어디 있어요!"

"민법에 있다고 방금 말했잖아. 근데 저 여자애는 가만있는데 왜 네가 계속 난리야? 너 쟤 남자친구라도 되냐?"

소년은 처음으로 말문이 막혔다.

"아, 아니 그런 건 아니지만……"

얼굴이 빨개진 임바른은 잠시 할말을 잃었다. 어제 경찰서에 찾아갔을 때도 이 질문에 말문이 막혔었다.

"네가 뭔데 남의 일에 난리냐?"

피아노 선생이 자꾸 몸을 이상하게 만진다는 박차오름의 얘기를 들은 후 신경이 쓰여서 견딜 수 없었던 임바른은 며칠 동안 도서관에 있는 형법 책들을 뒤졌다. 온통 한자어 투성이라 어려웠지만 사전을 뒤져가며 관련 있을 법한 항목을 읽고는, 『누구나 쉽게 쓰는 법률 서식집』이라는 책을 보며 고발장을 썼다. 경찰관은 강제추행죄 고발장을 들고 경찰서 민원실을 찾은 중학생을 진지하게 상대해주지 않았다. 쓸데없는 소리 말고 공부나 열심히 하라며 쫓아내고는 동료들과 키득거리는 그 앞에서 소년은 비참한 기분이었다. 그래 놓고는 오늘 또……

소년의 옆모습을 쳐다보며 박차오름은 『앵무새 죽이기』의 변호사 애티커스 핀치를 떠올렸다. 아무도 편들어주지 않는 흑인 피고인을 위해 목숨을 걸고 변호하는 모습. 부끄러웠다. 바보같이 아무 말도 못하는 자신이 미웠다. 주인공 스카우트처럼 어린 여자애도 아빠를 지키기 위해 군중 앞에 당당히 서는데, 나는 언제나 뒤로만 숨는다. 백 점짜리 시험지를 아무리 많이 받아가도 아빠는 여자애가 공부 잘해봐야 쓸데없으니 음대 가서 시집이나 잘 가는 게 낫다고 했고 난 군소리 없이 피아노 레슨을 시작했다. 피아노 선생님이 자꾸 이상한 행동을 해도 혹시 아빠가 화를 낼까봐 무서워서 말을 꺼내지도 못했다. 매일 밤마다 아무 잘못 없이 맞는 엄마를 보면서도……

"아저씨! 거긴 제 자리예요. 다른 자리로 가세요!"

갑자기 소녀가 소리를 지르자 고시생은 움찔했다. 소년도 놀라 소녀를 쳐다보았다. 웅성거리는 소리가 여기저기서 들려왔다.

"이게, 어디서!"

고시생은 위협적으로 노려보았지만 소녀는 한 치도 물러서지 않았다. 그녀의 눈동자가 파랗게 불타오르기 시작했다.

"어린것들이 위아래도 없이 어른한테……"

시비가 길어지자 주변의 웅성거리는 소리도 커졌다.

"아 진짜, 적당히 좀 하지."

"나잇값도 못하고 뭐야."

"시끄러워서 공부를 못 하겠네."

입을 열려던 고시생은 주변의 따가운 시선을 느끼고는 투덜거리며 짐을 싸서 화장실 앞 빈자리로 옮기기 시작했다.

'젠장, 애들이랑 싸우면 내가 손해지.'

소녀의 심장은 금방이라도 밖으로 튀어나올 듯 쿵쿵 뛰었다. 몸이 떨렸지만, 분명히 기분 좋은 떨림이었다. 그녀는 되찾은 자기 자리에 앉아서 『앵무새 죽이기』를 조용히 펼쳤다. 소녀의 얼굴에 미소가 잔잔하게 번져갔다.

소년도 맞은편에 앉아 책을 펼쳤지만 소녀를 자꾸만 힐끔거리며 보고 있었다. 처음 보는 모습이었다. 아까 고시생을 노려보던 당당한 눈동자가 잊히질 않는다. 상대방 눈도 잘 쳐다보지 못하던 아이인데. 그 당당한 눈동자를 생각할수록 애써 용기는 냈지만 어른 앞에서 주눅들어 애 취급만 당하고 아무것도 해결하지 못하는 자신이 초라하게만 느껴졌다. 저 아이 앞에서만은 멋지게 보이고 싶었는데. 영화나 소설의 남자 주인공처럼. 소년은 햇빛을 받아 갈색으로 반짝반짝 빛나는 소녀의 머릿결을 눈부신 듯 바라보았다.

아직도 주변의 시선이 따가웠지만 고시생은 짐짓 아무 일 없었던 양 태연하게 민법 문제집을 펼쳐들었다. 아까 소년에게 '취득 시효'를 들먹이던 고시생의 눈에 공교롭게도 '등기부 취득 시효에 관하여 논하라'는 문제가 띄었다.

'흠, 그러고 보니 한동안 2차 시험에 시효 관련 문제가 나오지 않았지? 혹시 모르니 꼼꼼히 봐둬야겠군. 에고, 이번에 또 떨어지면 도리 없이 취직해야 할 텐데.'

문제집 옆면에는 날려쓴 글씨로 '한세상'이라는 이름이 큼지막하게 적혀 있었다.

판사의 일
—

이제는 신전에서 내려와 광장으로

재판에서 내려지는 결론들이 얼마나 정확한 것이냐, 오판은 얼마
나 발생하느냐 등의 질문을 받게 되면 나는 답하기가 망설여진다.
한낱 인간에 불과한 법관들이 빠지는 인지적 오류와 편향이 얼마
나 많은지도 알고 있고, 법정에 제출되는 증거들의 정확성과 신뢰
도에 얼마나 의심이 가는지도 체감하고 있으며, 재판 제도 자체가
무오류성을 전제로 하고 있지 않다는 것 역시 알고 있기 때문이다.

그런데도 왜 재판이 필요하냐고 묻는다면 궁극적으로는 영화
의 한 장면을 이야기할 수밖에 없다. "스파르타!"를 강렬하게 외
치는 '근육남'들의 영화 〈300〉 중 전쟁을 시작할지 여부를 결정하

기 위해 신전의 신녀들이 내릴 오라클, 즉 신탁을 기다리는 장면이다. 신녀들은 신탁을 받기 위해 신비로운 연기를 마시고 흐늘흐늘 춤을 춘다. 그리스 일대는 지진이 활발한 지역이었으므로 지반 틈새로 나오는 가스를 마시고 환각 증세를 보이는 것인지도 모른다. 그리스 도시국가 어디에서나 국가의 중대사에 대해 신탁을 받아 의사결정을 하는 관행이 있었다고 한다. 난 이 장면을 보며 엉뚱한 상상을 했었다. 플라톤의 『향연』을 보면 고대 그리스 사람들이 현대인 이상으로 합리적이고 논리적인 토론을 벌이는 장면들이 가득하다. 과학과 수학, 철학에 능통했던 그리스인들, 특히 국가를 운영하는 엘리트들이 정말 진지하게 신녀들이 가져오는 '신의 목소리'를 신봉한 것일까? 실은 그들은 단지 첨예하게 국론이 분열되고 의사 결정이 지연되어 전쟁 등 중대사에 대처하지 못하는 사태를 피하기 위해 신속한 최종 의사결정 시스템을 운영했던 것 아닐까? 어쩌면 재판 제도 역시 온갖 한계에도 불구하고 개인 간의 복수와 자력 구제에 의존하는 것보다는 상대적으로 나은 분쟁해결 시스템이기에 유지되어온 것 아닐까. 불만이 있어도 판사가 내리는 결론에 따르겠다는 것 또한 근본적인 사회계약의 하나이니까.

신녀들이 가져오는 오라클에 권위를 부여하기 위해서는 높은 곳에 위치해서 일반인들이 접근할 수 없게 하는 신전과 신비로운 연기가 필요했다. 재판 제도에 권위를 부여하기 위해서도 신비의 베일이 필요했다. 영국 판사들처럼 귀족 시대의 가발을 쓰기도 하고, 제사장처럼 검은 가운을 입고 높은 곳에 앉아 엄숙한 표정을 짓기도 한다. 판결문은 일반인들이 알기 어려운 신비한 언어로 쓰이고, 법관은 그 판결문으로만 이야기하기에 아무도 판결이 내려지는 과정에 대해 정확히 알 수 없었다.

　하지만 그 신비의 베일은 이제 더이상 사람들을 승복시킬 만큼 강력하지 못하다. 벌거벗은 임금님의 행진처럼 비웃음을 살 뿐이다. 오히려 그 베일 안에 뭔가 악의로 가득한 일들이 자행되고 있다는 또다른 신화만 만들고 있는 것은 아닐까. 그 일을 하는 사람들이 베일 뒤에 숨어 침묵하니 신전과 광장 사이에 잘못된 신호가 오고가기도 한다. 같은 사건에 관한 두 가지 서술을 보자.

A. 피고인이 술을 마시고 사건 당일 새벽 세시 무렵에 귀가하였는데, 불을 켠 상태에서 절취품을 물색중인 피해자를 발견하고 피해자를 제압할 목적으로 피해자를 때려눕힌 사실, 당시 피해자는 흉기 등을 전혀 소지

하지 않았고 피고인을 만나자 그냥 도망가려고만 했던 사실, 피고인은 피해자가 계속 피고인을 피해 도망가려고 하자 쓰러져 있던 피해자의 머리 부위를 발로 여러 차례 걷어차고, 주위에 있던 빨래 건조대로 등 부위를 가격하였으며, 허리띠를 풀어 피해자를 때린 사실, 이로 인해 피해자는 의식을 잃어 응급실에 후송되었고 그로부터 5개월이 지난 현재까지 의식이 돌아오지 않고 있는 사실이 인정된다.

B. 스무 살 모씨가 친구들과 어울리다 새벽에 집으로 돌아왔습니다. 그런데 거실에서 서랍장을 뒤지던 도둑을 발견한 거죠. 일층에 할머니와 지금은 돌아가신 할아버지가 있었고 어머니도 있을지 모른다고 생각한 모씨는 격투를 한 끝에 오십대 도둑을 잡았고 경찰에 신고를 했습니다. 문제는 그후입니다. 도둑이 뇌사 상태, 식물인간이 됐습니다. 몸싸움할 때 거실에 있던 알루미늄 빨래 건조대로 맞았는데, 검찰은 폭행 혐의로 모씨를 기소했고, 법원은 이를 인정해 1심에서 1년 6개월을 선고했습니다. 가장 논란이 되는 게 흉기 상해 문제인데요. 검찰과 법원은 알루미늄 빨래 건조대를 위험한 물건으로 봤습니다. 마트에서 파는 가장 작은 가벼운 물건, 속이 비어 있는 이 빨래 건조대를 흉기로 볼 수 있는지 아닌지 2심에서도 공방이 예상됩니다.

A는 이른바 '도둑 뇌사' 사건의 1심 판결문이고, B는 이 사건을 다룬 뉴스다. A의 핵심은 "쓰러져 있던 피해자의 머리 부위를 발로 여러 차례 걷어차고"이고 B의 핵심은 "알루미늄 빨래 건조대로 맞았는데"다. 이런 변화는 대체 왜 발생하는 것일까.

광장의 시민들은 법복을 입은 제사장들이 '법'이라는 신탁을 전달하는 존재일 뿐 그걸 창조하는 존재는 아니라는 점을 종종 잊기도 한다. 법은 만 13세 미만의 사람과 성관계를 할 경우에만 의제강간으로 처벌하도록 규정하고 있는데, 왜 15세 소녀와 성관계를 한 자도 규정을 넓게 해석하여 강간으로 처벌하지 않았느냐며 분노한다. 현재로서는 '공중 화장실'에서 용변 보는 것을 훔쳐본 자를 처벌하는 법 규정만 있다 하더라도 '법 문언에 구애받지 말고 국민의 상식과 법 감정에 맞게 법을 융통성 있게 해석하여' 일반 화장실에서의 행위도 처벌해야 마땅하다고 분노한다. 그런 행위가 정당하다고 면죄부를 주는 것이 아니라, 필요하다면 국민의 대표인 국회를 통해 법을 개정하여 처벌하여야 한다는 의미일 뿐이라고 설명해도 비겁한 책임 회피라며 분노를 거두지 않는다.

알고 보면 시민들이 분노하는 일 중 상당수는 인류가 오랜 역사동안 시행착오를 거쳐 만들어낸 융통성 없고 불편한 약속, '죄형

법정주의' '법치주의' '권력분립' 같은 것들에서 기인할 때도 많다. '법에 구애받지 않고 융통성 있게, 역할 분담 필요 없이 독자적으로' 행사되는 권력에 의하여 시민의 생명과 재산, 자유가 짓밟혀온 인류 공통의 경험이 이런 불편함을 감수하는 것이 낫겠다는 선택을 하게 한 것이다. 물론 현대에도 매우 융통성이 풍부한 형법이 있기는 했다. "범죄 행위를 한 경우 형사법에 그와 꼭 같은 행위를 규정한 조항이 없을 때에는 이 법 가운데서 그 종류와 위험성으로 보아 가장 비슷한 행위를 규정한 조항에 따라 형사책임을 지운다." 2004년 4월 29일 개정하기 전의 북한 형법 제10조다. 그렇다. 그곳에서조차 이미 개정되어 없어졌다.

계속 높아져만 가는 오해와 불신의 장벽을 부수려면 이제는 저 높은 곳에 있는 신전에서 내려와 시민들이 오가는 광장에서 함께 같은 언어로 이야기하기 시작해야 하지 않을까. 이 서투르기 짝이 없는 소설 역시 입을 떼는 옹알이 같은 것인지 모르겠다. 그 마지막을 국민참여재판 이야기로 한 것은 당연한 결과다. 시민들이 직접 법대 위에 앉아 그동안 신비의 베일 속에서 이루어졌던 과정에 직접 참여해보는 것처럼 장벽을 부수는 확실한 방법이 또 있을까.

에필로그

이 소설 같기도 하고 실화 같기도 한 요상한 책의 정체가 도 대체 뭐냐고 물으실 분들이 많을 것 같다. 그건 이 책의 출생 의 비밀(?)로부터 비롯하는 문제다. 2015년 봄에 한겨레 신문 으로부터 매주 한 차례 원고지 30매 분량으로 내가 담당한 재 판이나 조정 사례를 연재해달라는 의뢰를 받았다. '네 이웃의 분쟁'이라는 제목으로. 하지만 사양할 수밖에 없었다. 사생활 침해의 우려가 크기 때문이다. 농담 삼아 '차라리 픽션인 소 설이라면 몰라도'라는 군말을 덧붙였던 것이 화근인데, 설마 하니 평생 써본 적 없는 소설을 정말로 쓰라고 할 줄은 모르고 한 소리였다. 그 무모함으로 인해 이후 열 달간 독자분들에 대한 송구함에 시달려야 했다. 동시에 소설가들을 진심으로 존경하게 되었다. 일상의 흔한 순간도 묘사하려고 보면 말문이 막히기 일쑤더라. 왜 이렇게 뻔하고 상투적인 표현만 떠오르는 것인지……

여하튼 쓰는 쪽으로 생각하고 보니 나름 의미가 있어 보였다. 법정 영화나 드라마는 많지만 법정을 넘어 판사실에서 판사들끼리 어떤 대화가 오가는지, 판사들이 어떤 고민을 하는지, 그들이 어떤 사람들인지를 그리는 경우는 찾아보기 어렵다. 판사들이란 그저 법대 위에 무표정하게 앉아 '망치'를 두드리는 무표정한 존재로만 그려진다. 이 사회에서 벌어지는 다양한 분쟁의 모습을 그리되, 그것을 재판하는 판사라는 '사람'들의 이야기도 솔직하게 그려보고 싶었다. 신비의 베일이 불신과 오해만 낳고 있다는 반성 때문이기도 하다.

즐겁고 행복한 이야기일 리 없는 법정 이야기를 조금이라도 덜 무겁게, 재미있게 그리기 위해 『미생』 같은 작품이나 〈앨리 맥빌〉 같은 미국 법정 드라마, 오쿠다 히데오의 괴짜 의사 이라부 시리즈(『공중그네』 등) 같은 연작 콩트집을 염두에 두며 썼다. 매회 한 가지 분쟁을 다루어야 하는 신문 연재의 특성상 연작 콩트가 걸맞아 보였다. 처음에는 만화처럼 즐겁고 발랄한 톤을 유지하고 싶었는데, 갈수록 무겁고 어두워진 것 같다. 픽션이지만 최대한 실제로 이 사회에서 일어나고 있는 일들, 실제로 판사들이 고민하는 것들에 가깝게 그리려 하다보니 현실의 무게가 이야기를 지상으로 자꾸만 끌어내리는 것을 경험했다. 책으로 묶으면서는 내용도 다듬고 해설도 곳곳에 집어넣었다. 형식에 구애받지 않고 알기 쉽게 법원과 재판에 관하여 소개한다는 취지를 살리기 위해서다.

제목에서 뭔가 화끈하게 정의를 실현하는 판사 이야기를 기대했는데 속았다고 하실 분들께 죄송하다는 말씀을 올린다. 20년 정도 판사로 일하면서 든 생각은 법정이든 세상이든 정답이 없다는 것이다. 이 『미스 함무라비』에서도 재판부가 화끈하게 결론을 내린 것은 하나도 없다. 항상 그런 식이다. 판사는 늘 벽에 부딪힌다. 햄릿처럼 갈등하고 고민한다. 정작 해결의 실마리를 쥐는 것은 시민들이다. '1번 배심원' 노인처럼 자신의 경험을 통해 자신을 극복하는 사람들이다. 처음에 가장 생각이 달랐던 사람이 가장 중요한 역할을 했다. 판사들이 한 일은 없다. 사회가 실질적으로 바뀌는 것 역시 그런 방식이 아닐까. 법정 저 높은 곳에서 심판의 잣대를 들이

대는 판사들이 실제로는 무력감을 느끼며 정답이 없는 안갯속을 헤쳐나간다. 판사는 도로, 항만 같은 사회간접자본일 뿐이다. 주어진 법의 테두리 내에서만 기능한다. 그 법을 만드는 것은 궁극적으로 주권자인 국민이다. 사회 문제를 해결하는 열쇠는 결국 시민들이 쥐고 있다. 권리 위에 잠자지 말자, 주체적으로 자신의 권리를 지키자는 얘기를 하고 싶었다.

그 이야기를 끝까지 들어주신 시민 여러분께 세 주인공과 함께 허리 굽혀 인사 올린다.

미스 함무라비

ⓒ 문유석 2016

1판 1쇄 2016년 12월 2일
1판 20쇄 2022년 11월 14일

지은이 문유석
기획 김소영 | 책임편집 박영신
디자인 이효진
마케팅 정민호 이숙재 한민아 박치우 이민경 안남영 왕지경 김수현 정경주 김혜원
브랜딩 함유지 함근아 김희숙 고보미 박민재 박진희 정승민
제작 강신은 김동욱 임현식 | 제작처 영신사

펴낸곳 (주)문학동네 | 펴낸이 김소영
출판등록 1993년 10월 22일 제2003-000045호
주소 10881 경기도 파주시 회동길 210
전자우편 editor@munhak.com | 대표전화 031) 955-8888 | 팩스 031) 955-8855
문의전화 031) 955-2689(마케팅) 031) 955-2697(편집)
문학동네카페 http://cafe.naver.com/mhdn
인스타그램 @munhakdongne | 트위터 @munhakdongne
북클럽문학동네 http://bookclubmunhak.com

ISBN 978-89-546-4353-5 03810

www.munhak.com